Michael Wilcke
Die Frau des Täuferkönigs

atb aufbau taschenbuch

MICHAEL WILCKE, Jahrgang 1970, lebt in der Nähe von Osnabrück und ist als Mediengestalter bei einer Zeitung tätig.

Von ihm erschienen bisher im Aufbau Taschenbuch Verlag: »Hexentage«, »Der Glasmaler und die Hure«, »Die Falken Gottes« sowie »Der Bund der Hexenkinder«.

Mehr zum Autor unter: www.michael-wilcke.de

Im Jahr 1534 macht eine Gruppe von Vaganten Osnabrück unsicher. Wortführer ist Emanuel Malitz, der einen Handel mit gefälschten Reliquien betreibt. Er wird von seiner Tochter Mieke, seiner Gefährtin Jasmin sowie dem Medikus Reynold begleitet. Ein Stadtkämmerer entlarvt ihre betrügerischen Geschäfte und untersagt ihnen jeden Handel. Dann werden sie von Everhard Clunsevoet, einem Gutsherrn aus Minden, dem sie das Haus angesteckt haben, gefangen genommen. Clunsevoet droht, sie alle zu ersäufen, wenn sie nicht einen besonderen Auftrag erledigen. Sie sollen nach Münster reisen, wo die Wiedertäufer die Macht an sich gerissen haben. Der Gutsherr will seine Tochter Amalia aus der Stadt befreien. Solange Emanuel Amalia nicht zurückgebracht hat, muss Mieke bei Clunsevoet bleiben.

Auch ein Landsknecht des Gutsherrn begleitet die Gaukler – Cort, der heimlich in Amalia verliebt ist. Durch eine List gelingt es Emanuel tatsächlich, in die belagerte Stadt zu gelangen, doch Amalia bleibt für sie zunächst unerreichbar – denn sie gehört zu den sechzehn Ehefrauen des selbsternannten Propheten Jan Bockelson, dem König der Wiedertäufer.

MICHAEL WILCKE

Die Frau des TÄUFER KÖNIGS

HISTORISCHER ROMAN

 aufbau taschenbuch

ISBN 978-3-7466-2997-1

Aufbau Taschenbuch ist eine Marke der Aufbau Verlag GmbH & Co. KG

1. Auflage 2013
© Aufbau Verlag GmbH & Co. KG, Berlin 2013
Kartenillustration Jessica Krienke
Umschlaggestaltung Mediabureau Di Stefano, Berlin
unter Verwendung eines Motivs von Frank Warda/Bilderbuch Münster
und zwei Motiven von iStockphoto: © RusN und Duncan Walker
Satz LVD GmbH, Berlin
Druck und Binden CPI – Clausen & Bosse, Leck
Printed in Germany

www.aufbau-verlag.de

DIE BELAGERUNG VON MÜNSTER 1534

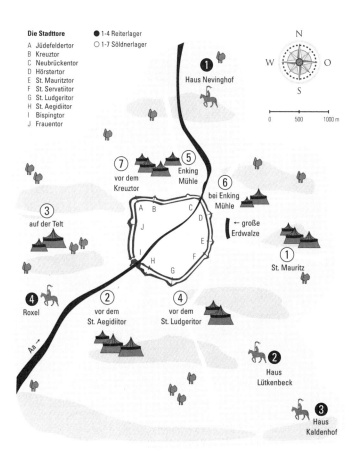

Die Stadt Münster 1534

1 Domplatz/Der Berg Zion
2 Bockelsons Königshof
3 Neubrückenstraße
4 Prinzipalmarkt
5 Kloster St. Aegidii/Lazarett
6 Jüdefeldertor
7 Kreuztor
8 Bispingtor

PROLOG

Ich bin auf den Namen Emanuel getauft worden. Meine Mutter hat das einst so entschieden, weil dieser Name eine Bedeutung hat: *Gott ist mit dir.*

Gewiss hatte meine Mutter mit diesem Namen nur das Beste für mich im Sinn. Wenn ich auf mein Leben zurückblicke, muss ich aber feststellen, dass der Allmächtige mir selten nahe war. Eigentlich habe ich mich ihm immer gegenüber fremd gefühlt. Mit den Jahren begann ich daran zu zweifeln, dass Gott tatsächlich in der Lage ist, in unser Leben einzugreifen. Nicht zuletzt deshalb, weil ich so häufig zum Zeugen merkwürdiger religiöser Ausschweifungen wurde.

Ich will hier einen Bericht über ein Ereignis ablegen, das meine Ernüchterung besser nachvollziehen lässt. Das Geschehene liegt lange zurück. Damals war ich ein Mann von noch nicht ganz dreißig Jahren. Doch trotz all der Zeit, die seitdem vergangen ist, haben sich die Vorkommnisse so tief in meine Erinnerung eingegraben, dass ich mich in der Lage sehe, diese Geschichte wahrheitsgetreu wiederzugeben. Ich werde erzählen, was mir im Jahr 1534 in der Stadt Münster widerfahren ist. Münster wurde zu dieser Zeit von den Landsknechten des Bischofs Franz von Waldeck belagert. Die Stadt befand sich in der Gewalt der Wiedertäufer, einer Gemeinschaft christlicher Sektierer. Sie hatten sich in Münster verschanzt, um dort ein Neues Jerusalem zu errichten. Diese Menschen waren davon überzeugt, dass Gottes reinigendes Strafgericht schon bald über die Welt hereinbrechen und nur die aufrechte Gemeinde Christi verschonen würde – die sich nach Ansicht der Täufer in Münster versammelt hatte.

Ich war zugegen in diesem Neuen Zion, in dem sich der ehemalige Hurenwirt Jan Bockelson zum Propheten und bald darauf zum König erhob, um seine Gemeinde nach der Apokalypse in die von der Sünde befreite neue Welt zu führen. Um das zu erreichen, predigte der Prophet Besitzlosigkeit, trug aber am eigenen Leib die kostbarsten Gewänder. Er ließ seine Anhänger aufgrund geringer moralischer Verfehlungen hinrichten, erlaubte jedoch die Vielehe und heiratete selbst sechzehn Weiber.

Schon damals gelangte ich zu der Überzeugung, dass der Himmelsvater nicht in der Lage ist, in das Treiben seiner Schöpfung einzugreifen. Ansonsten wäre dem Bockelson während seiner Königskrönung gewiss ein gewaltiger Blitz in den Arsch gefahren, und die Erde hätte sich aufgetan, um ganz Münster in den Abgrund zu reißen.

Ich selbst betrat die Stadt erst, als das Täuferreich schon ins Leben gerufen worden war, und ich hatte sie bereits verlassen, als das Neue Zion nach einer monatelangen Belagerung unter den Lanzen und Schwertern der blutgierigen Landsknechte ein schreckliches Ende nahm. Doch die Zeit, die ich in der Gemeinschaft der Wiedertäufer verbrachte, reicht gewiss aus, um Zeugnis über diese groteske Komödie ablegen zu können.

Böse Zungen mögen behaupten, ich sei ein Betrüger und Aufschneider, aber ich schwöre jeden Eid darauf, dass meine Worte der Wahrheit entsprechen – so unglaublich sie auch klingen mögen.

KAPITEL 1

Die Geschichte, die ich hier erzählen will, nimmt ihren Anfang nicht in Münster, sondern in Osnabrück, einer westfälischen Bischofsstadt, die sich im Nordwesten der deutschen Länder als wichtiger Handelsplatz für Leinenstoffe hervorgetan hat. Auch das übrige Handwerk florierte in Osnabrück. Vor allem das Brauwesen nahm hier eine Sonderstellung ein. Im Gegensatz zu anderen Städten galt das Brauen in Osnabrück als freies Gewerbe. Jedem Bürger war es gestattet, in seinem Haus Bier zum eigenen Gebrauch herzustellen. Und in den Tavernen wurde ein Kräuterbier ausgeschenkt, das die Osnabrücker Grüsing nannten. Dieses würzige Gebräu mundete nicht jedem. Mir jedoch schmeckte es vorzüglich. Wann immer ich Osnabrück einen Besuch abstattete, führte mich mein Weg stets in die Schankwirtschaften, damit ich mich an diesem Höllentrunk laben konnte.

Natürlich war das Kräuterbier für mich nicht der eigentliche Grund, nach Osnabrück zu reisen. Es waren vielmehr besonders lohnende Feierlichkeiten, die mich lockten. Im Oktober des vergangenen Jahres hatte ich mich mit meinen Begleitern beim Fest zu Ehren von Crispin und Crispinian, den Schutzheiligen des Osnabrücker Domes, in der Stadt aufgehalten. Nun, im August des Jahres 1534, statteten wir Osnabrück erneut einen Besuch ab. Unsere Gemeinschaft bestand damals aus mir, meiner Tochter Mieke, dem Medikus Reynold sowie meiner Gefährtin Jasmin, die mich darin unterstützte, den Bürgern mehr oder minder nützliche Reliquien zu verkaufen.

Über eine holprige Handelsstraße schaukelte unser Wagen auf Osnabrück zu. Ich trieb die betagte Stute Brunhilde lautstark voran, doch das Tier blieb stur, setzte gemächlich einen Huf vor den anderen und hob zudem ihren Schweif, um mir trotzig einen übelriechenden Wind entgegenzuschleudern. Pferde, so sagt man, haben das Furzen zu einer hohen Kunst entwickelt. Brunhildes rege Verdauung erwies sich als überzeugender Beweis für diese Behauptung.

Unter Fanfaren aus dem Pferdearsch erreichten wir also Osnabrück, wo wir uns auf dem Platz vor dem südlich gelegenen Johannistor niederließen. Viel Beachtung schenkte man uns nicht, denn die Bürger waren damit beschäftigt, diesen Platz für das Fest des Vogelschießens herzurichten. Inmitten einer Reihe von mit bunten Girlanden verzierten Zelten und Bretterbuden thronte ein großer Holzvogel, der an einem hohen Mast befestigt worden war. An ihm würden sich die Schützen der Stadt messen. Gewiss waren auch Männer aus den umliegenden Ortschaften nach Osnabrück gekommen, um bei diesem Wettstreit das letzte Stück des Vogels herunterzuschießen und als König der Schützen einen Preis zu erhalten.

Doch nicht nur junge Burschen mit ihren Armbrüsten und Hakenbüchsen lockte dieses Fest in die Stadt, auch zahlreiche Händler, Musikanten, Schausteller und Gaukler fanden sich in Osnabrück ein, darunter auch meine Gefährten und ich. Wir hatten vor, eine knappe Woche hier zu verweilen, danach würden wir zur nächsten Stadt weiterziehen.

Menschen wie uns nennt man Fahrende. Böse Zungen bezeichnen uns hingegen als Parasiten, Schmarotzer oder Strolche. Doch seien wir ehrlich: Was wären die Jahrmärkte und Volksfeste ohne die heitere Schar der Possenreißer, Taschenspieler, Kunstreiter oder Tänzer? Wohl nichts als eine Ansammlung halsstarriger Kaufleute und zerknirschter Bürger, die doch insgeheim allesamt nach Zerstreuung suchen.

Jedermann erfreut sich an unserem bunten Treiben, bestaunt das artistische Geschick und kichert über die frechen Reime der Komödianten. Ist es da im Grunde nicht verwunderlich, dass man uns Fahrende zu den verfemten Berufen zählt? Man stellt uns auf eine Stufe mit unehrenhaften Gesellen wie Abdeckern, Totengräbern, Hundeschlägern und Henkern und spricht uns jegliche Rechte ab. Überführt man uns einer geringen Verfehlung, so müssen wir mit den schlimmsten körperlichen Züchtigungen rechnen. Doch wird uns Ehrlosen ein Unrecht zugefügt, braucht der Übeltäter keine harte Strafe zu befürchten.

Vor einiger Zeit berichtete mir ein Taschenspieler, dass sein Weib bei einem Aufenthalt in Erfurt von einem wohlhabenden Zunftmeister geschändet worden war, als sie in seinem Haushalt einige Arbeiten verrichtet hatte. Der Taschenspieler erstattete Anzeige beim Rat, und tatsächlich wurde seiner Klage stattgegeben. Daraufhin wurde der Zunftmeister angewiesen, sich vor eine sonnenbeschienene Wand zu stellen, und der Taschenspieler erhielt die Erlaubnis, dem Schatten des Verurteilten dreimal an den Hals zu schlagen. Damit war die Schuld abgegolten.

Aber ich will nicht über dieses Unrecht jammern. Im Grunde gefällt mir mein Leben als Verfemter. Was bleibt mir auch anderes übrig? Ich habe kein Handwerk erlernt, und meine einzige Begabung ist es, die Menschen galant mit Worten und Gesten zu umschmeicheln, so dass es mir häufig gelingt, ihnen jeglichen Unrat für eine gute Münze zu verkaufen.

Ein Trost ist es mir, dass meine Begleiter in keinem

besseren Licht stehen. Reynold, der rund zwanzig Jahre älter ist als ich, bezeichnet sich als Arzt, doch ich habe niemals miterlebt, dass er einem Kranken helfen konnte. Zumeist verkauft er auf den Jahrmärkten nur seinen als alchemistische Universalarznei angepriesenen Theriak – ein nutzloses Gebräu aus Wasser, Anis und Kümmel. Oder er bietet den Männern und Frauen gegen ihre Leiden absonderliche Mittel zur Vertreibung der Krankheitsdämonen an, die er aus unappetitlichen Bestandteilen wie gedörrten Kröten, verbrannten Maulwürfen, Ziegenkot oder Schlangenfett zusammenmischt.

Sein äußeres Erscheinungsbild weckt nicht unbedingt Vertrauen. Da ihm ein Ohr fehlt, zieht er zumeist eine Gugel über seinen Kopf. Die hässlichen gelben Zahnstümpfe und sein fauliger Atem lassen sich allerdings nicht so leicht verbergen. Zudem bringt ihn sein loses Mundwerk immer wieder in arge Schwierigkeiten. Ich bin mit diesem Kerl gewiss nicht immer einer Meinung, aber Reynold begleitet mich, seitdem ich vor nunmehr zehn Jahren mehr oder minder freiwillig den Entschluss gefasst habe, als Vagant über das Land zu ziehen. Trotz unserer häufigen Streitigkeiten ist er für mich immer ein Vertrauter und Freund geblieben.

Auch meine Gefährtin Jasmin weist kein besonderes Talent auf. Dennoch ist sie mir beim Verkauf meiner Reliquien eine wertvolle Hilfe. Dies ist vor allem dem Umstand zu verdanken, dass in Jasmins Adern ein Anteil orientalisches Blut fließt und ich sie den Schaulustigen darum als Prinzessin aus dem Heiligen Land präsentiere. Wenn sie nicht auf unserer Bühne steht, gibt sie allerdings keineswegs das Bild einer wohlerzogenen Dame ab. Sie spuckt ungeniert auf den Boden, und ihre Wortwahl ist beizeiten so derb, dass es selbst einem hartgesottenen Landsknecht die Schamesröte ins Gesicht treibt.

Wenn es aber darum geht, den Schaulustigen auf den Jahrmärkten meine Reliquien aufzuschwatzen, verwandelt sich Jasmin in eine schillernde Gestalt aus dem fernen Morgenland. Auf der Bühne trägt sie ein seidenes, mit Glöckchen und Bändern geschmücktes Kleid sowie eine kupferne Krone. Mit etwas Schmink-pulver lasse ich den bronzefarbenen Ton auf ihren Wangen deutlicher hervorstechen. Alles in allem kann ich der staunenden Menge so eine überzeu-gende orientalische Prinzessin präsentieren, die an-geblich unter den widrigsten Umständen eine weite Reise auf sich genommen hat, um eine Truhe mit hei-ligen Reliquien aus dem fernen Jerusalem auf diesen Markt zu schaffen. Es erstaunt mich immer wieder, dass nur selten einer der Umstehenden laut seine Zweifel daran äußert, dass eine Dame aus dem Mor-genland solche Anstrengungen unternommen hat, nur um auf einer morschen Bretterbühne in Osnabrück, Minden, Warendorf oder anderen recht unbedeutenden Orten diese wundersamen Schätze zum Verkauf anzubieten.

Wahrscheinlich zieht Jasmins Anblick die Menschen ganz einfach in ihren Bann. Wenn sie der Menge dann noch einige fremdartig klingende Wörter zuruft, die sie im Kindesalter von ihrer orientalischen Mutter aufgeschnappt hat, dauert es zumeist nicht lange, bis die ersten Neugierigen herantreten und mir ihre Münzen für den nutzlosesten Tand überlassen.

Wenn es ein Mitglied unserer kleinen Gemeinschaft gibt, das tatsächlich mit einer besonderen Begabung gesegnet ist, dann ist da wohl meine zehnjährige Tochter Mieke zu nennen. Das Mädchen besitzt die geschicktesten Diebesfinger, die mir je zu Augen gekommen sind. Flink und unbemerkt greift sie in die Taschen der reichen Pfeffersäcke und hat auf diese Weise schon einige Münzen ergattert, die uns an so manchen Abenden vor dem Hunger bewahrt haben. Hin und wieder plagt mich die Sorge, dass es irgendwann einmal ein schlimmes Ende mit meiner Tochter nehmen wird, doch im Grunde macht es mich auch stolz, dass sie diese Fertigkeit besitzt.

Das also waren die Gefährten, mit denen ich in Osnabrück auf dem Festgelände vor dem Johannistor eintraf. Bedauerlicherweise kamen wir zu spät an, um einen der begehrten Plätze im Schatten des Stadtwalles zu ergattern, was einen Nachteil für uns bedeutete, denn die meisten der Schaulustigen würden sich in der brütenden Sommerhitze nicht lange in der Sonne aufhalten. Zumindest aber konnten wir unseren Wagen und damit unsere Bühne so aufstellen, dass sie den vorüberziehenden Männern und Frauen sofort ins Auge fiel.

Am Vortag hatten wir die letzten Vorräte aufgebraucht. Mit leeren Mägen machten wir uns nun daran, alles für die Vorstellung vorzubereiten, die am Nachmittag beginnen sollte und uns hoffentlich genügend Münzen für eine sättigende Abendmahlzeit einbringen würde.

An der Seite des Wagens klappte ich eine Plattform aus, die ich mit mehreren Stangen befestigte, so dass sie als Bühne benutzt werden konnte. Jasmin und Mieke spannten sogleich bunte Leinentücher auf, die dieses Podest schmückten – auch wenn sie zum größten Teil bereits recht verschlissen wirkten und die Farben verblasst waren.

Ich schaute mich um, um abzuschätzen, welche Schausteller in der Nähe uns das Geschäft verderben konnten. Uns gegenüber war eine Bühne aufgebaut worden, auf der ein Jongleur seine Kunststücke einübte und ein junger Bursche auf Händen lief. Daneben befand sich bislang nur ein einziger Wagen, aus dem ich ein dumpfes Brummen und mehrere kreischende Schreie vernahm. Wahrscheinlich handelte es sich um die Vorführung fremdartiger Kreaturen, womöglich Affen und ein Bär, den man auf Befehl tanzen ließ. Das alles störte mich nicht. Artisten und Bärenführer würden die Bürger herbeilocken, und solange sich kein anderer Reliquienhändler oder fahrender Medikus hier niederließ, würden wir gute Geschäfte machen.

Nachdem wir also die Bühne hergerichtet hatten, machten wir uns hinter dem Wagen an die weiteren Vorbereitungen. Reynold füllte einen übelriechenden Sud in kleine Flaschen ab, und Jasmin kramte das Seidenkleid hervor, das sie später bei der Vorstellung tragen würde.

Mieke war verschwunden. Wahrscheinlich streifte sie neugierig über den Markt. Ich hoffte, dass sie ihre Diebesfinger beherrschte und sich keinen Ärger einhandeln würde.

Während ich die Holztruhe mit den Reliquien vom Wagen hievte, fiel mein Blick auf Jasmin, die das Kleid in den Händen hielt und so verächtlich darüber die Nase rümpfte, dass ich befürchtete, sie würde es jeden Moment in Fetzen reißen.

»Was ist?«, fragte ich.

»Es macht mich zu einer Puppe«, knurrte sie.

»Unsinn«, versuchte ich sie zu besänftigen. »Du schaust darin aus wie eine Prinzessin.«

»Ich spucke darauf. Es widert mich an, wie ein dressierter Papagei auf dieser Bühne herumzustolzieren.«

In den vergangenen drei Jahren hatte Jasmin wohl weit mehr als einhundert Auftritte in diesem Kleid hinter sich gebracht, ohne sich auch nur ein einziges Mal über diese Ausstaffierung zu beschweren. Mir war klar, dass sie nur deshalb diese Laune an den Tag legte, weil sie wütend auf mich war. Ich wollte ihr gut zureden, doch unglücklicherweise kam mir Reynold zuvor, der Jasmin mit einem seiner grotesken Vergleiche neckte.

»Ein Bauerntrampel, den man mit Honig bestreicht, stinkt trotzdem nach der Gosse«, sagte er, zog seine Gugel zur Seite und kratzte sich an seinem verstümmelten Ohr. »Mich wundert es, dass überhaupt jemand auf diese billige Maskerade hereinfällt.«

»Wen nennst du einen Trampel?« Zwischen Jasmins Augen bildete sich eine tiefe Zornesfalte. Sie richtete einen Finger auf Reynold und fauchte: »Halt besser dein Maul, oder du verlierst auch noch das andere Ohr.«

Reynold schnitt eine Grimasse in Jasmins Richtung. Sie hingegen blickte uns beide mit ihren dunklen Augen so zornig an, dass sie mir wie eine Furie erschien. Auch wenn Jasmin und ich uns in der Vergangenheit sehr nahe gekommen waren – und das nicht nur körperlich –, gab es immer wieder Momente, in denen mich ihre Launen regelrecht abschreckten.

»Schluss damit!«, schimpfte ich. »Bereitet euch endlich auf die Vorstellung vor, oder wollt ihr nur faul herumsitzen und heute Abend trockene Baumrinde fressen?«

Die Androhung einer hungrigen Nacht sorgte für Ruhe zwischen den Streithähnen. Jasmin brummte weiter vor sich hin, doch Reynold lachte nur, und damit war der Hader fürs Erste beigelegt. Ich hatte einen wackligen Frieden erreicht, der bei der nächsten falschen Bemerkung rasch wieder zu neuem Zank führen konnte.

Aufmunternd klatschte ich in die Hände. »Wohlan! Die Münzen der Osnabrücker warten nur darauf, in unsere Taschen zu wandern.«

»Tun sie das?«, vernahm ich hinter mir eine energische Stimme. Ich wandte mich um. Ein Mann in vornehmer Kleidung und mit kantigem Gesicht trat auf mich zu. Er zwirbelte seinen Oberlippenbart und ließ seinen Blick von unserem Wagen zu Jasmin und Reynold wandern. Dann schaute er mir mit einer gewissen Häme in die Augen und sagte: »Ich frage mich, ob ihr für das Geld unserer Bürger auch eine Gegenleistung erbringen könnt.«

»Wer will das wissen?«, erwiderte ich.

»Mein Name ist Jost Lüders. Ich stehe in den Diensten des Rates, der mir die Aufgabe übertragen hat, das Marktgeschehen zu überwachen.«

»Und was wollt Ihr von uns?« Der Besuch dieses Amtmannes machte mich unruhig.

Lüders ging zwei Schritte und stellte sich neben die Reliquien-Kiste. An seiner rechten Hand trug er einen breiten Silberring, mit dem er zweimal auf den Holzdeckel klopfte.

»Aufmachen!«, wies er mich an.

Ich zögerte kurz ob seines herrischen Tons. Es widerstrebte mir, mich dem zu beugen. Dennoch wollte ich den Amtmann nicht gegen mich aufbringen. Ich öffnete die Kiste.

»Die Heiligtümer aus dem fernen Jerusalem.« Lüders lachte leise und nahm einige Gegenstände in die Hand. Er betrachtete ein zerkratztes Eisenstück, das nicht größer als mein Daumen war, und runzelte die Stirn.

»Ein Stück des Rostes, auf dessen Glut der heilige Laurentius gemartert wurde«, erklärte ich ihm. »Es bewahrt seinen Besitzer vor dem Aufflammen der Begierden.«

»Wer hätte das für möglich gehalten?«, bemerkte Lüders. »Und dieser Strohhalm hier?«

»Der stammt aus der Krippe des Jesuskindes«, behauptete ich und bemühte mich, überzeugend zu klingen. »Wirksam gegen Schlaflosigkeit und Haarausfall.«

»Sieh mal einer an«, knurrte Lüders. »Und worum handelt es sich bei diesem seltsamen Kleinod?« Er bezog sich auf das schmale Holzstück, das er nun zwischen Daumen und Zeigefinger hielt.

»Ein Splitter aus der Arche Noah«, sagte ich.

»Schützt vor …?«

»Hochwasser und Fußschweiß.«

Lüders brummte abfällig und warf alles zurück in die Kiste. »Ich war im vergangenen Herbst bei eurer Vorstellung zugegen«, sagte er, »als ihr auf dem Jahrmarkt hier in Osnabrück eure angeblichen Reliquien feilgeboten habt.«

»Von deren heiliger Kraft ihre Besitzer gewiss auch heute noch einen Nutzen ziehen«, erwiderte ich.

»Unsinn!« Der Ton des Amtmannes nahm an Schärfe zu. »Ihr betreibt eine billige Posse. Der Tand, den ihr verkauft, ist ebenso ein Betrug wie diese Frau, die ihr als orientalische Prinzessin vorstellt. Ohne ihre Verkleidung ist sie nur eine gewöhnliche Vagantin.«

Jasmin holte tief Luft, doch bevor sie den Amtmann Lüders beleidigen konnte, hielt ich sie mit einem Fingerzeig auf und wandte ein: »Ich betrachte mich als ehrlichen Geschäftsmann. Was kann ich

23

dafür, dass Ihr nicht an diese Wunder glauben wollt.«

»Wie auch immer«, sagte Lüders. »Im Grunde habe ich euch nicht wegen dieser zweifelhaften Reliquien aufgesucht.«

»Weshalb dann?«, wollte ich wissen.

Lüders deutete auf Reynold. »Gegen diesen Quacksalber sind zahlreiche Beschwerden beim Rat eingegangen. Während eures letzten Aufenthaltes hat dieser selbsternannte Medikus einigen leidgeprüften Bürgern seinen Theriak verkauft, durch den diese nur noch heftiger erkrankten.«

»Dabei muss es sich um einen Irrtum handeln«, protestierte Reynold.

Lüders nahm eine der Flaschen zur Hand und klopfte mit dem Silberring darauf. »Ich weiß nicht, was du in deine Tränke mischst, aber jeder Einzelne, der ihn zu sich genommen hat, litt anschließend an heftigem Erbrechen und Durchfällen. Eine Frau, die von einem Hühnerauge geplagt wurde, wäre fast gestorben, nachdem sie von dem Theriak getrunken hat.«

»Ich bin kein Scharlatan.« Reynold verschränkte trotzig die Arme vor der Brust. »Man kennt und schätzt mich als Meister der Medizin, der stets um das Wohl der Menschen besorgt ist.«

»Du bist eine Gefahr für die Bürger dieser Stadt«,

schimpfte Lüders. »Und deine einzige Sorge gilt deiner Geldbörse.« Er blickte in die Runde. »Ihr alle seid Lügner und Betrüger.« Der Amtmann ging zum Wagen und klopfte mit seinem Ring auf das Holz. Anscheinend gefiel ihm diese Geste.

»Ich weise euch hiermit im Namen des Rates an: Packt eure Sachen zusammen, und verlasst diesen Markt!«

»Aber unsere Vorstellung«, hob ich an.

»Die wird es nicht geben.«

»Und wenn wir uns weigern zu gehen?«

»Dann schicke ich die Büttel aus und lasse jeden von euch vor Gericht stellen«, erwiderte Lüders. »In unserem Gefängnisturm findet sich gewiss noch Platz für dich, deine falsche Prinzessin und diesen Giftmischer.«

Für den Amtmann schien die Angelegenheit damit beendet zu sein. Er wollte gehen, stieß jedoch gegen meine Tochter Mieke, die in diesem Moment herbeigelaufen kam. Kurz sah es so aus, als würden beide zu Boden stürzen, doch sie hielten sich schwankend auf den Beinen.

»Geh mir aus dem Weg, du ungeschicktes Balg!«, grollte Lüders und stieß Mieke rüde zur Seite. Die wartete ab, bis er davongestapft war, dann öffnete sie ihre Hand, betrachtete kurz den silbernen Ring und schob ihn unter den Saum ihres Hemdes.

Ich zwinkerte ihr zu und konnte es ihr nicht übelnehmen, dass sie dem aufgeblasenen Amtmann diesen Streich gespielt hatte.

Trotzdem fühlte ich mich ernüchtert. Ich zweifelte nicht daran, dass Lüders seiner Drohung Taten folgen lassen würde, wenn wir seine Anweisung missachteten. Und auch wenn ich ihn in Gedanken die Blattern und die Pest an den Hals wünschte, änderte das nichts daran, dass heute kein einziger Heller in unsere Taschen wandern würde.

KAPITEL 2

Zähneknirschend befolgten wir die Anweisung des Amtmannes, verstauten unser Gepäck auf dem Wagen und verließen den Platz vor dem Johannistor. Lüders hatte uns eine Strafe angedroht, wenn ich auf der Bühne meine Reliquien anpreisen oder Reynold öffentlich seinen Theriak verkaufen würde. Er hatte allerdings nicht angeordnet, dass wir uns von der Stadt fernzuhalten hätten. Also schoben wir den Wagen durch das Tor und zogen durch die Neustadt bis in die südliche Altstadt. Hier hatte fünf Jahre zuvor ein großes Feuer gewütet, und noch immer zeugten in diesem Teil Osnabrücks zahlreiche rußgeschwärzte Ruinen von dem Unglück. Einige der Häuser waren

– verstärkt mit dicken Brandmauern – bereits neu errichtet worden, doch dieses Viertel blieb ein trauriger Ort, und darum begaben wir uns in die Nähe der Kirche St. Marien, wo wir uns auf einem schattigen Platz zwischen dem Rathaus und der neuerbauten Stadtwaage niederließen. Hier überlegte ich, was wir unternehmen sollten, um unsere Mägen zu füllen. Unsere Vorräte waren auf eine Handvoll Stockfische und einen halben Krug Dünnbier zusammengeschrumpft. Das reichte nicht einmal aus, um ein Kind wie Mieke davon satt zu bekommen.

Ohne eine Bühne konnten wir weder die Reliquien noch Reynolds Heiltränke anpreisen, und unsere Börse würde leer bleiben. Ich zerbrach mir den Kopf über dieses Problem, doch auch nach Stunden blieb ich ratlos, und auch Jasmin, die immer wieder leise fluchte, war mir keine Hilfe.

Am Nachmittag packte Reynold dann einige seiner Flaschen in einen Leinensack und kündigte an, dass er von Haus zu Haus gehen wolle, um seinen Theriak zu verkaufen.

»Hältst du das für eine gute Idee?«, fragte ich ihn. »Wenn du an einen der Bürger gerätst, die im vergangenen Jahr an deiner Medizin erkrankt sind, könntest du weiteren Ärger heraufbeschwören.«

»Denen kann ich ja das hier anbieten.« Reynold griff in seine Wamstasche und zeigte mir ein Dutzend

Amulette. Die Talismane bestanden aus Knochenstücken, geschnitzten Pilgerzeichen oder polierten bunten Steinen. »Diese Amulette bieten Schutz vor dem Bösen und damit auch vor Krankheiten aller Art.«

»Für den, der daran glaubt«, erwiderte ich skeptisch.

»Ich glaube daran«, sagte er. »Ihr könnt hier natürlich weiterhin träge auf euren Ärschen sitzen. Ich werde versuchen, Proviant aufzutreiben.«

»Was auch nur recht und billig ist«, sagte ich. »Schließlich haben deine verpfuschten Tränke uns das Geschäft verdorben.«

Reynold zog ein enttäuschtes Gesicht. »Du solltest mich mit mehr Respekt behandeln, Emanuel. Ich bin der Ältere von uns beiden.«

»Aber nicht der Klügere«, provozierte ich ihn erneut.

Reynold schulterte den Leinensack und wirkte verstimmt. »Eines Tages werde ich davongehen«, sagte er. »Und dann seht ihr Lumpenmenschen mich niemals mehr wieder.«

»Und an diesem Tag werde ich Christus auf Knien danken«, entgegnete ich ihm.

Reynold knurrte nur abfällig und ging davon. Ich schaute zu Jasmin, doch die ersparte sich jedwede Erwiderung und schüttelte nur den Kopf.

Nachdem Reynold also gegangen war, vertrieben

wir anderen uns die Zeit mit dem Versuch, verschiedene Kunststücke einzuüben, mit denen man zur Not die eine oder andere Münze erbetteln konnte. Diese Versuche waren jedoch von keinem großen Erfolg gekrönt. Wie ich es zuvor bereits erwähnt hatte, besaß keiner von uns eine Begabung für diese Fertigkeiten. So war es kein Wunder, dass es weder Jasmin noch mir gelang, mit drei Bällen zu jonglieren, noch hatte Mieke Erfolg damit, mehr als zwei Schritte auf Händen zu laufen, ohne unsanft auf dem Boden zu landen. Nach einigen missglückten Übungen verkroch sie sich lustlos auf den Wagen.

Reynold kehrte schließlich schneller als erwartet zurück. Kaum eine Stunde war vergangen, seit er mit seinem Theriak davongestapft war. Er ließ den Leinensack, in dem es vernehmlich klimperte, vor uns auf das Pflaster sinken. Ich konnte mir eine spöttische Bemerkung nicht verkneifen. »Wie viele Flaschen von deinem Theriak hast du verkauft? Eine vielleicht? Oder hast du alle mit zurückgebracht?«

Reynold zischte nur abfällig und hockte sich zu uns. Einen verbitterten oder enttäuschten Eindruck machte er aber nicht mehr. Im Gegenteil, er schien bester Laune zu sein und teilte uns auch sogleich mit, was ihn so euphorisch stimmte.

»Ich habe eine Möglichkeit gefunden, wie wir uns die nächsten Tage die Bäuche vollschlagen können«, verkündete er stolz. »Auch ohne unsere Bühne und den Theriak.«

»Hast du das?«, fragte Jasmin skeptisch und zog die Stirn kraus.

»Ich kenne diesen Blick«, beschwerte sich Reynold. »Für dich bin ich nur ein alter Narr. Du setzt kein Vertrauen in mich.«

»In einen Quacksalber, der mit seiner Dreckapotheke über das Land zieht und den Leuten nutzlose Allheilmittel andreht? Natürlich nicht.«

»Lass ihn zur Sache kommen«, sagte ich. Reynold hatte meine Neugier geweckt.

Er zog ein hochnäsiges Gesicht in Jasmins Richtung und berichtete dann: »Durch die halbe Stadt bin ich gelaufen, um meinen Theriak zu verkaufen, und ich muss schweren Herzens eingestehen: Niemand wollte auch nur einen Heller dafür springen lassen. Unweit des Domplatzes begegnete ich aber zwei Männern, die einen Karren zogen, der mit herrlichen Weizenbroten, Würsten und geschlachteten Rebhühnern beladen war sowie mit mehreren Gallonen Wein. Die beiden Kerle baten mich um Hilfe, weil ihnen der Wagen zu schwer wurde. Da ich ein großes Herz besitze, packte ich sogleich mit an und brachte mit ihnen den Karren zum Wirtschaftshof eines Barfüßerklosters nahe der Kirche St. Katharinen. Dort schafften wir die Speisen vom Karren in den Keller des Wirtschaftshofes. Ich fragte die beiden, warum sie ihre Kammer so üppig bestückten. Einer von ihnen verriet mir, dass die Vorräte für ein großes Festmahl benötigt würden, das in zwei Tagen im Kloster ausgerichtet werden soll.«

»Ein Fest, zu dem nun gewiss alle von uns eingeladen wurden, weil du den beiden so aufopfernd zur Hand gegangen bist«, spottete Jasmin.

Reynold strafte sie mit einem mürrischen Blick. »Natürlich nicht. Aber warum sollten wir uns von diesen Vorräten nicht ein wenig für ein eigenes Festmahl abzweigen?«

»Was genau hast du im Sinn?«, wollte ich wissen.

»Unsere übliche Vorgehensweise.« Reynold griente. »Täuschung, Ablenkung, Bereicherung. Ich habe dort im Wirtschaftshof nur drei Männer zu Gesicht bekommen, und ich weiß, auf welchem Weg wir in den Keller gelangen, wo all diese Schätze auf uns warten.«

Ich rieb mein Kinn und überlegte. Reynolds Vorschlag besaß einen gewissen Reiz. Und es wäre nicht die erste Unternehmung dieser Art, die ich mit meinen Gefährten in Angriff nahm. Ab und an kommt es vor, dass unsere Gemeinschaft den Besitzrechten anderer Menschen nicht den nötigen Respekt entgegenbringt. Böse Zungen würden eine solche Tat als Diebstahl oder Mundraub bezeichnen, aber für mich stellt diese nicht ganz freiwillige Almosengabe ein gutes Werk dar. Es ist eines jeden Menschen Christenpflicht, die Bedürftigen – also auch meine Gefährten und mich – zu unterstützen. Bestimmt haben wir im Laufe der letzten Jahre die eine oder andere Seele errettet, indem wir uns an fremdem Besitz schadlos gehalten haben und so ein Almosen erzwingen konnten.

Augenblicklich bildete sich ein Plan in meinem Kopf, und ich fragte Reynold: »In der Nähe dieses Hauses – hast du da einen Baum oder eine Hecke gesehen?«

»Es gibt dort eine Buschhecke neben der Einfahrt zum Hinterhof.«

»Gut«, meinte ich, »das macht es einfacher.«

Jasmin räusperte sich. »Du wirst doch nicht wieder …«

»Ein Feuer wird sie ablenken«, bekräftigte ich meinen Plan. »Ich werde als Bettler vor die Tür des Wirtschaftshofes treten. Reynold schüttet etwas Öl in die Hecke und entzündet sie. Sollten die Kerle im Wirtschaftshof das Feuer nicht bemerken, mache ich sie darauf aufmerksam. Jedermann im Gebäude wird nach draußen stürzen, und wir machen uns die Verwirrung zunutze, indem wir in den Keller laufen und so viele Vorräte an uns nehmen, wie wir tragen können.«

Mein simpler Plan stieß nicht auf Jasmins Gegen-
liebe. »Du willst es genau so machen wie in Rheine?
Und wenn erneut alles außer Kontrolle gerät?«

»Was in Rheine geschehen ist, war nur eine un-
glückliche Fügung des Schicksals«, beteuerte ich,
aber Jasmin fiel mir sofort aufgebracht ins Wort.

»Unglücklich?« Sie lachte bitter. »Das große Stallgebäude stand in Flammen, und du wärest um ein
Haar festgenommen worden.«

»Bin ich aber nicht«, verteidigte ich mich.

»Wenn eine Dummheit gelingt, bleibt es trotzdem
eine Dummheit«, meinte sie.

»Ich finde, das mit dem Feuer ist ein guter Plan«,
sagte Reynold.

»Jasmin?«, fragte ich vorsichtig. »Bist du dabei?
Hilfst du uns, diese Köstlichkeiten aus dem Keller zu
schaffen?«

Sie seufzte, nickte dann aber.

»Also ist es beschlossen«, rief ich aus. »Und heute
Abend fressen und saufen wir, bis uns alles bis zum
Halse steht.«

KAPITEL 3

Die Aussicht auf ein opulentes Mahl am Abend trieb
uns dazu an, eilig alle Vorbereitungen zu erledigen.
Reynold füllte Lampenöl in ein Tongefäß und steckte

seine Feuersteine ein. Ich verwandelte mich in einen leidgeprüften Bedürftigen, indem ich mir Erde über das Gesicht rieb, meine Haare zerzauste und mir ein muffiges, zerschlissenes Wams überzog, das wir seit Wochen nur noch als Pferdedecke benutzt hatten.

Mieke trug ich auf, beim Wagen zu bleiben und auf unser spärliches Hab und Gut zu achten. Sie verhielt sich ein wenig bockig, weil sie an unserem Raubzug beteiligt sein wollte, und erst als ich meine Anweisung in einem schroffen Ton wiederholte, fügte sie sich murrend.

Jasmin, Reynold und ich machten uns also auf den Weg zum Barfüßerkloster an der Katharinenkirche. Dort angekommen, deutete Reynold auf ein schlichtes, dreistöckiges Haus, das abseits der Klostermauern lag.

»Das ist der Wirtschaftshof«, sagte er. »Im Keller befindet sich unsere Beute.«

Ich nickte und nahm die Umgebung in Augenschein. Wir brauchten keine Mauern zu überwinden. Das würde uns die Flucht erheblich erleichtern, falls es zu Schwierigkeiten kommen sollte. Auch dass die Straße im Moment menschenleer war, konnte nur ein Vorteil für uns sein. Und wie Reynold es beschrieben hatte, war neben der Hofeinfahrt die Buschhecke zu sehen, die für die nötige Ablenkung sorgen

würde, wenn sie in Flammen stand und eine Rauch-
wolke in den Himmel stieg.

»Also dann«, raunte ich und wies Jasmin an, sich
an einer Mauerecke zu verbergen, bis ich ihr das ver-
einbarte Zeichen gab. Reynold lief zu der Hofeinfahrt. Mit einem Nicken gab er mir zu verstehen, dass
er in wenigen Momenten das Feuer an der Hecke ent-
zünden würde.

Alles war vorbereitet. Ich trat vor das Portal, klopfte
an die Tür, und schon einen Augenblick später stand
ich einem schmächtigen Mann gegenüber, der sich
die Hände an einem Kittel abwischte. Hinter ihm
konnte ich zwei weitere Burschen ausmachen, die jeder ein Fass vom Hinterhof herantrugen. Ansonsten
schien die Tenne verlassen zu sein.

»Was willst du?«, fragte der Mann.

»Ich erbitte ein Almosen«, sagte ich und streckte
die Hand aus. »Erbarmt Euch, guter Herr.«

Der Mann beäugte mich skeptisch und antwortete:
»Es gibt festgelegte Zeiten, zu denen wir unsere Kü-
chenreste mit den Bedürftigen teilen. Kehre morgen
zur Mittagsstunde zurück, dann fällt davon vielleicht
auch etwas für dich ab.«

Er wollte die Tür bereits wieder zudrücken, doch
ich hielt ihn zurück und versuchte gleichzeitig auszumachen, ob an der Hofeinfahrt bereits Rauch zu
erkennen war.

»Wartet!«, rief ich schnell.

Er grunzte. »Was ist denn noch?«

Rasch überlegte ich mir eine Ausrede, um Zeit zu gewinnen. »Ich habe ein Weib«, behauptete ich. »Sie ist eine gute Seele, die mir sehr am Herzen liegt.«

»Und? Was habe ich damit zu schaffen?«

»Nun ja, sie erwartet ein Kind. Unser erstes Kind.«

»Ist das so?« Sein Tonfall ließ erkennen, dass ihn das herzlich wenig interessierte.

»Sie ist geschwächt und leidet Hunger. Das ist nicht gut in ihrem Zustand.« Ich zog unter meinem Mantel eine hölzerne Schale hervor. »Etwas Milch würde ihr auf die Beine helfen.«

Der Mann überlegte kurz, dann ließ er sich erweichen, nahm die Schale und entfernte sich. Eilig reckte ich meinen Hals und hielt Ausschau nach dem Feuer. Doch dort zeigte sich nicht einmal eine dünne Rauchfahne. »Nun mach schon, Reynold!«, zischte ich. Viel länger würde ich den Kerl an der Tür nicht hinhalten können.

Der Mann kehrte zurück und drückte mir die Schale in die Hand, in der nun etwas Milch schwappte.

»Der Herr danke Euch!«, rief ich laut aus. Als der Mann nickte und die Tür schließen wollte, stemmte ich eilig meine Hand gegen das Holz. »Einen Moment noch.«

Er hielt inne. Noch immer war kein Feuer zu sehen. Reynolds Nachlässigkeit ärgerte mich.

»Was ist nun schon wieder? Willst du aus lauter Dankbarkeit einen Tanz aufführen?«

»Nein«, sagte ich, »aber mir fiel gerade ein, dass mein bedauernswerter Vater in der vergangenen Woche ein Bein verloren hat …«

»Halt mich nicht zum Narren«, schimpfte der Mann, »sonst ist alles, was du noch von mir bekommst, ein Tritt in den Hintern.« Mit diesen Worten wurde mir die Tür vor der Nase zugeschlagen.

Ich seufzte bitter über diese verpasste Gelegenheit und stapfte wütend zur Hofeinfahrt, um Reynold zurechtzuweisen. Seltsamerweise fand ich dort nur das Gefäß mit dem Öl, das auf dem Boden umgekippt war und seinen Inhalt über die Erde vergossen hatte. Von Reynold aber fehlte jede Spur. Aus welchem Grund war er davongelaufen?

Ich begab mich zu der Mauerecke, an der ich Jasmin zurückgelassen hatte, doch auch dort hielt sich niemand mehr auf.

»Jasmin, wo steckst du?«, rief ich ungehalten, erhielt aber keine Antwort. Nun machte ich mir langsam Sorgen. Es war wohl das Beste, zu unserem Wagen zurückzukehren. Vielleicht warteten die beiden ja dort bereits auf mich.

Ich drehte mich um und wollte davontreten, doch

plötzlich versperrte mir ein massiger Körper den Weg. Ich musste aufschauen, um diesem Hünen in sein grobschlächtiges Gesicht zu blicken. Er fixierte mich mit einem finsteren Blick, und ich ahnte, warum Reynold und Jasmin verschwunden waren.

Der Riese griff nach mir. Ich versuchte mich zu ducken, doch er packte meine Schultern und stieß mich so fest gegen die Mauer, dass mir schwarz vor Augen wurde und ich die Besinnung verlor.

KAPITEL 4

Ein Schwall kaltes Wasser, der in mein Gesicht geschüttet wurde, löste mich ruckartig aus meiner Benommenheit. Ich schlug die Augen auf, und als sich mein Blick klärte, sah ich vor mir den Hünen, der mich in der Nähe des Wirtschaftshofes gegen die Mauer gestoßen hatte.

Mein Kopf brummte. Als ich mich aufrichten wollte, merkte ich, dass man mir die Hände mit einer Schnur gefesselt hatte, so dass mein Versuch, auf die Beine zu kommen, damit endete, dass ich ungelenk zur Seite kippte und mit der Schulter auf den Boden stürzte.

Den Hünen schien mein Missgeschick zu amüsieren, denn er lachte kehlig. Dann packte er meine

Schultern und setzte mich auf. Erst jetzt konnte ich erkennen, dass man mich auf die Diele eines Wohnhauses geschafft hatte. Ich drehte meinen schmerzenden Kopf und entdeckte Jasmin und Reynold, die ebenfalls gefesselt worden waren und neben mir an der Wand hockten. Wir tauschten einen raschen Blick. In ihren Augen spiegelte sich meine Besorgnis.

Ich schaute mich auf der Tenne um. Sie war recht geräumig, und seitlich befanden sich Ställe, in denen ein halbes Dutzend Pferde untergebracht worden war. Im ersten Moment hatte ich vermutet, wir wären im Wirtschaftshof der Barfüßer festgesetzt worden, doch dann wurde mir klar, dass ich mich irrte. Dies war nicht die Diele des Wirtschaftshofes, und auch von den Männern, die mir vor Augen gekommen waren, als ich dort um Almosen gebettelt hatte, hielt sich hier niemand auf. Stattdessen wurden wir von vier recht grimmig dreinschauenden Kerlen bewacht, die allesamt mit Kurzschwertern bewaffnet waren. Der Hüne trug sogar einen Bidenhänder auf seinem Rücken. Hielt man uns für so gefährlich?

Wie viel Zeit wohl vergangen war, seit der Hüne mich überwältigt hatte? Ich fragte mich, ob Mieke noch immer auf dem Wagen hockte und auf unsere Rückkehr wartete.

»Du Teufel!«, erklang plötzlich eine jaulende Stimme am Vordertor. Es wurde aufgestoßen. Ein untersetzter, kahlköpfiger Mann zerrte Mieke auf die Tenne und stieß sie zu Boden. Er hielt sich den Unterarm und verzog wütend das Gesicht.

»Man sollte sie in einen Käfig sperren!«, rief er aus. »Dieses verfluchte Balg ist gefährlicher als ein Wolf. Dreimal hat sie mich gebissen.«

Die anderen Männer lachten. Mieke zeigte die Zähne. Der Kahlköpfige empfand dies wohl als Provokation, denn er machte einen Schritt auf sie zu und hob die Hand, um ihr eine Maulschelle zu verpassen.

»Lass die Finger von ihr!«, schimpfte ich. Die Fesseln an meinen Händen hinderten mich daran, den Kerl von Mieke fernzuhalten.

»Ich werde dich bändigen wie einen lausigen Straßenköter«, drohte ihr der Kahlköpfige, doch bevor er auf Mieke einprügeln konnte, wurde er von einer energischen Stimme zurückgehalten.

»Schluss mit diesem Unfug!«

Ein weiterer Mann trat auf die Tenne. Es handelte sich um einen stattlichen, elegant gekleideten Herrn, der sich sofort Respekt verschaffte, indem er mit einer zackigen Handbewegung für Ruhe sorgte.

Ich schluckte, denn dieser Herr war mir nicht unbekannt, und die Sorgen, die meinen Kopf plagten, seitdem ich hier aufgewacht war, wurden mit seinem Auftauchen nur noch größer.

Der Herr betrachtete Mieke mit düsterer Miene. »Verpasst dem Mädchen einen Knebel, wenn ihr euch fürchtet, von ihr gebissen zu werden, aber fesselt sie endlich und schafft sie zu den anderen.«

Der Kahlköpfige nickte und richtete drohend einen Finger auf Mieke, die laut knurrte und ihm entgegenspuckte. Erst mit der Hilfe des Hünen gelang es ihnen, mein tapferes Mädchen zu ergreifen und ihr die Hände zu binden. Miekes Unerschrockenheit erfüllte mich mit Stolz.

Nun kam der Herr auf mich zu. Ich senkte meinen Kopf.

»Du! Weißt du, wer ich bin?«

»Nein, gnädiger Herr«, behauptete ich. Meine Lüge klang überzeugend.

»Mein Name ist Everhard Clunsevoet. Ich bin Herr über ein Gut bei Rheine und über Ländereien, auf denen ich an die dreihundert Stück Hornvieh halte.« Clunsevoet griff in mein Haar und zog meinen Kopf unsanft hoch, so dass ich es nicht mehr verhindern konnte, ihm in die Augen zu schauen.

»Aber all das ist dir gewiss nicht neu, Emanuel Malitz, oder sollte ich dich besser bei dem Namen Johan Herdinck nennen – unter dem du in meine Dienste getreten bist?«

Ich griente verlegen. »Ihr müsst Euch irren, gnädiger Herr. Eine Verwechslung. Dieser Name ist mir

41

nicht bekannt. Weder der Eure noch der dieses Herbrinck ... oder sagtet Ihr Gerbrick?«

»Soso!« Er knurrte aufgebracht. »Dumm nur, dass du diesem Johan Herdinck so verdammt ähnlich siehst, trotz des Bartes, den du damals getragen hast. Und das wiederum ist höchst unerfreulich für dich, weil Johan Herdinck es zu verantworten hat, dass zwei meiner Scheunen niedergebrannt sind.«

Seine Vorwürfe riefen mir die Bilder des großen Feuers in Erinnerung, das wir in einer Nacht verursacht hatten, die etwa zwei Monate zurücklag. Der Plan für den Raubzug, den ich damals entworfen hatte, ähnelte unserem heutigen Vorhaben im Wirtschaftshof, er war nur etwas aufwendiger gewesen. Ich hatte eine Woche lang auf dem Gut des Everhard Clunsevoet geschuftet und dort von früh bis spät Mist geschaufelt. Doch die Schinderei hatte ihren Zweck erfüllt, denn während meiner Arbeit hatte ich Gelegenheit gehabt, das Gelände und die Gebäude zu erkunden. Ich hatte in Erfahrung gebracht, dass es in Clunsevoets Hauptgebäude eine verschlossene Kiste gab, in der er die nicht unerheblichen Erlöse aus einem Viehverkauf aufbewahrte. Alles, was wir tun mussten, um in den Besitz dieser Münzen zu gelangen, war es, in Clunsevoets Räume einzudringen und diese Kiste zu entwenden.

Auch damals sollte ein Feuer für die nötige Ablenkung sorgen, doch tragischerweise blies der auffrischende Wind die Flammen, die Reynold an einem Fuder Heu entfacht hatte, auf die Scheunengebäude zu, die alsbald lichterloh brannten. Als wir in dem ganzen Trubel die schwere verschlossene Truhe aus dem Hauptgebäude schaffen wollten, überraschte uns ein Vorarbeiter, der lautstark Alarm schlug, so dass wir überhastet die Flucht ergriffen. Die Kiste mit dem Geld mussten wir daher zurücklassen.

Während der Woche, die ich auf dem Gut gearbeitet hatte, war mir Everhard Clunsevoet mehrmals über den Weg gelaufen. Natürlich kannte er mein Gesicht, denn einmal war ich ihm in der Nähe seines Haupthauses begegnet, und er hatte mich aufgebracht zurück an meine Arbeit geschickt.

Da der Vorarbeiter mich bei dem missglückten Diebstahl erkannt hatte, konnte Clunsevoet sich leicht zusammenreimen, wer für das Feuer verantwortlich war. Doch wie in drei Teufels Namen hatten seine Leute uns hier in Osnabrück aufgespürt? Ich konnte mir keinen Reim darauf machen.

Clunsevoet ging vor mir in die Hocke, so dass er mir anklagend in die Augen schauen konnte. »Die Futtervorräte für ein halbes Jahr wurden vernichtet. Es kostete mich zudem an die einhundert Goldgulden, die Speicher neu zu errichten.«

»Ich bedaure Euren Verlust«, erwiderte ich kleinlaut.

»Du bedauerst es?« Clunsevoet schnaufte zornig. »Willst du mich zum Narren halten? Ausgerechnet du?«

»Eine Verwechslung …«, beteuerte ich abermals, doch er fiel mir sogleich ins Wort und deutete auf den Hünen an seiner Seite.

»Cort ist euch Raben gefolgt, seit ihr euch nach dem Feuer aus dem Staub gemacht habt. Lange wart ihr ihm ein Stück des Weges voraus, und doch habt ihr an jedem Ort, den ihr aufgesucht habt, eure schändlichen Spuren hinterlassen. Nachdem ihr Rheine verlassen hattet, seid ihr in die Grafschaft Lingen gezogen, wo ihr den Opferstock in einem Kloster der Benediktinerinnen ausgeraubt habt. Von dort führte euer Weg in die Nähe von Vechta, wo man zu berichten wusste, dass der Provisor des Leprosoriums bestohlen wurde, und nun spürte Cort euch hier in Osnabrück auf – just in dem Moment, als ihr den Wirtschaftshof der Franziskaner berauben wolltet.« Er richtete einen Finger auf Reynold. »Cort konnte es gerade noch verhindern, dass dieser Kerl die Hecke neben dem Gebäude in Brand setzte.«

»Was habe ich mit diesem Feuerteufel zu schaffen?«, stieß ich in gespielter Empörung hervor. »Ich bin nur ein Bedürftiger, der um ein Almosen gebeten hat.«

»Ein Lügner und ein Lump bist du, sonst nichts«,

knurrte Clunsevoet. »Es wird Zeit, deine Verstocktheit zu brechen.« Er gab Cort ein Zeichen, der mich
sogleich packte und mich durch eine Hintertür aus
dem Haus schleifte. Da meine Hände noch immer
gefesselt waren, konnte ich mich nicht zur Wehr setzen. Der Hüne zog mich über den Schotter des Hinterhofes, während ich laut fluchte. Als Cort stoppte
und mich zu Boden stieß, befand ich mich vor einer
mit Brettern abgedeckten Grube. Der faulige, ste-
chende Geruch, der mir hier in die Nase stieg, weckte
schlimme Befürchtungen.

Auch Everhard Clunsevoet trat nach draußen, und
seine Männer schleppten zudem Reynold, Jasmin
und Mieke heran.

Cort stieß mit dem Fuß die Abdeckung zur Seite
und grunzte. Ich richtete mich ein Stück auf und
schluckte hart, als mein Blick auf die Senkgrube fiel,
die bis zum Rand mit Exkrementen gefüllt war. Der
Gestank lockte Scharen von Fliegen an, die surrend
über dem Abort kreisten. Der Anblick machte mir
den Hals eng und ließ mich würgen.

Cort packte entschlossen meine Schultern und
schleifte mich auf die Grube zu. Ich trat um mich
und schrie: »In Gottes Namen, zeigt Gnade! Ihr ver-
greift Euch an einem Unschuldigen!«

Mit der einen Hand umfasste Cort meinen Nacken,
mit der anderen griff er meinen Hosenbund und hob

mich so mühelos über die Grube, als wäre ich nur eine Strohpuppe. Hinter mir hörte ich, wie Jasmin kurz aufschrie. Ihre Besorgnis rührte mich, änderte aber nichts an meiner misslichen Lage. Ich japste, schloss die Augen und erwartete das Schlimmste.

»Wenn ich noch einmal das Wort *unschuldig* aus deinem Mund höre«, drohte Clunsevoet, »wird Cort zunächst dich in diesem Loch ertränken und danach deine Spießgesellen.« Er kam auf mich zu, griff in meine Haare und zog meinen Kopf hoch, während ich wie ein Fisch an der Angel über der Fäkaliengrube hing.

Ich schnaufte heftig, weil ich nicht daran zweifelte, dass Clunsevoet seine Drohung in die Tat umsetzen lassen würde. Aber was mochte mich erwarten, wenn ich meine Schuld eingestand? Wäre das nicht erst recht ein Grund für den Gutsherrn, mich und meine Gefährten vom Leben zum Tod zu befördern?

»Ich warte auf eine Antwort«, knurrte Clunsevoet. »Habt ihr auf meinem Gut das Feuer gelegt, um mich zu bestehlen? Und bist du an jedem Ort, den ihr aufgesucht habt, in verschiedene Rollen geschlüpft, um Menschen zu täuschen, sich ihr Vertrauen zu erschleichen und sie auszurauben?«

»Nein, wir …«, wiegelte ich abermals ab, doch sofort gab Clunsevoet seinem Schergen ein Zeichen, und der senkte meinen Kopf mit einem Ruck so weit nach unten, dass meine Haare bereits in den Fäkalien hingen.

»Welch ein Jammer!«, sagte Clunsevoet. »Für einen Mann mit solchen Fähigkeiten hätte ich Verwendung gehabt – den Tod eines Nichtsnutzes wie dich wird diese Welt jedoch verschmerzen können.«

Das waren neue Aussichten! »Ja, verdammt!«, stieß ich schnell hervor. Mein Atem ging stoßweise.

»Ja, was?«

»Wir haben das Feuer gelegt.« Meine Stimme überschlug sich. »Und wir haben auch die anderen Raubzüge begangen.«

Einen Moment lang geschah nichts. Ich kniff die Augen zusammen und hielt die Luft an, weil ich den fauligen Gestank unter mir nicht mehr ertragen konnte. Clunsevoet hatte angedeutet, er hätte Verwendung für einen Mann wie mich. Nun hoffte ich inständig, dass er mich nicht getäuscht hatte, nur damit ich meine Schuld eingestand.

Zu meiner Erleichterung wurde endlich mein Kopf nach oben gezogen. Cort trat zwei Schritte zurück und ließ mich vor der Grube auf die Erde fallen. Hier kauerte ich nun würgend, während Clunsevoet auf mich zukam und mich mit einem Tritt auf den Rücken beförderte, so dass ich in sein zorniges Gesicht blicken musste.

»Ich hätte jedes Recht, dich hier in die Hölle zu

47

schicken oder dich an die Obrigkeit auszuliefern, auf dass man dir die diebischen Hände abhackt«, zischte Clunsevoet. »Aber vielleicht kannst du mir noch nützlich sein.« Er wandte sich zu seinen Männern um. »Bringt Wasser! Der Kerl stinkt nach Scheiße.«

Ich tauschte einen kurzen Blick mit Reynold und Jasmin. Sie schauten besorgt drein, gaben mir aber mit einem Nicken zu verstehen, dass ich auf jedes Angebot Clunsevoets eingehen solle, um uns aus dieser verzwickten Lage zu befreien.

Kurz darauf trat der Kahlköpfige mit einem Eimer auf mich zu und kippte mir Wasser über den Kopf. Ich ächzte und schüttelte mein Haar wie ein Hund das nasse Fell.

»Was weißt du über die Wiedertäufer?«, wollte Clunsevoet wissen.

Ich schaute ihn nur verdutzt an, ohne dass ich recht verstand, was er von mir wollte.

»Die Wiedertäufer?«, fragte ich deshalb.

»Stell dich nicht dumm. Du wirst davon gehört haben, dass sich die Anabaptisten in Münster verschanzt haben.«

Nun endlich wurde mir klar, wovon Clunsevoet sprach. Vorsichtig sagte ich: »Ich hörte, man solle sich besser von Münster fernhalten, weil sich die Stadt in der Gewalt einer Handvoll Wirrköpfe befindet.«

»Die Zahl dieser Wirrköpfe, wie du sie nennst, geht

in die Tausende«, sagte Clunsevoet. »Und sie sind gefährlich. Was weißt du noch über sie?«

Ich zuckte mit den Schultern. »Nicht viel. Nur das, was wir auf den Straßen aufgeschnappt haben. Die Täufer sind Sektierer, die gleichsam Katholiken und Lutheraner verachten, die Kindstaufe ablehnen und eine strenge Moral predigen. Worin diese Lehre besteht, ist mir allerdings nicht geläufig.«

Clunsevoet zog ein Messer hervor, befreite mich von meinen Fesseln und half mir auf die Füße. »Die Wiedertäufer sind besessen von dem Gedanken, dass das Ende der Welt bevorsteht«, sagte er. »Sie akzeptieren nur Gott als Obrigkeit, sehen die Worte der Bibel als einziges Gesetz und lassen sich von düsteren Offenbarungen leiten. Zudem halten sie sich für die alleinige gottgewollte Gemeinde Christi. Verblendete Propheten predigen ihren Anhängern, dass sie sich im Neuen Jerusalem – also in Münster – versammeln sollen, um hier das Strafgericht Gottes über die Ungläubigen zu überstehen. Doch das Gegenteil wird der Fall sein, denn Bischof Franz von Waldeck hat ein Heer von mehreren tausend Mann vor die Tore Münsters geführt und belagert die Stadt, um diesem Aufruhr ein Ende zu setzen. Wenn Münster fällt und die Landsknechte die Stadt stürmen, werden die Täufer in ihrem eigenen Blut ersaufen.«

»Und jeder einzelne dieser Bastarde hat den Tod

verdient!«, rief ich aus und ballte die Hand zur Faust, weil mir nicht verborgen geblieben war, welche Abneigung Everhard Clunsevoet diesen Sektierern entgegenbrachte. Da konnte es nicht schaden, sich bei ihm eine gute Seite zu halten.

»Jeder Einzelne?«, fragte Clunsevoet.

»Alle!«, gab ich ihm euphorisch zu verstehen. »Jeder Mann und jedes Weib. Sie sollen zur Hölle fahren.«

Clunsevoets Kopf lief rot an, und an seiner Stirn schwoll eine Ader, als er mich am Kragen packte und mir entgegenfauchte: »Hüte deine Zunge, du Tölpel! Meine eigene Tochter hält sich unter den Täufern in Münster auf, und solltest du mein gutes Mädchen jemals wieder als Bastard bezeichnen und ihr den Tod wünschen, wirst du es bereuen, dass wir dich nicht in dieser Grube ersäuft haben.«

Ich schluckte und nickte. Hinter mir hörte ich, wie Jasmin vernehmbar stöhnte. Sie befürchtete wohl, dass ich uns alle mit meiner unbedachten Äußerung ins Unglück stürzte.

Clunsevoet beruhigte sich und sprach weiter. »Meine Tochter Amalia befand sich in der Obhut der Benediktinerinnen des Klosters St. Aegidii in Münster, weil sie ein Kind reinen Herzens ist und sich der Gnade des Herrn unterordnen sollte. Als die falschen Propheten nach Münster kamen und mit ihren Predigten die Köpfe der Menschen vergifteten, ließ auch Amalia sich blenden, und nun lebt sie dort unter den Häretikern.«

»Das ist … bedauerlich«, sagte ich vorsichtig.

»Es ist eine große Dummheit«, meinte Clunsevoet. »Wenn Münster von den Belagerern gestürmt wird und den Plünderungen der Soldaten ausgesetzt sein sollte, wird Amalias Leben in großer Gefahr sein. Wenn sie den Landsknechten in die Hände fällt, werden die sie womöglich vergewaltigen oder erschlagen. Aber dazu wird es nicht kommen, und du wirst dafür Sorge tragen.« Er richtete einen Finger auf mich.

»Werde ich?« Ich stutzte.

»Du und deine Gefährten werdet meine Tochter wohlbehalten zu mir zurückbringen.«

Ich zögerte. Dann erwiderte ich: »Wie soll das gelingen? Münster wird belagert und hat sich gewiss verschanzt. Niemand kann die Stadt betreten.«

»Lass dir etwas einfallen. So wie bei deinen vorherigen Raubzügen. Wenn du dich aber weigerst oder versagst …« Er fuhr sich mit der Handkante unter dem Kinn entlang und machte mir damit unmissverständlich die Konsequenzen klar.

Seufzend rieb ich meine Stirn. »Selbst wenn es uns gelänge, die Mauern der Stadt zu überwinden – wie sollten wir unter den Tausenden dieser verirrten Seelen Eure Tochter erkennen?«

51

Clunsevoet deutete auf den Hünen, der mit verschränkten Armen unser Gespräch verfolgte. »Cort wird euch begleiten. Er kennt Amalia und kann euch helfen, sie aufzuspüren. Außerdem wird er darauf achtgeben, dass ihr nicht das Weite sucht.«

»Aber selbst wenn wir Amalia finden – wie soll ich Eure Tochter aus der belagerten Stadt schaffen? Alle Tore werden verschlossen sein. Es wäre unmöglich, Münster wieder zu verlassen.«

»Dann mach es möglich«, knurrte Clunsevoet. »Wenn du dich weigerst, nach Münster zu gehen, lasse ich dich und deine beiden Begleiter in der Senkgrube ersaufen. Deine Tochter werde ich verschonen. Vielleicht überlasse ich sie für eine entsprechende Entlohnung einem wohlhabenden Mann, der die Gesellschaft junger Mädchen zu schätzen weiß und den es reizt, einen widerspenstigen Wildfang zu zähmen. Oder ich verkaufe sie gleich an ein Hurenhaus.«

Wieder einmal zeigte sich Mieke unbeeindruckt und schnitt nur eine Grimasse.

»Du hast die Wahl, Emanuel«, sagte Clunsevoet achselzuckend.

»Anscheinend habe ich die nicht«, erwiderte ich. Einen Moment lang zögerte ich noch, dann sagte ich: »Wir werden Eure Tochter den Täufern entreißen.«

Clunsevoet klopfte mir auf die Schultern. »Das sind die Worte, die ich hören will.«

»Wann sollen wir aufbrechen?«, fragte ich.

»Erst morgen«, entgegnete Clunsevoet. »Die Dunkelheit bricht bereits in zwei Stunden herein. Darum werdet ihr hier die Nacht verbringen.«

Man führte uns zurück in das Haus und drängte uns in eine Kammer. Einer der Schergen brachte uns Decken, einen Krug Wasser und einen Eimer für die Notdurft. Dann zog er sich zurück, und wir hörten einen Schlüssel klappern. Jasmin prüfte die Tür. Sie war verschlossen.

Ich zog mein nasses Hemd aus und trocknete mich mit einer der Decken ab. Jasmin trat an mir vorbei. Ich fasste ihre Hand und sagte: »Mir kam es so vor, als ob du in Sorge um mich warst, als dieser Riese mich in der Grube ersaufen wollte.«

»Bilde dir nichts darauf ein«, entgegnete sie gereizt. »Ich hatte nur Angst, dass mir das Gleiche bevorstehen würde. Was mit dir geschieht, kümmert mich nicht mehr.«

»Du lügst«, sagte ich mit einem Lächeln und wollte ihre Wange berühren, doch sie stieß meine Hand fort.

»Mit Lügen kennst du dich besser aus als ich«, zischte Jasmin und machte einen Schritt zurück, um Abstand zwischen uns zu bringen.

»Könnt ihr das nicht später klären? Uns plagen weiß Gott andere Sorgen.« Reynold griff nach dem

Eimer, stellte sich in eine Ecke und wandte uns den Rücken zu. Während er sein Wasser abschlug, jammerte er: »Bei allen Heiligen, in was für eine Lage sind wir da geraten? Ausgerechnet wir sollen uns unter die Täufer begeben.«

»Es wäre ein Irrsinn, Münster zu betreten«, meinte Jasmin. »Dort erwarten uns zu viele Gefahren. Es ist eine Sache, ein Kloster oder einen Wirtschaftshof zu bestehlen, aber etwas völlig anderes, sich in eine Stadt zu schleichen, in der religiöse Sektierer nur darauf lauern, Spione einen Kopf kürzer zu machen. Das ist, als würde man eine Katze in eine Grube mit geifernden Hunden werfen.«

Selbst Mieke schienen diese Sorgen zu bedrücken. Sie hockte sich zu mir und klammerte sich an mich. »Werde ich verkauft?«, wollte sie wissen.

»Unsinn«, behauptete ich. »Weder wird man dich von uns trennen, noch habe ich vor, mich unter diese Sektierer zu mischen, nur weil ich es Clunsevoet versprochen habe.«

»Also ziehen wir unserer eigenen Wege«, raunte Reynold. Auch Jasmin schaute mich erwartungsvoll an.

»Gewiss«, versicherte ich ihnen. »Ich denke nicht daran, auch nur einen Fuß in das Tollhaus Münster zu setzen.«

KAPITEL 5

Wir verbrachten den Rest des Abends weitgehend schweigend. Natürlich grämten wir uns, dass wir in diese verzwickte Lage geraten waren. Hungrig und übellaunig fand ich in der Nacht erst spät in den Schlaf. Das mochte der dünnen Decke geschuldet sein, unter der ich den harten Steinboden in dieser Kammer deutlich spürte, aber weit mehr wohl der Sorge, dass wir der Willkür Everhard Clunsevoets ausgesetzt waren.

Am Morgen wurden wir von einem lauten Klopfen an der Tür geweckt. Müde und zerschlagen richteten wir uns auf und gähnten herzhaft. Mieke zog ein unwirsches Gesicht. Sie drückte die Hand zwischen ihre Beine und krümmte sich. Bislang hatte sie sich geweigert, vor unseren Augen den Eimer zu benutzen.

»Also«, sagte Jasmin zerknirscht in meine Richtung, »verrätst du uns, wie dein Plan aussieht?«

Ich senkte meine Stimme und flüsterte, weil ich befürchtete, dass vor der Tür eine Wache mit allzu spitzen Ohren postiert worden war. »Wir gehen auf alles ein, was Clunsevoet von uns verlangt. So, wie ich es gestern verstanden habe, wird uns nur dieser Hüne Cort nach Münster begleiten. Wenn wir Osnabrück hinter uns gelassen haben, dürfte es uns gewiss gelingen, den Kerl zu überwältigen. Er ist kräftig, aber wir sind zu dritt. Wenn Goliath gefesselt am Wegesrand liegt, suchen wir rasch das Weite.«

»Clunsevoet wird vor Wut toben, wenn wir uns davonmachen«, sagte Jasmin. »Er wird nichts unversucht lassen, uns erneut aufzuspüren, und wenn er uns dann in die Finger bekommt, wird er nicht zögern, uns in dieser Fäkaliengrube zu ersäufen.«

»Wir ziehen fort von hier«, erwiderte ich. »Und dieses Mal müssen wir sehr viel mehr Abstand zwischen Clunsevoet und uns bringen.«

»Wohin sollen wir denn deiner Meinung nach gehen?«

Ich zuckte mit den Schultern. »Nach Süden vielleicht. In die bayerischen Lande oder bis nach Böhmen. Auf jeden Fall so weit entfernt, dass Clunsevoet uns nicht finden wird.«

»Und unser Wagen?«, warf Reynold ein. »Sollen wir den einfach zurücklassen? Was wird aus unseren Habseligkeiten?«

Ich hob die Schultern. »Zum größten Teil schleppen wir ohnehin nur wertlosen Plunder mit uns herum.«

»Aber meine Arzneien …«

»Regenwürmer und Katzenkot wirst du auch in Nürnberg oder Prag sammeln können«, fiel ich ihm ins Wort. »Oder ziehst du es vor, dich in Münster in die Gesellschaft dieser verblendeten Wiedertäufer zu begeben, die nur darauf warten, jemanden wie dich oder mich dem Scharfrichter zu überlassen?«

Reynold ließ ein abfälliges Brummen hören, doch unser Gespräch wurde ohnehin unterbrochen, als ein Schlüssel im Schloss klapperte und die Tür aufgestoßen wurde. Cort und der Kahlköpfige traten unter den Türbalken. Der Kahle betrachtete Mieke und meinte: »Das Mädchen schaut aus, als müsse es dringend den Abtritt aufsuchen.«

Mieke nickte eifrig. Der Kahlköpfige streckte die Hand aus und sagte: »Wenn du mich nicht beißt, führe ich dich dorthin.«

Ohne ein Wort huschte Mieke trippelnd aus der Kammer. Der Mann folgte ihr.

»Mein Herr will mit euch sprechen.« Cort winkte uns mit sich. Er ging voraus und brachte uns in eine Küche, in der Everhard Clunsevoet bereits an einem breiten Tisch saß und eine opulente Frühmahlzeit einnahm, die aus Weizenbrot, Rauchwurst, Milch und einer wohlriechenden Gemüsesuppe sowie einem großen Krug Bier bestand. Mir lief das Wasser im Mund zusammen, und ich hoffte, dass er uns an seinem Mahl teilhaben lassen würde. Nachdem Cort uns angewiesen hatte, an Clunsevoets Tafel Platz zu nehmen, stellte eine Küchenmagd jedoch nur eine Schale Haferbrei sowie einen Becher Brunnenwasser

vor jedem von uns ab. Clunsevoet blieben unsere enttäuschten Gesichter wohl nicht verborgen, denn er
grinste nur, tunkte Brot in die Suppe und stopfte es
sich in den Mund.

Wir aßen schweigend, während Clunsevoet
schmatzend seine Suppe löffelte. Er stürzte sein Bier
hinunter und rülpste laut.

Während ich den faden Brei verspeiste, hielt ich
Ausschau nach Mieke. Sie hätte längst in der Küche
eintreffen müssen, und ich fragte mich, ob es zu
Schwierigkeiten gekommen war. Vielleicht hatte sie
doch Gefallen daran gefunden, Clunsevoets Männer
wütend zu machen, und weigerte sich nun, das Ab-
tritthäuschen zu verlassen. Sie war nur ein Mädchen,
aber wenn sie sich etwas in den Kopf gesetzt hatte,
konnte sie sehr störrisch sein, wie ich aus eigener leid-
voller Erfahrung wusste.

Inzwischen hatte Clunsevoet seine Mahlzeit beendet und wischte sich den Mund ab. »Ich habe Pferde
für euch satteln lassen«, sagte er dann. »Ihr könnt
umgehend aufbrechen. Wenn ihr euch beeilt, erreicht
ihr Münster noch vor Einbruch der Nacht.«

»Und was geschieht, wenn es uns tatsächlich gelingen sollte, Eure Tochter aus Münster herauszuschaffen?«, wollte ich wissen. »Wohin sollen wir sie bringen?«

»In dieses Haus«, antwortete Clunsevoet. »Ich lasse

hier jemanden zurück, der mich umgehend verständigen wird, wenn ihr mit Amalia eingetroffen seid. Dann werde ich so schnell wie möglich nach Osnabrück kommen.«

»Woher weiß ich, dass Ihr danach nicht doch Eure Rache einfordert und uns in diese Fäkaliengrube steckt, auch wenn wir Eure Forderung erfüllen?«, fragte ich.

»Und woher habe ich die Gewissheit, dass ihr mich nicht betrügt und euch bei der ersten Gelegenheit davonmacht?«

»Ihr habt mein Wort«, versicherte ich ihm und kreuzte die Finger unter dem Tisch.

Er lachte spitz. »Da du dir denken kannst, dass das Wort eines Diebes für mich nicht den geringsten Wert hat, habe ich eine Vorsichtsmaßnahme getroffen, um mir deiner Treue gewiss zu sein.«

Ich runzelte die Stirn.

»An dem Tag, an dem du mir Amalia zurückbringst«, erklärte er, »wirst auch du deine Tochter wiedersehen.«

»Mieke? Was habt Ihr mit ihr gemacht?« Ich erhob mich, doch Clunsevoet blieb unbeeindruckt.

»Es geht ihr gut«, sagte er mit einer Unschuldsmiene. »Zwei meiner Männer haben bereits die Stadt mit ihr verlassen. Sie schaffen das Mädchen an einen weit entfernten Ort, den du niemals finden wirst.«

»Ihr seid ein gottverdammter ...«, knurrte ich, doch Clunsevoet fiel mir ins Wort und richtete einen Finger auf mich.

»Du und deine Begleiter – ihr habt genau einen Monat lang Zeit, um Amalia aus Münster herauszu-schaffen. Sollte sie sich bis dahin nicht wieder in mei-ner Obhut befinden, oder sollten du und deine Be-gleiter es vorziehen, meinen Auftrag zu missachten, werde ich nicht zögern, deine Tochter an einen Mäd-chenhändler zu verkaufen, der so lange auf sie ein-prügelt, bis sie ihre Verstocktheit verliert und sich für ihn als Hure verdingt.«

Ich schnaufte, doch gleichzeitig zwang ich mich dazu, ruhig zu bleiben. Es nutzte nichts, wenn ich Clunsevoet beschimpfte. Ich drehte mich zu Reynold und Jasmin um, machte ihnen mit einem Blick deut-lich, dass ich ratlos war, und trat dann aus der Küche.

»Bringt uns zu den Pferden!«, rief ich. »Wir wol-len keine Zeit verlieren.«

Cort führte uns zu einem Bretterstall, neben dem bereits vier Reittiere bereitgestellt worden waren. Ei-ner von Clunsevoets Schergen verstaute Proviant und Decken hinter den Sätteln. Cort ergriff die Zügel ei-nes kraftstrotzenden Schimmels. Die anderen Pferde machten hingegen nicht den besten Eindruck. Rey-nold und Jasmin saßen auf zwei alten Stuten auf, de-ren verfilztes Fell darauf schließen ließ, dass die beiden Tiere ihre beste Zeit schon lange hinter sich hatten. Mir gab man einen Falben an die Hand, dessen Kopf ständig zur linken Seite zuckte, so dass ich mich fragte, ob das Tier noch recht bei Verstand war. Obwohl sich Mieke in Clunsevoets Gewalt befand, vertraute der Gutsherr uns nur diese müden Klepper an. Wahrscheinlich hielt er es für möglich, dass wir uns trotz seines Druckmittels auf und davon machen und ihn ein weiteres Mal bestehlen würden.

Bevor wir aufbrachen, trat Everhard Clunsevoet noch einmal vor uns, verschränkte die Arme auf dem Rücken und nickte jedem von uns erwartungsvoll zu. »Enttäusch mich nicht«, sagte er. »Und gräm dich nicht zu sehr über das Schicksal deiner Tochter, Emanuel. Es liegt in deiner Hand, sie schon bald zurückzubekommen. Betrachten wir uns in dieser Angelegenheit als Verbündete. Zumindest zeitweilig.«

»Wir sind keine Verbündeten«, entgegnete ich. »Denn wer sich mit Hunden schlafen legt, der steht mit Flöhen auf.«

»Für deine freche Zunge sollte ich deine Tochter zur Rechenschaft ziehen«, sagte Clunsevoet. »Aber ich werde dieses Mal noch darüber hinwegsehen. Wenn ich jedoch in einem Monat Amalia nicht in die Arme schließe, wird es Mieke schlecht ergehen.« Er deutete auf das Tor zur Straße. »Und nun fort mit euch!«

KAPITEL 6

Wir ließen Osnabrück hinter uns und folgten den Wegen in südliche Richtung. Wären uns kräftigere Pferde anvertraut worden, hätten wir den Ritt nach Münster durchaus bis zum späten Abend hinter uns bringen können. Mit den trägen Tieren war das allerdings unmöglich. Vor allem Reynolds Stute hielt uns auf. Sie lahmte bereits zur Mittagszeit, so dass wir alle absitzen und unsere Pferde am Zügel führen mussten. Als die Dämmerung einsetzte, hatten wir kaum die Hälfte des Weges hinter uns gebracht. Wir beschlossen also, eine Rast einzulegen, und baten in einem Bauerngehöft um ein Quartier für die Nacht.

Die Leute auf dem Gehöft beäugten uns mit skeptischen, vorsichtigen Mienen, doch als Cort einige Münzen hervorholte und diese für einen Schlafplatz anbot, klopfte ihm der Bauer wie einem Freund auf die Schultern, wies einen Knecht an, sich um die Pferde zu kümmern, und führte uns in den Stall, wo wir neben einem Fuder Heu unser Lager aufschlagen konnten. Der Knecht brachte uns auch einen Eimer Wasser, damit wir uns den Staub der Straße abwaschen konnten, sowie ein kleines Fass mit selbstgebrautem Bier. So hockten wir uns auf unsere Decken und teilten die Vorräte auf. Reynold und Jasmin griffen hungrig zu dem Roggenbrot und den geräucherten Würsten, die wir mit uns führten. Ich jedoch hielt mich zurück und aß nur wenig.

Neben mir saß der massige Cort. Ich fühlte mich unbehaglich neben diesem Mann, der mich am gestrigen Tag so mühelos in die Höhe gestemmt hatte, um mich in der stinkenden Kloake zu ertränken. Nun saßen wir hier zusammen und teilten unseren Proviant miteinander. Jasmin und Reynold schien das nicht zu stören.

Cort blieb meine Zurückhaltung nicht verborgen. Er füllte meinen Becher mit Bier auf und meinte: »Du bist so sehr in deine Gedanken versunken. Arbeitest du bereits einen Plan aus, der uns nach Münster hinein- und wieder hinausbringt?«

Ich seufzte. »Im Moment bin ich mit meinen Gedanken bei meiner Tochter Mieke. Sie war in all den Jahren niemals von mir getrennt. Jetzt ist sie allein und die Gefangene dieses Gutsherrn. Sollte Clunsevoet meinem Kind auch nur ein Haar krümmen lassen …«

»Euer Kind«, fiel mir Cort ins Wort, »kam mir nicht unbedingt wie ein verschrecktes Reh vor. Es würde mich nicht wundern, wenn sie ihren Aufpassern schon jetzt den Tag zur Hölle macht.«

»Und wenn schon«, zischte ich.

»Clunsevoet liegt viel an seiner Tochter. Er will nur

Gewissheit, dass du alles daransetzen wirst, Amalia zu ihm zurückzubringen.«

»Du und dein Herr, ihr scheint wahre Wunder von mir zu erwarten«, erwiderte ich ungehalten. »Ich frage mich, warum ihr so überzeugt davon seid, dass ausgerechnet ich in das belagerte Münster eindringen und dieses Mädchen dort herausschaffen kann.«

»Ich habe mehrere Wochen lang mit meinen Leuten eure Spur verfolgt. Immer wenn ich einen der Orte erreichte, an dem ihr euch zuvor durch eine List Vertrauen erschlichen und Beute gemacht hattet, kam ich nicht umhin, euch Respekt für eure Verschlagenheit zu zollen.«

»Hör sich das einer an«, tönte Reynold mit vollem Mund. »Sieht so aus, als hätten wir einen Bewunderer gefunden.«

»Während du auf Clunsevoets Hof gearbeitet hast, konntest du uns glauben machen, du wärest ein tumber Dummkopf«, sagte Cort. »In dem Kloster, das ihr nach eurer Flucht aus Rheine beraubt habt, bist du als Wanderprediger aufgetreten, dem dort ein Quartier angeboten wurde. Und der Provisor des Leprosoriums, den du um zwanzig Schillinge erleichtert hast, sprach davon, dass ihn ein Fremder beraubt habe, der arg von der Lepra gezeichnet gewesen war und am Tag zuvor um Hilfe gebeten hatte.« Er nahm

64

einen Bissen, kaute und fragte dann: »Wie ist es dir überhaupt gelungen, dieses Siechtum vorzutäuschen?«

Ich wollte ihm sagen, dass dies mein Geheimnis bleiben würde, doch da polterte Reynold bereits hervor: »Emanuel trug eine Maske aus getrocknetem Pferdemist auf seinem Gesicht. Unter seiner Kapuze konnte man ihn nicht von einem gewöhnlichen Leprosen unterscheiden. Im Grunde sah er damit sogar hübscher aus.«

Cort lachte leise. Ich ließ den Spott ungerührt über mich ergehen und nahm nun doch einen Schluck von dem Bier, das dünn und fad schmeckte.

»Es mangelt dir nicht an Einfällen, um deine Ziele zu erreichen«, sagte Cort zu mir. »Und du besitzt ein Talent, anderen Menschen etwas vorzugaukeln. Ich glaube, das sind nicht die schlechtesten Voraussetzungen, um in Münster unerkannt zu bleiben und die Täufer über unsere wahren Absichten zu täuschen.«

»Die Wiedertäufer machen mir Angst«, meinte Jasmin. »Obwohl ich nur sehr wenig über sie weiß.«

»Mir geht es ähnlich«, merkte ich an und sagte zu Cort: »Was ist mit dir? Hat Everhard Clunsevoet mit dir über die Täufer und das Geschehen in Münster gesprochen, bevor er dir den Auftrag erteilt hat, uns zu begleiten?«

Cort nickte. »Vor einigen Wochen, während ich mich noch auf der Suche nach euch befand, reiste Clunsevoet nach Münster, um seine Tochter aus der Stadt zu befreien. Er setzte einige Tage lang alles daran, jemanden ausfindig zu machen, der bereit war, sich für eine großzügige Summe in die Stadt zu schleichen und Amalia zu ihm zurückzubringen. Clunsevoet gelang es, zwei Männer anzuheuern, die es versucht haben. Der eine wurde schon vor den Wallmauern niedergeschossen. Der andere gelangte zwar in eine der vorgelagerten Bastionen, doch am nächsten Morgen steckte sein Kopf auf einer Lanze, die man über dem Tor befestigt hatte.«

»Keine erbaulichen Aussichten«, raunte ich.

»Clunsevoet hatte zunächst nicht vor, dich und deine Gefährten nach Münster reiten zu lassen. Er war so wütend auf euch, dass er euch tatsächlich allesamt zur Hölle schicken wollte. Als ich mit ihm aber nach seiner Rückkehr von Münster zusammentraf und ihm von euren dreisten Raubzügen berichtete, konnte ich Clunsevoet davon überzeugen, dass nur ein so verschlagener Kerl wie du dazu imstande sein würde, sich unerkannt unter die Täufer zu mischen und Amalia ausfindig zu machen.«

»Da braucht es wohl mehr als eine Maske aus Pferdemist«, seufzte Reynold und schaute recht verdrießlich drein.

66

»Was hat dir Clunsevoet noch berichtet?«, wandte ich mich wieder an Cort. »Die Belagerung – was unternimmt der Bischof, um die Stadt einzunehmen?«

»Franz von Waldeck hat mehrere tausend Mann vor der Stadt versammelt. Zumeist stellungslose Söldner, die in großen Scharen vor Münster eintreffen und von einem Tross aus Frauen, Kindern, Huren und Handwerkern begleitet werden. Zudem wurden Hunderte Bauern aus den umliegenden Gehöften zum Arbeitsdienst verpflichtet. Der Bischof hat an allen wichtigen Straßen, die zu der Stadt führen, Söldnerlager errichten lassen. Seit Wochen wird Kriegsgerät herangeschafft: Kartaunen und Feldschlangen, Salpeter und Schwefel, Hakenbüchsen, Lanzen und Spieße. Clunsevoet hatte erfahren, dass es im Mai bereits einen Sturmangriff auf eines der Stadttore gegeben hat, der allerdings in einer beschämenden Niederlage für die Söldner des Bischofs endete, da die Täufer Münster fanatisch verteidigen. Nun wird Franz von Waldeck aber bald die Kräfte für einen neuen Vorstoß auf die Wälle zusammengezogen haben.«

»Wir sollen also noch vor dieser Attacke in die Stadt gelangen«, sagte Jasmin und wischte sich Bierschaum vom Mund. »Und wenn uns das gelingt? Welchen Gefahren sind wir in Münster ausgesetzt?«

»Zu vielen«, meinte Cort und kicherte höhnisch. »So manches von dem, was über die Täufer und ihr

Treiben in der Stadt geredet wird, ist gewiss übertrieben und einer allzu lebhaften Phantasie geschuldet, doch Clunsevoet hat mit mehreren ehemaligen
Bürgern Münsters gesprochen, die bis zu ihrer Ausweisung mit den Täufern zusammengelebt haben.
Nach diesen Berichten fällt die Stadt mehr und mehr
einem religiösen Irrsinn anheim. Täglich tun sich in
Münster Personen hervor, die von einem propheti-
schen Geist erfasst werden und die Köpfe der Täufer mit unheilvollen Visionen vergiften. Neugeschaf-
fene Gesetze sehen die Todesstrafe für alle Bürger vor,
die Gott lästern und öffentlich fluchen, stehlen oder
die Ehe brechen. Sogar die Raffsucht, die Lüge und
die Missgunst werden mit der Enthauptung geahn-
det.«

Reynold kratzte seinen Schädel und zog die Stirn
kraus. »Diebstahl, Lüge, Raffsucht … da werden wir
uns wohl ein wenig in Acht nehmen müssen.«

»Unsere erste Aufgabe wird es sein, jemanden zu
finden, der uns hilft, in die Stadt zu gelangen«, fuhr
Cort fort. »Clunsevoet hat mir einige Silbermünzen
anvertraut, mit denen wir uns gewiss die eine oder
andere Unterstützung erkaufen können.«

»Das ist ein Anfang«, sagte ich. »Mehr aber auch
nicht.«

Nach einer Weile stand Jasmin auf und griff nach
dem Wassereimer, den uns der Knecht bereitgestellt

hatte. Sie sagte uns, dass sie sich waschen wolle, und trat in den Nebenraum der Scheune, wo einige Kühe und Ziegen untergebracht waren. Kurz darauf erhob sich auch Reynold, der sagte, dass er sich die Füße vertreten müsse, und die Scheune verließ.

Es behagte mir nicht, mit Cort allein zurückzubleiben. Auch wenn sich der Hüne als recht redselig erwiesen hatte und durchaus bemüht war, gut mit uns auszukommen, konnte ich dennoch nicht außer Acht lassen, dass er mit dafür verantwortlich war, dass meine Tochter Mieke an einem unbekannten Ort gefangen gehalten wurde.

Cort schaute Reynold skeptisch hinterher. »Deine Gefährten«, sagte er, »kann man sich auf sie verlassen?«

»Können wir uns auf dich verlassen?«, erwiderte ich. »Oder muss ich befürchten, eines Morgens mit durchschnittener Kehle aufzuwachen?«

»Unsinn!«, meinte Cort. »Wir verfolgen das gleiche Ziel. Gegen dich hege ich keinen Groll. Ich bin nur ein ehemaliger Landsknecht, der jedem, der mich gut entlohnt, seine Dienste anbietet.«

»Und darum verdingst du dich für einen Mann, der Kinder entführt.«

»Man wird deine Tochter schon ordentlich behandeln. Du solltest dir nicht zu viele Gedanken darüber machen. In wenigen Wochen wird sie wieder bei dir sein. Aber um Amalia zu befreien, muss ich euch einschätzen können. Also, was ist mit deinen Gefährten? Kann man ihnen trauen?«

»Ich ziehe mit den beiden schon seit Jahren über die Straße«, erklärte ich und fügte recht süffisant hinzu: »Wir sind eine verschworene Gemeinschaft, in der einer für den anderen durchs Feuer gehen würde.«

Ein lautes Schimpfen ließ mich zusammenzucken. Im nächsten Moment stürzte Jasmin wütend aus dem Nebenraum, zog die Schluppen an ihrem Hemd zusammen und keifte: »Reynold! Ich habe den Dreckskerl erwischt, wie er mich durch eine Lücke in der Bretterwand begafft hat, als ich mein Hemd abgelegt habe.« Sie trat mit ausgreifenden Schritten an uns vorbei nach draußen und zeterte: »Wenn ich diesen elenden Hurenbock in die Hände bekomme, zerquetsche ich ihm die Hoden.«

Cort runzelte die Stirn und sagte: »Eine verschworene Gemeinschaft …?«

Ich zuckte verlegen mit den Schultern. »Streitereien gibt es in jeder guten Ehe.«

Cort lachte. »Deine Gefährtin besitzt ein wahrhaft feuriges Temperament.«

»Das liegt ihr wohl im Blut.«

»Es scheint so. Woher stammt diese Frau? Wurde sie hier in den deutschen Landen geboren? Ihre Haut schimmert bronzen, und ihre Augen sind dunkel wie

70

die einer Zigeunerin. Aber in ihrer Stimme liegt kein fremder Klang.«

»Jasmin redet nicht gerne über ihre Vergangenheit«, erklärte ich ihm. »Ich habe von ihr nur erfahren, dass ihre Mutter aus einem fernen östlichen Land stammt und einst einem Lübecker Handelsreisenden als Leibeigene überlassen wurde. Die Frau wurde gezwungen, diesen Mann in seine Heimat zu begleiten, und als sie mit einem Schiff in Lübeck eintrafen, war sie bereits von ihm geschwängert worden.«

»Also ist Jasmin auf deutschem Boden geboren worden«, sagte Cort. »Und da sie nur zur Hälfte orientalisches Blut besitzt, sieht man ihr das Fremde nicht sofort an. Aber warum zieht sie mit einem Halunken wie dir über das Land?«

Ich schenkte Cort Bier nach und strafte ihn für diese herablassende Bemerkung mit einem missbilligenden Blick. »Nach allem, was ich weiß, starb ihre Mutter, als Jasmin noch ein Kind war. Bald darauf lief sie der Familie ihres Vaters davon. Den Grund dafür hat sie mir nicht verraten. Sie zog mit zwielichtigem Gesindel durch die Lande, und vor etwa drei Jahren stolperte sie mir in die Arme, als sie sich auf der Flucht vor einer Gruppe Straßenräuber befand. Sie hatte zuvor dem Anführer dieser Galgenstricke mit einem Beil drei Finger abgehackt, als der zudringlich geworden war. Es hätte böse für sie enden können, wenn diese Kerle sie ergriffen hätten. Wir versteckten sie jedoch auf unserem Wagen, und ich erkannte sofort, dass mir dieses Mädchen eine große Hilfe beim Verkauf meiner Reliquien sein würde. Also überredete ich sie, uns fortan zu begleiten.«

»Teilst du das Lager mit ihr?«

Ich stutzte. »Was genau meinst du?«

»Lässt sie dich zwischen ihre Beine?«

»Was willst du noch wissen?«, sagte ich und lachte. »Ob sie unter mir liegt oder auf mir sitzt, wenn wir es miteinander treiben?«

»Ich vermute, sie sitzt auf dir.« Cort grinste.

»In den letzten Wochen bin ich weder in den Genuss des einen noch des anderen gekommen«, gestand ich aufrichtig.

»Die Launen der Frauen«, sagte Cort. »Womit hast du sie so sehr gegen dich aufgebracht?«

Ich zögerte mit einer Antwort. »Warum sollte ich ausgerechnet dir davon erzählen?«

Cort leerte seinen Becher und stellte ihn auf den Boden. »Trägst du mir immer noch nach, dass ich dich in Osnabrück so hart angefasst habe?« Er klopfte mir auf die Schulter. »Sei mir nicht gram. Ich habe nur eine Anweisung befolgt. Und nun werde ich euch helfen, diesen Auftrag auszuführen. Aber zuvor möchte ich erfahren, wer die Leute sind, mit denen ich mich in große Gefahr begebe.«

Ob Cort sich als Hilfe oder als Hindernis erweisen würde, musste sich erst noch herausstellen. Ich wusste nicht, ob wir ihm trauen konnten. Dennoch kam ich seiner Bitte nach und erzählte ihm von dem Streit, der mich daran zweifeln ließ, ob ich Jasmin überhaupt noch als meine Gefährtin bezeichnen konnte.

»Ich bin anfällig für die körperlichen Verlockungen«, erklärte ich. Cort runzelte die Stirn, doch er schien zu begreifen, worauf ich hinauswollte.

»Du meinst, du kannst nicht treu sein.«

Ich zuckte die Schultern. »Auch wenn ich mit Jasmin das Lager teile, ist die Versuchung sehr groß, dann und wann die Dienste einer Hure in Anspruch zu nehmen. Vor allem dann, wenn meine Gedanken vom Wein benebelt sind. Es mag ein halbes Jahr zurückliegen, da hielten wir uns in Minden auf, wo ich zusammen mit Reynold ein Bordell aufgesucht habe. Wir waren beide betrunken, und als wir zu unserem Wagen und zu Jasmin zurückkehrten, hat Reynold sich in seinem Rausch verplappert. Jasmin war davon nicht sehr angetan, und ich musste ihr hoch und heilig einen Schwur ablegen, dass ich die Finger von den Huren und allen anderen Frauen lasse.«

»Und? Wie viele Tage sind vergangen, bis du diesen Schwur gebrochen hast?«

»Zumindest einige Wochen.« Ich kratzte verlegen

meinen Hinterkopf. »Im Mai trafen wir in einem Marktflecken auf eine Gruppe umherziehender Dirnen. Eine von ihnen, ein junges zierliches Geschöpf, verführte mich mit den Blicken aus ihren smaragdgrünen Augen, und ich ließ mich von ihr auf einen Heuschober locken. Leider beobachtete Jasmin mich dabei, und sie überraschte uns in dem Moment, als ich gerade meine Beinkleider herunterließ. Seitdem lässt sie mich nicht mehr in ihre Nähe.«

Cort zischte abfällig. »Das Wort eines Gauklers und Vaganten hat also den gleichen Wert wie ein Hundefurz.«

»Die Reize der Weiber lassen mich eben schwach werden«, verteidigte ich mich.

»Du gefährdest den Zusammenhalt eurer Gemeinschaft«, mahnte Cort. »Ich kenne euch noch nicht sehr lange, aber mir scheint es, als würdet ihr alle schon bald eurer eigenen Wege gehen.«

Ich musste es Cort zugestehen, dass er ein aufmerksamer Beobachter war. Es hatte Zeiten gegeben, in denen meine Gefährten und ich weit enger zueinander gestanden hatten. Ich dachte daran, dass Reynold mir in Osnabrück damit gedroht hatte, er würde eines Tages nicht mehr zu uns zurückkehren, und ich fragte mich, ob es ihm damit tatsächlich ernst gewesen war.

»Erzähl mir mehr über dich«, bat Cort. »Woher

stammst du, und wie bist du zu einem herumziehenden Dieb geworden?«

Fragen über Fragen. Ich war es leid, vor Cort mein gesamtes Leben auszubreiten. Doch ich wollte nicht auch noch ihn gegen mich aufbringen, und so berichtete ich ihm in knappen Worten, wie ich vor etlichen Jahren mein Elternhaus verlassen hatte, um mich dem Heer der aufständischen Bauern anzuschließen, und dass ich dort im Tross ein Mädchen mit Namen Engele getroffen hatte, die ungeschickterweise schon bald darauf von mir geschwängert worden war.

»Dass sie ein Kind erwartete, erfuhr ich von Engeles Vater, nachdem der mich mit einem harten Faustschlag zu Boden gestreckt hatte«, vertraute ich Cort mit einem Schmunzeln an. »Und er drohte mir noch weit schlimmere Folgen an, wenn ich es wagen sollte, das Weite zu suchen und Engele mit dem Kind allein zurückzulassen.«

»Du hättest davonlaufen können«, sagte Cort. »Wahrscheinlich hätte ihr Vater dich niemals gefunden.«

»Ich bin nicht so gewissenlos, wie du mich einschätzt. Zudem fühlte ich mich durchaus zu Engele hingezogen. Und da der Aufstand der Bauern ohnehin in einem blutigen Fiasko geendet war, zog ich fortan mit der Gemeinschaft von Engeles Vater über das Land. Es waren acht oder neun Leute, zumeist

Artisten und Spielleute. Auch Reynold begleitete uns zu dieser Zeit bereits. Schon damals war seine Apotheke reichlich bestückt.«

»Miekes Mutter und die anderen Gaukler – wo sind die abgeblieben?«

Ich seufzte. »Sie sind alle tot. Vor fünf Jahren kam der Englische Schweiß über uns, und die Seuche verschonte nur Mieke, Reynold und mich. Die anderen begruben wir in einem Waldstück in der Nähe von Coesfeld. Nach Engeles Tod stand Reynold mir zur Seite, und auch wenn wir in den letzten Wochen und Monaten des Öfteren aneinandergeraten sind, sehe ich ihn immer noch als einen treuen Freund an.«

Cort schwieg einen Moment und fragte dann: »Dein treuer Freund Reynold – ist er tatsächlich ein Medikus?«

»Nicht mehr als du oder ich. Aber er bezeichnet sich selbst gerne so. Ich würde jedoch keinem Menschen den Rat geben, sich in seine Obhut zu begeben, wenn er an seinem Leben hängt.«

»Heute Morgen hat er behauptet, er hätte während des Bauernaufstandes an mehreren Schlachten teilgenommen. Entspricht das der Wahrheit?«

»Alles, was ich gesehen habe, ist, dass es ihn erst auf die Schlachtfelder gezogen hat, wenn das blutige Gemetzel bereits beendet war. Er ist dann zwischen den Leichen umhergelaufen und hat die Toten bestohlen.«

»Also ist es wohl auch nicht wahr, dass er sein Ohr bei einem dieser Waffengänge verloren hat.«

»Hat er das so erzählt?«

Cort nickte.

»Ich war zugegen, als man es ihm abgeschnitten hat«, sagte ich. »Das geschah aber nicht auf einem Schlachtfeld, sondern auf dem Marktplatz von Warendorf. Zuvor war er bei einem Diebstahl in einem Badehaus ertappt und festgenommen worden. Er hatte die Ringe und Ketten einiger wohlhabender Kaufleute gestohlen, während die sich mit den Huren vergnügten.« Ich schaute Cort an. »Das also ist unsere Geschichte. Doch was ist mit dir? Wer bist du?«

»Ich? Ich bin nur ein Mann, der es versteht, mit dem Schwert umzugehen. Jemand, der fünfzehn Jahre lang als Landsknecht durch die Gegend gezogen ist und sich nun in den Diensten Everhard Clunsevoets verdingt.«

»Aha«, sagte ich. »Und welche Belohnung hat Clunsevoet dir dafür in Aussicht gestellt, dass du in Münster dein Leben für seine Tochter aufs Spiel setzt?«

»Eine Belohnung?« Cort schüttelte den Kopf. »Er hat mir keinen Lohn dafür angeboten.«

»Willst du mir weismachen, er hätte dich ebenfalls dazu gezwungen?«

»Nein. Ich begleite euch freiwillig.«

»Warum?«

Cort zögerte einen Moment, als wäge er ab, was er mir darauf antworten solle. Dann aber entgegnete er: »Ich gehe wegen Amalia nach Münster.«

»Das musst du mir erklären.«

Cort lächelte verlegen. »Clunsevoet weiß es nicht, aber ich begehre seine Tochter, und ich würde alles – sogar mein Leben – dafür geben, sie aus der Gewalt der Täufer zu befreien.«

Nun war ich wirklich überrascht. Cort erwies sich nicht nur als ungewöhnlich redselig, sondern zudem als verliebter Gockel.

Dieser auf den ersten Blick so grobschlächtige Kerl versetzte mich einmal mehr in Erstaunen, und meine Abneigung gegen ihn schwand zusehends.

KAPITEL 7

Am nächsten Morgen stärkten wir uns vor Sonnen-aufgang mit einer Suppe, dann begaben wir uns zu den Pferden. Reynolds Stute lahmte noch immer, doch zumindest konnte er nach dieser Rast wieder aufsitzen und in einem gemächlichen Schritt reiten.

Durch diese Verzögerung würden wir Münster jedoch wohl erst in den Abendstunden erreichen und blieben den ganzen Tag über der trockenen Sommerhitze ausgesetzt.

Jasmin und Reynold hatten inzwischen ihren Streit beigelegt. Jasmin hatte mir auf meine Nachfrage hin berichtet, dass sie Reynold am gestrigen Abend einen kräftigen Tritt in den Hintern verpasst hatte und dass die Angelegenheit damit für sie erledigt sei. Zwar sprachen die beiden nicht viel miteinander, doch da die Pferdehufe so viel Staub aufwirbelten, dass wir ständig husten mussten, redeten wir ohnehin kaum.

Je weiter wir uns Münster in den nächsten Stunden näherten, desto rascher veränderte sich das Bild abseits der Straße. Wir passierten abgeholzte Waldflächen, wo sich auf weiten Flächen traurige Baumstümpfe aneinander reihten, und auch die Äcker lagen brach. Wahrscheinlich waren die Bauern um Münster schon vor Wochen gezwungen worden, den Bischof bei der Belagerung zu unterstützen. Je öder und verlassener sich die Landschaft um uns herum darbot, desto belebter wurde das Treiben auf der Straße. Bald schon befanden wir uns in Begleitung von zahlreichen Landsknechten, die sich mit ihren Frauen und Kindern auf den Weg nach Münster gemacht hatten. Zudem stießen Händler und Handwerker zu uns sowie ein buntgeschmückter Wagen, auf dem ein halbes Dutzend draller Huren schwatzte und lachte.

Früher als erwartet, nämlich bereits am Nachmittag, erreichten wir Münster, oder besser gesagt, eines der vorgelagerten Söldnerquartiere, die den Zufahrtsweg nach Münster blockierten. Wir trabten vorbei an langen Reihen von Zelten, Wagenkolonnen und notdürftig errichteten Hütten mit Stroh- oder Reisigdächern. Zwischen den Unterkünften waren breite Wege angelegt worden, die zu einem Sammelplatz führten, auf dem ein regelrechter Markt abgehalten wurde. Kaufleute boten allerlei Waren feil, Schmiede und Zimmerleute hatten hier ihre Werkstätten errichtet, und die Söldner sammelten sich in langen Reihen vor den dampfenden Garküchen, um ihre Verpflegung zu erhalten. Ringsherum wimmelte es von Männern und Frauen, die sich, wie es bei den Landsknechten üblich war, in schillernden bunten Stoffen kleideten und federgeschmückte Barette auf dem Kopf trugen. Echte Straußenfedern konnten sich aber wohl nur die höheren Offiziere leisten. Es war nicht das erste Mal, dass ich mich in der Gesellschaft von Landsknechten befand, und darum wusste ich, dass der Kopfschmuck der einfachen Söldner nicht aus Federn, sondern nur aus zusammengesetzten Wollfäden bestand.

Eine Weile streiften wir durch das Lager, bis wir

einen ungenutzten Platz erreichten, der wohl auch bei auffrischendem Wind weit genug von der nächsten Latrinengrube entfernt lag, so dass einem nicht schon beim Aufwachen speiübel wurde. Jasmin und Reynold bekamen von Cort einige Münzen in die Hand gedrückt und erhielten von mir den Auftrag, Proviant zu besorgen sowie Stoff aus grober Leinwand, damit wir zum Schutz vor der gleißenden Sonne ein Zeltdach errichten konnten. Cort machte sich nützlich, indem er die Pferde zu einer Koppel führte, wo man sie gegen entsprechende Entlohnung während unseres Aufenthaltes versorgen würde. Zudem wollte er sich auf die Suche nach jemandem begeben, der uns mit der Lage vor Münster vertraut machen und vielleicht sogar helfen konnte, in die Stadt einzudringen. Cort war guten Mutes, dass ihm dies gelingen würde, denn durch die Jahre, die er als Landsknecht in den verschiedensten Haufen und Heeren verbracht hatte, war es sehr wohl möglich, dass er hier auf das eine oder andere vertraute Gesicht traf.

Ich erkundete die nähere Umgebung und unternahm einen Streifzug durch das Lager. Hier vertrieben sich die meisten Landsknechte die Zeit, indem sie ihren Sold beim Würfeln aufs Spiel setzten, ihre Schwerter und Spieße schliffen oder die Feuerwaffen reinigten.

Kurz darauf erreichte ich eine der Geschützstellungen – einen befestigten Erdwall, von dem aus die Rohre zwei gewaltiger Kartaunen auf eines der Stadttore gerichtet waren. Ich stieg auf den Hügel und konnte von hier aus das Gelände einsehen. Der Belagerungsring, der die ganze Stadt umschließen sollte, erwies sich als recht löchrig. Soweit mein Blick zu beiden Seiten reichte, buddelten die Bauern in den Schanzgräben und errichteten dahinter Schutzwände aus Weidenruten oder trugen mit Erde gefüllte Körbe zusammen. Ich nahm aber an, dass es noch Wochen dauern würde, bis der Bischof diesen Ring um die ganze Stadt schließen konnte.

Etwa fünfhundert Schritte von der Schanze entfernt befanden sich die Wallanlagen Münsters. Wie ich so die hoch aufragenden Mauern, die kanonenbestückte Bastion und den breiten Wassergraben betrachtete, konnte ich mir kaum vorstellen, dass dieses massive Bollwerk jemals durch einen Sturmangriff überwunden werden konnte.

Zwischen der Schanze und den Wallanlagen fiel mein Blick auf zahlreiche Gräben und eingestürzte Tunnel. Die Belagerer hatten wohl die Absicht, sich bis zum Wassergraben vorzuarbeiten und diesen stellenweise trockenzulegen. Erst damit war dann überhaupt die Möglichkeit geschaffen, einen Angriff auf den Wall zu unternehmen.

Doch die Täufer verteidigten sich mit aller Entschlossenheit. Dies wurde besonders deutlich, als ich sah, dass von den Kirchen in der Stadt die Turmhauben abgerissen worden waren. Auf den erhöhten Plattformen hatten die Täufer nun Kanonen in Stellung gebracht, deren Schussweite von diesen Positionen aus gewiss bis an den Belagerungsring reichte.

Am Vorwerk, durch das man in die Stadt gelangte, war ein Erdhaufen aufgeschüttet worden, der von den Verteidigern mit schweren Grabplatten verstärkt worden war. Wie es schien, hatten die Täufer die Kirchen und Friedhöfe der Stadt in Steinbrüche verwandelt, aus denen sie sich freimütig bedienten.

Plötzlich zog mich einer der Landsknechte am Gürtel von der Schanze herunter und knurrte mir entgegen, ich würde wohl keinen Pfifferling auf mein Leben geben. Die Täufer würden dieses Ziel dankbar annehmen und ihre Kanonen auf mich richten. Ich hielt diese Befürchtung für übertrieben, denn aus dieser Entfernung mit einem Geschütz einen einzelnen Mann zu treffen, hätte sich wohl als rechter Glücksschuss erwiesen.

Ohne etwas auf die Warnung des Soldaten zu erwidern, lief ich weiter und trat eine Weile die Schanzgräben entlang, bis ein weiteres Stadttor in Sicht kam, vor dem zwischen der Bastion und der Schanze ein riesiger Erdwall aufgehäuft worden war, der jedes andere Belagerungswerk überragte. Auf meine Frage hin erfuhr ich von einem der Landsknechte, dass ich mich auf Höhe des Hörstertores befand und dass mit dem Bau dieses Belagerungswerkes bereits vor mehr als zwei Monaten begonnen worden war. Die Breite des Walles mochte an die tausend Fuß betragen, er erhob sich in ähnlicher Höhe wie die Stadtmauern vor ihm. Sein steiler Hang wies nach Münster, und auf seinem abfallenden Rücken schufteten wohl mehrere hundert Mann, die mit ihren Schubkarren und Körben Erde heranschafften, um sie auf die andere Seite zu schütten. Auf diese Weise wurde die Schanze zu einer Erdwalze, die sich langsam aber unaufhaltsam voranschob. Alles in allem eine simple, aber faszinierende Idee. Mit dieser Erdwalze würden die Männer des Bischofs in wenigen Wochen in der Lage sein, den Graben aufzufüllen und über die Rampe die Stadtmauern zu überwinden.

Während ich noch dieses Gewerk bestaunte und die Arbeiten verfolgte, wurden von der Stadt aus mehrmals Kanonenschüsse abgegeben. Die Kugeln trafen zwar die Erdwalze, richteten aber keinen großen Schaden an.

Wenn es also nur noch eine Frage der Zeit war, bis ein Angriff erfolgte, warum warteten wir den Sturmlauf nicht einfach ab und folgten den Truppen des Bischofs in die Stadt? Ich seufzte, weil mir sogleich klar wurde, dass dies nicht möglich sein würde. Clunse-voet hatte uns nur einen Monat gegeben. Womöglich würde es länger dauern, bis die Erdwalze die Stadtmauern erreichte. Wir mussten eine Möglichkeit finden, vor der Erstürmung nach Münster hineinzugelangen, so dass uns genug Zeit blieb, Amalia in der Stadt aufzuspüren und unbeschadet herauszuschaffen. Was mir nun noch fehlte, war ein Plan.

Fürs erste hatte ich genug gesehen. Ich kehrte zu dem Platz zurück, den wir für unser Quartier gewählt hatten. Dort waren Reynold und Jasmin bereits damit beschäftigt, mit dem Leinenstoff und einigen Holzstangen ein schattenspendendes Dach zu errichten.

»Schau dir an, was wir mitgebracht haben«, rief mir Jasmin zu und wies auf einen Weidenkorb. Sie winkte mich heran und nahm das Tuch fort, mit dem der Korb abgedeckt worden war. Mein Blick fiel auf ein Dutzend Eier, zwei Laibe Brot, Butterschmalz und eine Speckseite.

»Bei allen Heiligen«, raunte ich und strich über meinen knurrenden Magen.

»Und das ist noch nicht alles«, sagte Reynold und zog hinter seinem Rücken einen Tonkrug hervor. Er entkorkte ihn und ließ mich einen betörend würzigen Duft erschnuppern.

»Ein schmackhafter Rheinwein«, sagte er stolz.

»Nicht so ein verdünnter Fusel, wie er in den meisten Tavernen ausgeschenkt wird.«

»Allmächtiger!« Mir lief sogleich das Wasser im Mund zusammen. »Hat Cort euch so viele Münzen mit auf den Weg gegeben?«

»Nun ja …«, druckste Reynold herum.

Ich zog die Stirn kraus. »Was willst du mir sagen?«

Reynold kniff die Lippen zusammen, doch zumindest Jasmin gab mir eine Antwort: »Die Münzen, die er uns gab, hätten nur für trockenes Weizenbrot und einen Krug Dünnbier gereicht. Da haben wir … ihn …«

»Ihr habt Cort bestohlen«, schlussfolgerte ich.

»Im Grunde haben wir doch nur Everhard Clunsevoet in die prall gefüllte Börse gegriffen«, verteidigte sich Reynold. »Und dieser Goliath hätte dich doch beinahe in den Fäkalien ertränkt. Ist es dann nicht recht und billig, wenn wir es uns auf seine Kosten gut gehen lassen?«

Ich klopfte Reynold auf die Schulter und lächelte milde. »Ist das alles, oder hast du noch mehr gekauft?«

Reynold zögerte kurz, dann zog er unter seinem Wams eine kleine Holzschachtel hervor und öffnete sie. Ich warf einen Blick hinein und konnte mehrere graue Kügelchen erkennen.

»Was ist das?«, wollte ich wissen.

»Die machen uns den Kopf frei, wenn uns Sorgen plagen«, sagte Reynold.

»Was meinst du damit?«

»In diesen Kugeln steckt der zerriebene Samen der Opiumpflanze. Man findet nur selten einen Händler, der dieses Rauschmittel zum Verkauf anbietet, aber durch Zufall sind wir hier auf einen gestoßen.«

In der Schatulle befanden sich rund zwei Dutzend dieser Kügelchen. Ich selbst hatte dieses Mittel noch niemals zu mir genommen, aber es war mir zu Ohren gekommen, dass schon eine geringe Dosis davon einen gestandenen Mann über Stunden in einen Rausch versetzen konnte, der die Welt um ihn herum wie einen Traum erscheinen ließ.

»Wenn ich etwas davon in meinen Theriak mische«, verkündete Reynold, »wirkt das größere Wunder als alle deine Reliquien zusammen.«

Der Spott scherte mich nicht, denn die Verlockung der ausstehenden Mahlzeit war zu groß. Reynold und Jasmin hatten auch einen Rost und einen Eisenteller besorgt, so dass wir rasch ein Feuer entzündeten, um die Eier und den Speck zu braten.

Versonnen starrte ich in die Flammen und grübelte darüber, dass meine Gefährten darauf vertrauten, dass ich sie unbeschadet in die belagerte Stadt führte, doch wenn ich an das befestigte Bollwerk dachte, das ich heute zu Gesicht bekommen hatte, und daran, dass ich noch keinen blassen Schimmer besaß, wie wir hinter diese Mauern gelangen sollten, wurde mir flau im Magen.

Bald darauf traf auch Cort ein. Er wurde begleitet von einem froschäugigen, schielenden Kerl, der die bunte, zusammengewürfelte Kleidung eines Landsknechtes trug.

»Das hier ist Antonius«, stellte Cort uns den Froschäugigen vor. »Er und ich haben zahlreiche Feldzüge zusammen bestritten. Antonius ist vor fünf Monaten als einer der ersten Söldner hier eingetroffen und kann uns helfen, uns mit den Gegebenheiten vertraut zu machen.«

Antonius lupfte seinen Hut. »Meine Augen mögen schwach sein, aber meine Ohren hören alles – auch das, was sie nicht sollen.« Er griente und erschnupperte den Geruch, der von unserer Kochstelle ausging. »Mit einem vollen Magen würde es sich natürlich viel leichter plaudern lassen.«

Cort verschränkte die Arme vor der Brust und musterte uns aus schmalen Augen. »Und da sich meine Geldbörse plötzlich so leicht anfühlt, nehme ich an, dass meine Begleiter nichts unversucht gelassen haben, dich mit einem wohlschmeckenden Mahl zu erfreuen.«

Antonius leckte sich gierig über die Lippen. Ich tauschte einen raschen Blick mit Reynold, der daraufhin unauffällig den Weinkrug mit einem Fuß hinter den Korb schob, so dass er vor unserem Gast verborgen blieb.

Wie ich es befürchtet hatte, stellte sich Antonius als ziemlich gefräßig heraus. Zunächst fragte er noch höflich, ob es uns etwas ausmachen würde, ihm die so herrlich duftenden gebratenen Eier zu überlassen. Als Cort seiner Bitte nachkam, schlang Antonius sie so gierig hinunter, dass sich die Hälfte des Dotters in seinem Bart verteilte. Zu unserem Verdruss reichte Cort ihm auch noch eine dicke Scheibe Brot, den Schmalztiegel und ließ uns die Hälfte des Specks braten, um ihn an Antonius zu verschwenden. Mir war klar, dass dies seine Rache für unseren Diebstahl war.

Ein Gutes hatte das Ganze jedoch. Der hungrige Antonius erwies sich als äußerst redselig, auch wenn es bisweilen nicht einfach war, seinen Ausführungen zu folgen, die von einem ständigen Schmatzen begleitet wurden.

»Diese Stadt dort«, er deutete mit der Brotscheibe in der Hand in Richtung Münster, »ist ohne Zweifel eine der am besten befestigten Städte, die mir in all den Jahren jemals zu Gesicht gekommen sind. Und das, obwohl es hier in Westfalen nur sehr wenige Steinbrüche gibt. Münster hat dennoch schon vor Jahren eine schier unüberwindliche Verteidigungsanlage um die gesamte Stadt errichtet.« Er rülpste leise. »Wenn man hineingelangen will, muss man zunächst einen breiten Graben überwinden und danach einen Erdwall mit vorgelagerten Rondellen, von denen zahlreiche Geschütze auf die Angreifer gerichtet sind. Dann schützt noch ein zweiter Wassergraben die Stadt, und sollte man auch den hinter sich gelassen haben, steht einem noch die hohe Mauer im Weg, die sich rings um die Stadt zieht. Kein Wunder, dass sich die Täufer in dieser Festung so sicher wie in Abrahams Schoß fühlen und nicht bang sind, uns frech von ihren Mauern aus zu verspotten. Eigentlich kann man es ihnen auch nicht verdenken, denn ihr müsst wissen, dass vor der Machtergreifung der Täufer der Bischof höchstselbst die Wehr seiner Stadt mit neuen Feldschlangen und Halbkartaunen ausgestattet hat, so dass Münster nun über mehr Geschütze verfügt als wir. Und Franz von Waldeck hat damals zudem erhebliche Summen aufgebracht, um die Wallanlagen zu verstärken. Damit hat er womöglich ein unüberwindliches Hindernis geschaffen, gegen das er nun vergeblich anläuft.«

»Wie viele Täufer halten sich in Münster auf?«, wollte ich wissen.

Antonius hob unschlüssig die Schultern. »Man spricht davon, dass es an die acht- bis neuntausend sein sollen. Weitaus mehr Frauen als Männer. Viele von ihnen Holländer und Friesen, die nach Münster gekommen sind, um in der Stadt auf Gottes großes Strafgericht zu warten. Zudem sind in den vergangenen Wochen auch viele Landsknechte zu den Täufern übergelaufen. Wenn man bedenkt, dass die meisten Soldaten in diesem Lager seit Wochen auf ihren Sold warten, kann man dafür durchaus Verständnis aufbringen. Zumal die frisch geprägten Gulden der Täufer gegenüber den Münzen des Bischofs den sieben- oder achtfachen Wert besitzen.«

»Klingt, als würdest auch du mit dem Gedanken spielen, in die Dienste der Täufer zu treten«, meinte Reynold.

»Vielleicht hätte ich das machen sollen«, erwiderte Antonius. »In den ersten Wochen der Belagerung gab es noch einen regen Austausch zwischen den verfeindeten Parteien. Die Täufer gingen in den Lagern ein und aus und trieben Handel. Viele von uns streiften durch die Stadt. Nach dem ersten Sturmangriff im Mai hat sich das aber geändert. Jede Seite provoziert die andere mit giftigen Worten, und wenn sich jemand von uns einem der Stadttore nähern würde, bekäme er entweder eine Ladung Blei in die Brust geschossen oder aber eine Kugel in den Rücken, denn die Bischöflichen haben den Befehl erhalten, jeden Deserteur unverzüglich niederzustrecken.«

»Also kämpfst du weiterhin für den Bischof«, raunte ich.

»Das tue ich, und ich zähle dabei auf die zähe Beharrlichkeit Franz von Waldecks. Ein neuer Angriff steht bevor, und wenn wir den Sieg davontragen, wird die Stadt geplündert. Dann werde ich mit dem Schwert den Lohn für meine Mühen von den Täufern einfordern.«

»Hast du nicht vorhin noch behauptet, die Stadt wäre uneinnehmbar?«, meinte Cort.

»Wer weiß?«, antwortete unser Gast mit einem Schulterzucken. »Alle Hoffnungen ruhen auf der großen Erdwalze, die euch vielleicht schon aufgefallen ist.«

Ich nickte, und Antonius sprach weiter. »Wenn die Bauern weiterhin so fleißig wie die Ameisen die Erde heranbringen, wird die Walze in drei oder vier Wochen den Außengraben überwunden haben. Dann wird sich zeigen, ob die Täufer tatsächlich unter Gottes schützender Hand stehen.«

»Wir müssen in die Stadt«, sagte Cort und sprach dabei meinen Gedanken aus. »So schnell wie möglich.«

»Hm.« Antonius kratzte sich am Kinn. »Das bedeutet, ihr sucht nach jemandem, der auch jetzt noch einen Weg kennt, wie man nach Münster hinein- und wieder hinausgelangt.«

»Kennst du einen solchen Weg?«, fragte ich.

Er schüttelte den Kopf. »Ich? Nein. Auf keinen

Fall. Das muss aber nicht heißen, dass ich euch nicht den Namen eines Mannes nennen könnte, der so etwas fertigbringt.«

»Sag uns den Namen!«, verlangte ich.

»Eine Hand wäscht die andere.« Antonius deutete auf den Korb mit unseren restlichen Vorräten. »Gebt mir ein wenig Proviant mit auf den Weg, und ich sage euch, wo ihr den Mann findet, der euch helfen kann.«

»Du hast dir bereits mit unserem Brot, den Eiern und dem Speck deinen Wanst vollgeschlagen«, protestierte Jasmin. »Nun sollen wir dir auch noch den Rest in den Rachen schieben?«

Antonius richtete sich auf und erwiderte spürbar gekränkt: »Ich kann auch ohne ein weiteres Wort gehen.«

Mit einer Handbewegung bedeutete Cort ihm, sitzen zu bleiben. »Natürlich teilen wir gerne unseren Proviant mit dir.« Er erhob sich, schnürte zwei Eier und ein halbes Brot in ein Tuch, dann griff er hinter den Korb und zog den Krug mit dem Rheinwein hervor. Neben mir vernahm ich Reynolds aufgebrachtes Keuchen. Cort hingegen lächelte. Er musste gesehen haben, wie wir den Krug versteckt hatten, und es war nun seine Vergeltung für Reynolds Diebstahl, dass er den Wein an unseren gierigen Gast verschenkte.

»Damit kannst du dir die Speisen herunterspülen«, meinte Cort und reichte Antonius das Bündel und den Krug. Der genehmigte sich sofort einen kräftigen Schluck und nickte zufrieden.

»Ihr seid Engel«, sagte unser Gast und schob sich das Bündel wie ein gieriger Leviathan rasch unter sein Wams. »Vor kurzem habe ich mit einigen Kerlen gewürfelt. Einer von denen erwähnte, dass er mit seinem Vater in Kontakt steht, der sich noch immer in Münster aufhält, und dass einige der Torwachen ihm auch weiterhin Einlass in die Stadt gewähren. Der Name des Mannes ist Melchior Kribbe.«

»Wo finden wir diesen Melchior Kribbe?«, wollte ich wissen.

»Geht zu den Steinmetzen, die ihr Lager vor dem Bispingtor aufgeschlagen haben. Das ist alles, was ich euch sagen kann.« Antonius zog seinen Hut vom Kopf, verbeugte sich und lief so eilig davon, als befürchtete er, dass wir ihm das Bündel mit dem Proviant entreißen würden. Reynold ballte die Fäuste. Er knurrte ungehalten und wandte sich enttäuscht ab. Ich jedoch war zufrieden mit dem Handel. Was war schon ein Krug Wein gegen den Namen eines Mannes, der uns in die Stadt bringen konnte?

KAPITEL 8

Am nächsten Morgen suchten Cort und ich die Steinmetze auf, die unweit einer Schanze auf Höhe des Bispingtores unter einem breiten Zeltdach einen Werkplatz errichtet hatten. Hier schufteten in der schweißtreibenden Hitze an die zwanzig Männer, die mit ihren Hämmern und Meißeln Gesteinsbrocken zu Geschützkugeln formten. Wir sprachen einen Vorarbeiter an und fragten nach Melchior Kribbe. Der Mann nickte nur und deutete in Richtung Schanze.

»Er wird gleich zurückkehren«, meinte er. »Das hoffe ich zumindest.«

»Was heißt das?«, fragte ich.

»Dieser Kribbe verfolgt ein seltsames Ritual«, erklärte der Vorarbeiter. »Jeweils zu Sonnenauf- und Sonnenuntergang klettert er auf die Schanze, zieht sich die Hosen runter und streckt den Täufern sein blankes Hinterteil zu.« Er verzog das Gesicht. »Und eines Tages werden die ihm gewiss den Arsch wegschießen.« Der Mann deutete zum Zelteingang. »Heute aber hat ihn unser Herrgott verschont.«

Wir wandten uns um. Ein etwa vierzigjähriger Kerl trat ein und knotete die Bänder seiner Hose zu.

»Melchior«, rief ihn der Vorarbeiter zu sich. »Jemand will mit dir sprechen.«

»Mit mir?«, fragte Kribbe und trat auf uns zu. Er musterte Cort und mich mit skeptischen Augen.

»Antonius hat uns zu dir geschickt«, erklärte ich.

»Dieser gefräßige Ochse? Er hat euch hoffentlich nicht begleitet. Ansonsten fürchte ich um meine Vorräte.«

Ich schüttelte den Kopf. Der Vorarbeiter ermahnte Kribbe, der Arbeit nicht zu lange fernzubleiben. Dann entfernte er sich, und ich konnte endlich auf den Punkt kommen.

»Wir wollen dir ein Geschäft vorschlagen.«

»Wollt ihr das?« Kribbe klang nicht sonderlich interessiert. »Worum geht es?«

»Münster«, sagte ich. »Antonius behauptet, du wärest in der Lage, uns unbeschadet Eintritt in die Stadt zu verschaffen.«

Kribbes Miene verfinsterte sich. »Der Kerl redet viel Unsinn. Vor allem, wenn er längere Zeit nichts zwischen die Zähne bekommen hat.«

»Wir möchten, dass du uns diese Gefälligkeit erweist.«

Kribbe spuckte vor uns aus. »Ihr wollt euch diesem Otterngezücht anschließen. Den Anabaptisten. Dafür verfluche euch Gott.«

»Du urteilst falsch«, mischte sich Cort ein. »Wir verachten die Täufer und ihr abscheuliches Gottesreich ebenso sehr wie du. Doch wir müssen hinter diese Mauern gelangen, um die Seele einer Frau zu erretten. Die Tochter eines Freundes wurde von den Lügen der Täufer verführt. Wir wollen in die Stadt, um sie den Händen dieser blasphemischen Teufel zu entreißen.«

Cort erstaunte mich. Er schien zu ahnen, was Melchior Kribbe hören wollte, denn der entspannte sich und sagte: »Eine verirrte Seele wollt ihr befreien. Das hingegen ist ein ehrenwertes Begehren. Ich hoffe nur, du sprichst die Wahrheit.«

»Ich schwöre bei Gott«, versicherte ihm Cort.

Kribbe schürzte die Lippen und wägte wohl ab, ob uns zu trauen war. »Was würde denn für mich herausspringen, wenn ich euch hülfe, in die Stadt zu gelangen?«

Cort zog einen Beutel hervor und ließ einige Münzen in seine Hand fallen. »Ich würde dir für deine Dienste zwanzig Emdener Gulden überlassen.«

»Zwanzig?« Kribbe rümpfte die Nase. »Was hältst du von vierzig?«

»Fünfundzwanzig«, erwiderte Cort. »Und bevor du auch nur eine einzige Münze in die Finger bekommst, möchte ich wissen, warum ausgerechnet du uns helfen kannst. Wie willst du uns Zutritt zur Stadt verschaffen?«

Kribbe grunzte mürrisch. »Ich kenne euch nicht. Warum sollte ich mich für euch in Gefahr begeben?«

»Also gut.« Cort nahm einen der Gulden hervor und warf ihn Melchior Kribbe zu. »Das ist für deine Auskunft. Und weitere dreißig sollst du bekommen, wenn du tatsächlich dazu in der Lage bist, uns weiterzuhelfen.«

Einen Moment lang betrachtete Kribbe die Münze, dann zuckte er mit den Schultern und sagte: »Als die Wiedertäufer die Katholiken und Lutheraner aus Münster vertrieben, blieb mein Vater in seinem Haus zurück, um es nicht den zugewanderten Sektierern zu überlassen. Er gibt vor, ihren Lehren zu folgen, doch wahrscheinlich ist er der letzte aufrechte Katholik, der in Münster verblieben ist. Sein Schädel ist genauso stur wie der meine, doch meine bescheidene Aufgabe im Kampf gegen die Täufer ist es nur, so viele Kugeln wie möglich aus den Steinquadern zu schlagen, damit die Mauern Münsters bald zum Einsturz gebracht werden.«

»Komm zur Sache«, verlangte ich.

»Es ist so: Der Kontakt zu meinem Vater ist niemals ganz abgerissen. Zudem bin ich mit zwei Männern aus Münster befreundet, die des Nachts in einer Bastion die Torwache halten. Die beiden folgen zwar der täuferischen Irrlehre, aber wir kennen uns seit unserer Kindheit. Für ein gutes Stück Fleisch oder einen Krug Wein sind die gerne bereit, mir eine Gefälligkeit zu erweisen. Mein Vater und ich haben auf

98

diese Weise viele Briefe ausgetauscht, und ab und an durfte ich sogar das Torhaus betreten, um ein kurzes Gespräch mit ihm zu führen.«

»Und du glaubst, diese Torwächter würden uns in die Stadt hineinlassen?«

»Wenn der Preis stimmt, ist das gut möglich. Ihr solltet auf jeden Fall noch eine weitere Börse mit Goldgulden bereithalten.«

»Du wirst uns begleiten«, sagte Cort.

»Natürlich. Ohne meine Empfehlung würden die euch wahrscheinlich sofort über den Haufen schießen.« Kribbe steckte die Münze ein. »Wie viele seid ihr überhaupt?«

»Vier.«

Er nickte. »Gut, das müsste gelingen. Kehrt heute Abend kurz vor Einsetzen der Dämmerung hierher zurück.«

»Wir werden kommen«, bestätigte Cort.

Kribbe reichte uns beiden die Hand. »Dann ist es abgemacht. Und vergesst die Münzen nicht.« Er wollte zurück an seine Arbeit gehen, wandte sich dann aber noch einmal um, zwinkerte und sagte: »Genießt diesen Tag. Morgen schon werdet ihr von Wölfen umgeben sein, die nur darauf warten, euch in Stücke zu reißen.«

KAPITEL 9

Die Nachricht, dass wir diese Nacht aller Voraussicht nach bereits in Münster verbringen würden, stieß bei Reynold und Jasmin auf keine sonderlich große Begeisterung. Reynold versuchte gar, sich zu drücken, indem er vorschlug: »Jemand muss auf unser Quartier achtgeben. Sonst stehlen die Galgenstricke, die sich hier herumtreiben, womöglich unser Kochgeschirr und unsere Decken.«

»Das alles werden wir nicht mehr brauchen, wenn wir Münster erst wieder verlassen haben und Amalia nach Osnabrück bringen«, sagte ich.

»Ich könnte dafür Sorge tragen, dass unsere Pferde gut behandelt werden«, versuchte Reynold erneut, seinen Verbleib im Lager herbeizureden, doch ich wies dieses Vorhaben unmissverständlich ab.

»Angenommen, wir gelangen tatsächlich hinter die Mauern Münsters«, meinte Jasmin, »wie sollen wir dann eigentlich aus der Stadt herauskommen, wenn wir Amalia gefunden haben?«

»Wahrscheinlich auf dem gleichen Weg wie zuvor: Wir bestechen die Torwachen«, erwiderte ich.

»Und wenn die nicht dazu bereit sind?«, krächzte Reynold und schaute mich trotzig an.

»Dann lasse ich mir etwas anderes einfallen.« Ich glaubte nicht, dass Reynold sich davon überzeugen ließ, und befürchtete schon, er würde einfach davonlaufen und uns im Stich lassen, doch zu meiner Erleichterung befand er sich noch immer an unserer Seite, als wir am Abend die Werkstätten der Steinmetze erreichten.

Melchior Kribbe begrüßte uns dort wie alte Freunde, und seine Laune wurde noch besser, als Cort ihm ein Ledersäckchen zusteckte.

»Zehn Gulden sofort. Den Rest bekommst du, wenn man uns Zutritt zur Stadt gewährt.«

»So wird es geschehen«, rief Kribbe. Er ging zu einem Fass, wusch seine schmutzigen und staubbedeckten Arme und zeigte uns danach einen breiten silbernen Ring, den er an seiner rechten Hand trug. »Seht ihr den? Mein Vater hat mir diesen Ring vor langer Zeit überlassen. Und er hat ihn einst von seinem Vater geschenkt bekommen. Das Wappen Münsters ist darauf eingraviert. Diese Stadt bedeutet mir alles. Mehr als fünfzehn Jahre lang habe ich in Münster kunstvolle Statuen und andere Verzierungen für die Kirchen und die Patrizierhäuser angefertigt. Doch jetzt schlage ich seit Wochen nur noch Kanonenkugeln aus Steinquadern, und meine Werke werden von den Täufern aus den Gotteshäusern gerissen und vor die Stadttore geworfen, um die Bollwerke zu verstärken.« Er spuckte aus. »Gott soll jeden Einzelnen von ihnen dafür zerquetschen.«

101

Er winkte uns mit sich. Cort trat neben Kribbe und fragte ihn: »Was hat dir dein Vater über Münster berichtet? Wie ist die Lage in der Stadt?«

Kribbe lachte bitter. »In seiner letzten Nachricht hat er sich darüber ausgelassen, dass die Täufer sich wie Narren aufführen – wie gefährliche Narren. Es herrscht die Angst vor, dass der Zorn Gottes auch über sie kommen könnte, wenn die Gebote der Propheten nicht eingehalten werden. Jeden zweiten oder dritten Tag werden Hinrichtungen vollzogen. Männer und vor allem Frauen sterben wegen unbedeutender Vergehen.«

»Worauf müssen wir achtgeben, wenn wir uns unter den Täufern aufhalten?«, fragte ich. »Was sollten wir vermeiden, um keinen Argwohn zu wecken?«

Kribbe hob die Schultern. »Flucht nicht, sprecht nicht schlecht über andere oder über die Lehre der Täufer und äußert keine Zweifel an den Predigten der Prädikanten. Am besten wäre es also, wenn ihr überhaupt nicht den Mund aufmacht.«

»Das könnte sich als schwierig erweisen«, meinte Cort.

»Begebt euch in die Neubrückenstraße, die ihr im Norden der Stadt seitlich der Aa finden werdet«, sagte Kribbe. »Dort gibt es ein Fachwerkhaus, über dessen Türbalken eine Rose in das Holz geschnitzt wurde. In diesem Haus wohnt mein Vater Anton. Überbringt ihm meine Grüße. Ich kann euch nicht versprechen, dass er euch vertraut und seine Hilfe anbietet, aber es ist einen Versuch wert.«

»Wir werden deinen Rat beherzigen«, erwiderte ich.

Inzwischen hatten wir die Grenze des Lagers erreicht. Vor uns lag eine breite Schanze, von der aus mehrere Kanonen auf eines der Stadtportale gerichtet waren. In der Abenddämmerung konnte ich auf dem Wall ab und an Köpfe erkennen, die sich über die Zinnen streckten.

»Ist dies das Tor, durch das wir in die Stadt gelangen werden?«, wollte ich wissen.

Kribbe schüttelte den Kopf. »Nein. Bis wir das Tor erreicht haben, wird die Nacht hereingebrochen sein.« Er klopfte mir auf den Rücken. »Du darfst dich glücklich schätzen. Wahrscheinlich bin ich der einzige Mann in diesem ganzen Lager, der euch eines der Stadttore öffnen kann.«

»Was wollen wir dann hier?«, fragte Jasmin.

»Es wird Zeit für meinen abendlichen Gruß.« Mit diesen Worten kletterte er auf die Schanze, stemmte die Hände in die Hüften und stand da wie ein Gockel auf dem Mist.

»Ist das nötig?«, stöhnte ich. »Wir sollten keine Zeit verlieren.«

Kribbe löste die Bänder an seiner Hose, streckte

sein Hinterteil zur Stadt aus und zog die Beinkleider nach unten.

»Schaut euch das an, ihr Dummköpfe«, rief er laut und spreizte die Pobacken. »Das ist der Höllenschlund, in den ihr schon bald gestoßen werdet.«

Ein Knall ertönte, gefolgt von einem Pfeifen. Kribbe lachte gackernd und wackelte mit dem Hintern, doch schon im nächsten Moment schlug eine Kugel in die Schanze, und Melchior Kribbe wurde über uns hinweggeschleudert. Sein Blut spritzte auf unsere Köpfe. Ich blinzelte und starrte ungläubig auf die Schanze. An der Stelle, wo Kribbe gestanden hatte, war eine tiefe Scharte zu erkennen. Dann bemerkte ich einen Hautfetzen auf meiner Schulter und wischte ihn schnell herunter.

Auch die anderen waren von Kribbes Blut besudelt worden. Unsere Augen richteten sich auf Kribbes Leichenteile, die um uns herum verstreut lagen. Der Torso war vierzig Fuß von uns entfernt auf den Boden gefallen. Da das Geschoss Kribbes Körper am Unterleib entzweigerissen hatte, verzichte ich darauf, hier auf weitere unappetitliche Einzelheiten einzugehen.

Cort jaulte laut auf, griff sich in die Haare und jammerte: »Er war der Einzige. Dieser verfluchte Dummkopf war womöglich der einzige Mann, der uns in die Stadt bringen konnte.« Wütend stapfte er davon.

»Gütiger Himmel«, keuchte Reynold, machte sich mit Jasmin aber sofort daran, zwischen Knochensplittern, Stofffetzen und Eingeweiden die Goldgulden einzusammeln, die Kribbe bei sich getragen hatte.

Direkt vor meinen Füßen bemerkte ich ein Blinken. Ich bückte mich und hob eine abgetrennte Hand auf. An einem der Finger steckte Kribbes silberner Ring. Angewidert zog ich das Kleinod ab, steckte es ein und folgte Cort.

KAPITEL 10

Melchior Kribbes Torheit und sein plötzliches Ende lösten eine große Trübsal in mir aus. Ich verfluchte seine wahnwitzige Dreistigkeit, durch die er sein Leben verwirkt und uns womöglich die einzige Möglichkeit genommen hatte, in die belagerte Stadt zu gelangen.

Wir hätten auf eigene Faust versuchen können, die Torleute zu bestechen, doch leider hatte Kribbe uns vor seinem Tod noch nicht verraten, vor welches der insgesamt zehn Stadttore er uns eigentlich hatte führen wollen. Und selbst wenn wir dieses Tor fänden, war wohl nicht anzunehmen, dass man uns Vertrauen schenken würde. Nein, eine Ladung Blei in den Leib war alles, was wir dort zu erwarten hatten. Also blieb unsere Lage aussichtslos.

Als wollten mir die Elemente beipflichten, fielen am Abend dieses Tages dicke Regentropfen vom Himmel. Schon bald darauf ging ein prasselnder Schauer auf uns hernieder, der mehrere Tage anhielt und die Erde unter unseren Füßen in einen morastigen Schlamm verwandelte. Jasmin und Reynold suchten Reisig und Bretterreste zusammen, die wir unter unserem schiefen Zeltdach auf die Erde legten, aber auch dadurch konnten wir nicht verhindern, dass der Schlamm und die Nässe immer weiter unter unsere Kleidung krochen.

Missmutig und mutlos hockte ich drei Tage lang in unserem Quartier, drehte Kribbes Ring in meinen Fingern und starrte in den Regen. So traurig es war, wir konnten nur noch abwarten. Warten auf einen Angriff der Belagerer, der Münster und die Täufer zu Fall bringen und uns die Möglichkeit verschaffen würde, an der Seite der Landsknechte in die Stadt zu stürmen. Doch niemand wusste, ob das Signal zum Angriff in ein paar Tagen, in den nächsten Wochen oder vielleicht auch überhaupt nicht mehr gegeben würde.

Cort wollte sich nicht mit dieser Untätigkeit zufriedengeben. Am dritten Regentag machte er sich auf, um noch einmal Antonius zu Rate zu ziehen, während Jasmin, Reynold und ich weiter unter dem Zeltdach herumlungerten. Gelangweilt kauten wir auf trockenem Dörrfleisch und halbverfaulten Wurzeln herum.

Im Gegensatz zu Cort und mir selbst, die Kribbes Versagen regelrecht in Wut versetzt hatte, machten Reynold und Jasmin den Eindruck, als seien sie durchaus erleichtert, dass unser Vorhaben misslungen war. Vor allem Reynold war wohl zu keinem Zeitpunkt darauf erpicht gewesen, sein Leben in Münster aufs Spiel zu setzen.

»Die Narbe an meinem Ohr juckt fürchterlich«, jammerte er an diesem Morgen. »Das ist ein Zeichen. Dieser Ort ist verflucht. Wir sollten damit aufhören, nach einer Möglichkeit zu suchen, Münster zu betreten. Selbst wenn uns das mit heiler Haut gelingen sollte, sind die Aussichten, Clunsevoets Tochter unter den Täufern aufzuspüren und sie rechtzeitig aus diesem Tollhaus herauszuschaffen, wohl nicht sehr erfolgversprechend.«

»Und Mieke?«, brachte ich vor. »Soll ich sie einfach ihrem Schicksal überlassen?«

Reynold schüttelte den Kopf. »Natürlich nicht.« Er zog die Lippen schmal. »Ich meine, warum kehren wir nicht zurück und befreien Mieke auf eigene Faust aus Clunsevoets Gewalt. Danach suchen wir dann das Weite.«

»Und wie stellst du dir das vor?«, wollte Jasmin wissen. »Wir wissen nicht, wo Mieke gefangen gehalten wird.«

»Das quetschen wir aus Cort heraus. Er ist kräftig, aber wir sind zu dritt. Es sollte uns gelingen, ihn zu überwältigen und zu fesseln. Dann könnten wir ihn zwingen, uns zu verraten, wo wir Mieke finden. Immerhin ist er Clunsevoets Vertrauter.«

»Ein guter Vorschlag«, erklang plötzlich eine Stimme hinter uns. Reynold zuckte zusammen. Cort kroch unter das schützende Dach, hockte sich zu uns und schüttelte sein nasses Haar in Reynolds Richtung.

Wie lange hatte Cort dort gestanden und unser Gespräch mitangehört?

»Ihr könnt mich niederschlagen und mir die Hände und Füße binden«, sagte Cort und beantwortete damit sogleich meine unausgesprochene Frage. »Doch auch wenn ihr mich foltert, werde ich euch nicht verraten können, wo sich Mieke aufhält. Ich habe keine Ahnung, wo Everhard Clunsevoet das Mädchen hingeschafft hat. Er hat mit mir nicht darüber gesprochen.« Der Hüne schürzte die Lippen. »Nun ja, ihr könntet den Versuch wagen, meinen Dienstherrn zu täuschen, indem ihr behauptet, dass ihr Amalia aus Münster befreit habt, damit ihr Emanuels Tochter womöglich bei einer Übergabe in Os-

108

nabrück aus Clunsevoets Gewalt entreißt. Ich bezweifle jedoch, dass euch das gelingen wird. Ich stehe seit nunmehr drei Jahren in Clunsevoets Diensten, und ich kenne den Mann. Er ist kein Dummkopf, und darum misstraut er euch. Er wird Mieke so lange an einem geheimen Ort zurücklassen, bis er sich mit eigenen Augen davon überzeugt hat, dass sich seine Tochter Amalia in Sicherheit befindet.«

»Cort, wir …«, begann ich kleinlaut und wusste eigentlich nicht, was ich ihm sagen sollte. Es war mir unangenehm, dass er unsere Unterhaltung mitangehört hatte. An dem Tag, als Cort mich gepackt und drauf und dran gewesen war, mich in die Senkgrube zu stoßen, hatte ich ihm die Pest an den Hals gewünscht. Doch seit wir gemeinsam unterwegs waren, hatte ich gelernt, ihn mit anderen Augen zu sehen. Er war ein anständiger Kerl, anständiger als wir alle zusammen. Es war nicht richtig, dass wir darüber berieten, ob wir ihn gefangen setzen und ihm Schmerzen zufügen sollten, um Clunsevoet zu hintergehen.

Cort hob die Hand und unterbrach damit meinen Versuch der Rechtfertigung. »Ich kann es dir nicht verübeln, dass du in Sorge um deine Tochter bist. Doch ich sage dir: Du wirst sie nur zurückbekommen, wenn wir Amalia befreien und nach Osnabrück bringen. Du magst Clunsevoet dafür verachten, dass er deine Tochter gefangen hält, aber er ist trotz allem ein Mann, der zu seinem Wort und zu seinen Versprechungen steht. Und das erwartet er auch von dir.«

Ich seufzte. »Wenn es eine Möglichkeit gäbe, in die Stadt zu gelangen, dann wären uns diese Gedanken wohl gar nicht erst gekommen. Aber ich bin ratlos.«

»Und du?«, wandte sich Jasmin an Cort. »Hast du etwas in Erfahrung bringen können, das uns weiterhilft?«

Cort schüttelte den Kopf. »Ich habe noch einmal mit Antonius gesprochen. Doch er ist ebenso ratlos wie wir alle.«

»Dann müssen wir auf den Angriff warten«, meinte Jasmin. »Diese gewaltige Erdrampe könnte schon bald die Wallanlagen erreicht haben. Wenn dann die Stadt im Sturm genommen wird, suchen wir nach Clunsevoets Tochter. Und sollte uns das Schicksal gewogen sein, finden wir sie, bevor sie einer dieser blutgierigen Landsknechte in die Finger bekommt.«

»Die Rampe?«, krächzte Cort und lachte spöttisch. »Ich glaube, ich muss euch da etwas vor Augen führen.« Er stand auf und winkte uns mit sich. Es gefiel mir nicht, durch den Regen zu stapfen, aber da es dem Hünen anscheinend wichtig war, folgten wir ihm.

Cort führte uns zu der Stelle, von der aus ich am Tag unserer Ankunft die riesige Erdrampe bestaunt hatte. Es machte mich stutzig, dass uns auf dem Weg viele Bauern entgegenkamen, die mit erschütterten Gesichtern schimpfend an uns vorbeizogen. Kurz darauf, als der Erdhügel in Blickweite kam, verstand ich, warum vielen dieser knorrigen Männer die Tränen in den Augen standen. Durch den Regen war schlimmer Schaden an der Erdwalze entstanden. Der turmhohe Hügel, an dem Hunderte Arbeiter wochenlang geschuftet hatten, um ihn Fuß für Fuß auf die Mauern zuzubewegen, war vom Regen aufgeweicht worden und zusammengestürzt. Man konnte in dem zerflossenen Schlamm noch einige Erhebungen erkennen, doch die wirkten lächerlich, wenn man sich das Bild der einstmals so imposanten Rampe vor Augen hielt. Einige Männer knieten dort in diesem Schlammfeld und krallten ihre Finger in den feuchten Untergrund oder hieben mit den Fäusten auf die Erde, um ihrer Enttäuschung und Verzweiflung Luft zu machen. Auch den Täufern war dieses Missgeschick natürlich nicht verborgen geblieben. Auf dem Stadtwall hatten sich Dutzende von ihnen versammelt. Sie feixten, lachten und schmähten die traurigen Belagerer mit derben Spottrufen.

»Bei allen Heiligen«, zischte Jasmin. Einen Moment lang blieben wir schweigend vor diesem Bild des Jammers stehen, dann sprach Cort das aus, was wohl jedem von uns im Kopf herumging.

»Auf einen Sturmangriff brauchen wir nun wohl nicht mehr zu hoffen.« Er stemmte enttäuscht die Hände in die Hüften, dann drehte er sich um und ging ohne ein weiteres Wort davon.

KAPITEL 11

Cort irrte sich.

Die zerstörte Erdwalze ließ die Landsknechte nicht in Mutlosigkeit versinken, sondern entfachte unter den Belagerern eine brennende Wut und das Verlangen, mit allen Mitteln die Stadt zu stürmen und den Täufern ihre Überheblichkeit und den Spott heimzuzahlen.

Wir konnten es in den Augen der Soldaten und sogar in den Gesichtern der Bauern, der Handwerker und der Trossleute erkennen. Ihnen allen juckte es in den Fingern, die Mauern Münsters zu erklimmen, die Täufer zu erschlagen und die Stadt zu plündern.

Der Bischof und sein Kriegsrat teilten wohl dieses Begehren, denn noch am selben Tag, an dem die Erdwalze zu Schlamm zerflossen war, wurden die Stadtmauern unter Beschuss genommen. Vor allen Toren Münsters donnerten die Kanonen, und im anhaltenden Regen ging ein unaufhörlicher Kugelhagel auf

112

die Stadt nieder. Es war mir ein Rätsel, woher die Belagerer trotz der Nässe solche Mengen trockenes Pulver auftreiben konnten, doch es reichte aus, um den Beschuss vier Tage lang aufrechtzuerhalten.

Dann endete die Kanonade, und am 31. August erklang zu Sonnenaufgang ein Alarmschuss, der den Sturm auf die Stadt eröffnete. Tausende Landsknechte rannten unter anfeuernden Rufen auf die Mauern zu. Viele von ihnen warfen Reisigbündel in die schlammbedeckten Gräben, um diese passierbar zu machen, danach trugen sie breite Leitern heran, über die sie den ersten Wall zu überwinden versuchten. Im Schutz ihrer breiten Schilde kämpften sich die Bischöflichen verbissen voran, auch wenn die vordersten Reihen wieder und wieder von Steinblöcken erschlagen oder von den Speerspitzen der Täufer durchbohrt wurden.

Meine Gefährten und ich hielten uns trotz der allgemeinen Angriffslust zurück und verfolgten das blutige Treiben von der Schanze vor dem Jüdefeldertor aus. Wir hockten nebeneinander auf der Erhebung, ließen einen Krug Bier von einem zum anderen kreisen, erleichtert darüber, diesem Gemetzel aus sicherer Entfernung beizuwohnen. Sollte sich abzeichnen, dass die Verteidiger zurückwichen und die Bastion von den Bischöflichen eingenommen wurde, standen wir jedoch bereit, den Landsknechten in die Stadt zu

folgen und die Suche nach Amalia Clunsevoet aufzunehmen.

Mehrere Stunden lang hallten Kampfgeheul,
Schmerzensschreie, Schwerterklirren sowie das Donnern von Arkebusen und Kanonen an unsere Ohren.
Ich musste den Täufern zugestehen, dass sie ihre Stadt
wahrlich verbissen verteidigten. Auf den Wällen waren viele Frauen zu erkennen, die den Männern in
ihrer Entschlossenheit in nichts nachstanden und mit
ihren Spießen, brennenden Pechkränzen oder geziel-
ten Steinwürfen die Angreifer abwehrten. Wenn es
den Soldaten des Bischofs dann doch gelang, die
Wälle zu überwinden, formierte sich dort sofort eine
Mauer aus Leibern, die die Landsknechte am weiteren Vordringen hinderte und sie rückwärts drängte.
Der Mut dieser selbsternannten Gotteskrieger erstaunte mich. Man mochte die Täufer für ihre Lehren
verachten, aber ihre Verteidigung war hervorragend
aufgestellt und ihr Kampfeswille auch nach der monatelangen Belagerung ungebrochen.

Welle um Welle wurde der Angriff fortgeführt. Am
frühen Abend jedoch scheiterte die Attacke endgültig.
Die Söldner des Bischofs zogen sich zurück, schleppten zahlreiche Verwundete in die Lager und hinter-
ließen ein Schlachtfeld, das mit Toten übersät war.
Allein hier vor dem Jüdefeldertor betrug die Zahl der
Getöteten mehrere hundert Mann. Während die Be-

lagerer die Flucht ergriffen, fassten sich die Täufer an den Händen und tanzten auf den Wällen rund um die Stadt einen fröhlichen Reigen. Sie sangen und lachten, feierten diesen siegreichen Tag und priesen so lautstark die Gnade des Herrn, dass ihre Stimmen bis an unsere Ohren drangen.

Auch wir wandten uns ab und stapften zu unserem Quartier zurück. Immer wieder passierten wir Gruppen von Verwundeten und traten durch blutige Pfützen. Das ganze Lager hatte sich in ein großes Lazarett verwandelt. Mehrmals schnappte ich im Vorbeigehen Gesprächsfetzen der enttäuschten Landsknechte auf, in denen darüber spekuliert wurde, ob der Allmächtige den Täufern vielleicht doch wohlgesinnt sei und ob es nicht besser sei, so schnell wie möglich von diesem verfluchten Ort das Weite zu suchen.

Der folgende Tag führte uns die gesamte Tragödie des überstürzten Angriffs deutlich vor Augen. Aus allen Richtungen hörten wir die Schreie und das Stöhnen der Verwundeten. Die Toten wurden zu großen Haufen zusammengelegt, und die Bauern, die zuvor an der riesigen Erdwalze gearbeitet hatten, machten sich nun daran, tiefe Massengräber auszuheben. Man sprach davon, dass an die dreitausend Mann während der Kämpfe ums Leben gekommen waren. Das mochte ein wenig übertrieben sein, doch als ich durch das Lager streifte, sah ich mehrere dieser Gruben, in die jeweils gewiss an die hundert Leiber geworfen worden waren.

Und die Toten waren nicht die einzigen Verluste, die das Heer des Bischofs zu verkraften hatte. Immer wieder begegnete ich Landsknechten, die ihr Marschgepäck geschnürt und ihre Wagen beladen hatten und mit versteinerten Mienen das Lager verließen. Auch wenn der noch ausstehende Sold damit für sie verloren war, zogen es diese Männer wohl vor, die Belagerung aufzugeben und damit einem möglichen erneuten Ansturm mit fatalen Folgen zu entgehen.

Doch selbst wenn es dem Bischof gelingen sollte, neue Söldner anzuwerben – es war kaum denkbar, dass er seine Landsknechte noch einmal eine solche Attacke ausführen ließ. Gegen die Wehranlagen Münsters würde er auch mit zehntausend Soldaten nichts ausrichten können. Franz von Waldeck würde den Täufern aber gewiss nicht sang- und klanglos die Stadt überlassen. Wie also konnte die weitere Strategie des Bischofs aussehen? Ich grübelte darüber nach und begriff rasch, dass es im Grunde nur noch eine einzige Möglichkeit für ihn gab. Franz von Waldeck musste die Belagerung aufrechterhalten und die Stadt noch strenger von jeglicher Warenzufuhr abschneiden. Früher oder später würden die Menschen in Münster Hunger leiden und den Worten ihrer Propheten nicht mehr bedingungslos vertrauen. Wenn die Mütter ihre verhungerten Kinder begraben mussten, würde es unter den Täufern womöglich zu einem Aufstand kommen, und der Bischof konnte die Stadt wie einen reifen Apfel pflücken.

Doch bis dahin konnten Monate vergehen.

So viel Zeit hatte ich nicht. Mir blieben nicht einmal mehr ganze drei Wochen, um Clunsevoets Forderung zu erfüllen. Und unsere Lage war verzwickter und aussichtsloser denn je.

Derweil all dieser Gram meinen Kopf schwermachte, begab ich mich am Abend an den Rand des Lagers zu einer der Senkgruben, um meinen Darm zu entleeren.

Der Abtritt bestand aus einem Graben von etwa zweihundert Fuß Länge. Man hatte ihn ursprünglich wohl recht tief ausgehoben, doch nach all den Wochen ragten die Fäkalien an manchen Stellen bereits bis an den Rand. Da nach den Regentagen inzwischen die Hitze zurückgekehrt war, surrte eine Armee von Fliegenschwärmen über den Exkrementen. Obwohl zwei Frauen jeden Tag nach Sonnenaufgang den Graben mit Kalk abstreuten, hing ein Gestank in der Luft, der wohl selbst einen hartgesottenen Haudegen zum Erbrechen bringen konnte.

Als ich dort eintraf, benutzten nur drei Männer und ein Kind den Abtritt. Es war also genug Platz vorhanden, mir eine freie Stelle zu suchen. Zu meinem Verdruss hockte sich jedoch plötzlich ein hagerer Landsknecht genau neben mich, kaum dass ich meine Hose nach unten gezogen hatte und meinen Hintern über die Senkgrube streckte. Und er war nicht allein. Ein junger Bursche mit schiefen Zähnen stellte sich vor ihn und hielt die Hände des Hageren fest, als der in die Knie ging. Wahrscheinlich fiel es ihm einfach schwer, über dem Graben das Gleichgewicht zu halten. Die beiden gaben ein Bild ab, als wolle der Hagere den Jungen bitten, mit ihm die Ehe zu schließen.

Dieser Gedanke erheiterte mich. Ich versuchte mich auf meine Notdurft zu konzentrieren, doch nun fing der Hagere auch noch mit heiserer Stimme zu plappern an.

»Verfluchte Tat«, stöhnte er. »Erst wurde ein Dutzend Männer unseres Fähnleins beim Angriff vor den Mauern Münsters getötet. Und heute muss ich dann mitansehen, wie dem Frieder und dem Johan eine Ladung Blei in den Rücken geschossen wird.«

»Kann man es ihnen verdenken, dass sie nicht mehr für den Bischof kämpfen wollten?«, meinte der Jüngling. »Seit Wochen haben wir keinen Sold mehr gesehen, und nach dem Fiasko dieses Angriffes fragen sich viele Männer, ob der Bischof mit seiner Unternehmung noch auf die Gnade des Allmächtigen zählen kann.«

»Und wenn schon.« Der Hagere ließ laut einen Wind fahren. »Frieder und Johan hätten ganz einfach ihre Sachen packen und des Weges ziehen sollen. Doch diese gierigen Ochsen mussten ja unbedingt den Versuch unternehmen, sich den Täufern anzuschließen, um an ihren Sold zu kommen.«

»Das wäre ihnen doch auch um ein Haar gelungen. Es heißt, die Täufer hätten den beiden bereits das Tor geöffnet, nachdem sie den Sektierern lautstark ihre Dienste angeboten hatten.«

»Aber wer das eigene Fähnlein verrät, der darf sich nicht wundern, dass ihm auf der Flucht in den Rücken geschossen wird«, sagte der Hagere. »Und jetzt liegen sie tot vor den Schanzen, weil sie von unseren Waffenbrüdern niedergestreckt wurden.«

»Arme Teufel!«, meinte der Jüngere. »Doch mit Überläufern kennen die Bischöflichen keine Gnade.«

Ich hatte mich inzwischen erleichtert und trat nun rasch davon, um dem Gestank zu entfliehen. Die Unterhaltung der beiden Burschen ging mir allerdings nicht aus dem Kopf.

Auf dem Weg zur Senkgrube war ich noch tief in meine Mutlosigkeit versunken gewesen. Nun schöpfte ich plötzlich neue Kraft, und es schien mir nicht mehr unmöglich, schon am morgigen Tag hinter die Mauern Münsters zu gelangen.

Die Lösung für unser Problem lag auf der Hand, und als ich mich zu einer der Artilleriestellungen begab, die auf Höhe eines der Stadttore errichtet worden war, machte ich eine Beobachtung, die mich in meiner Entscheidung bestärkte. Vor dem Angriff hatten sich an diesen Schanzen die meiste Zeit des Tages fünfzig oder mehr Landsknechte aufgehalten, doch nun bestand die Wachmannschaft nur mehr aus rund einem halben Dutzend müder Kerle, die sich die Zeit mit den Würfeln vertrieben und dem Abschnitt zwischen der Schanze und dem Torhaus kaum noch Beachtung schenkten.

Bald darauf senkte sich die Nacht über das Lager. Ich schlug den Weg zu unserem Quartier ein, machte mich aber im Schutz der Dunkelheit daran, von den Leichen, die hier an vielen Stellen zusammengetragen worden waren, allerlei Kleidungsstücke und Kriegsgerät einzusammeln. Beladen mit Hüten, Schärpen, einem Lederkoller sowie zwei Radschlosspistolen und einer Pike kehrte ich zu meinen Gefährten zurück, die mich verwundert anstarrten, als ich mein Gepäck vor ihnen ablud.

»Willst du dir den Weg in die Stadt freikämpfen?«, fragte Jasmin und nahm eine der Pistolen zur Hand.

Ich schüttelte den Kopf. »Im Gegenteil. Wir werden uns mit den Täufern verbünden.«

Alle schauten mich nur fragend an, und darum erklärte ich: »Wir desertieren und schließen uns den Sektierern an.«

Reynold verzog das Gesicht, als hätte ich ihm eine Maulschelle verpasst. »Hast du den Verstand verloren?«

»Keineswegs. Mit dieser Staffage werden wir überzeugende Landsknechte abgeben, und wenn wir vor eines der Stadttore treten, werden uns die Täufer einlassen und in ihre Dienste nehmen. Mutige Soldaten, die die Münsteraner bei der Verteidigung der Stadt unterstützen können, werden dort nach wie vor willkommen sein. Ich habe gehört, wie jemand davon sprach, dass anderen Deserteuren bereitwillig die Tore geöffnet wurden.« Das war nicht gelogen, aber ich verschwieg meinen Gefährten, dass diese Männer daraufhin von ihren eigenen Waffenbrüdern niedergestreckt worden waren.

Keiner sagte mehr ein Wort, aber ich erkannte die Zweifel in ihren Gesichtern. Mit meinem Vorhaben hatte ich sie wohl ein wenig überfallen.

»Schlaft jetzt«, riet ich ihnen. »Morgen sehen wir weiter.«

Ich wickelte mich in meine Decke und grübelte über meinen Plan. Es dauerte lange, bis ich in den Schlaf fand, denn mich plagte die Sorge, dass ich auf mich allein gestellt war, wenn ich am morgigen Tag dieses gefährliche Vorhaben ausführen würde.

KAPITEL 12

Als sich die Sonne über den Horizont zwängte, weckte ich meine Gefährten und breitete die Kleidungsstücke und Waffen, die uns für kurze Zeit in altgediente Landsknechte verwandeln sollten, auf dem Boden aus. Reynold richtete sich auf und runzelte nur die Stirn. Jasmin zischte verächtlich. Allem Anschein nach hatten sie sich entschlossen, mir nicht zu folgen, und auch ich selbst wurde plötzlich mutlos, weil mich der Gedanke quälte, dass ich schon in der nächsten oder übernächsten Stunde mein Leben verwirkt haben könnte.

»Schließt ihr euch mir an?«, fragte ich die beiden, obwohl ich die Antwort ahnte. Jasmin und Reynold schüttelten den Kopf und bestätigten damit meine Vermutung.

Glücklicherweise erhielt ich zumindest Unterstützung von Cort. Der Hüne griff nach einer der bunten Schärpen und streifte sie sich über. Dann schulterte er sein Langschwert.

»Du willst doch nicht etwa mit ihm gehen?«, fragte Reynold. »Emanuels Vorhaben ist irrsinnig.«

»Und genau darum hat Clunsevoet ihn hierhergeschickt«, entgegnete Cort. »Nur ein Mann, der bereit ist, das Unmögliche zu wagen, ist in der Lage, Amalia zu retten.«

122

»Und er ist auch in der Lage, uns alle ins Verderben zu führen«, meinte Jasmin.

»Ich muss den Versuch wagen«, sagte ich kleinlaut. »Soll ich denn meine Tochter im Stich lassen? Nach allem, was mir hier in den vergangenen Tagen vor Augen gekommen ist, ist dies die einzige Möglichkeit, in die Stadt zu gelangen, auch wenn ich dafür mein Leben aufs Spiel setze. Mieke ist es mir wert.«

»Gottverflucht!«, krächzte Jasmin. »Versuch gar nicht erst, uns ein schlechtes Gewissen zu machen.«

Ich seufzte und langte nach einer der Pistolen, dem Lederkoller und einem breitkrempigen Hut. Cort nickte zufrieden und forderte mich auf, zügig aufzubrechen, denn in den frühen Morgenstunden würden die Wachposten der Bischöflichen noch schläfrig sein.

Ich verdrängte den Gedanken, dass ich Jasmin und Reynold womöglich zum letzten Mal gegenüberstand, verabschiedete mich rasch und trat mit Cort an die Schanze, die dem Kreuztor gegenüberlag.

Zunächst hielten wir uns in der Nähe der Erhebung auf und behielten die Wachmannschaft im Auge. Eine Gruppe Söldner hockte gelangweilt um ein Feuer an dem mit Flechtwerk und Holzstreben verstärkten Erdwall. Die meisten von ihnen waren damit beschäftigt, ihre Arkebusen zu säubern. Einer rollte ein kleines Fass heran, nahm den Deckel ab und füllte eine Handvoll Schwarzpulver in ein Ledersäckchen. Im Moment waren diese Kerle noch unsere Kameraden, doch sobald wir in das Niemandsland traten und sie begriffen, dass wir zu den Täufern überlaufen wollten, würden sie uns als ihre Feinde ansehen.

Ich lupfte meinen Hut, strich mir angespannt über die Haare und atmete tief ein. »Also dann«, sagte ich zu Cort. »Möge uns das Schicksal gewogen sein.«

Wir wollten losgehen, doch eine Stimme hinter uns hielt uns auf.

»Wartet!«

Ich wandte mich um und erblickte erstaunt, dass Reynold und Jasmin auf uns zuliefen. Beide hatten sich nun ebenfalls ausstaffiert und gaben recht lächerliche Bilder buntgeschmückter Soldaten ab. Jasmin verbarg ihre langen Haare unter einem Hut, und jeder von ihnen schwenkte einen Tonkrug in den Händen.

»Wir sollten uns stärken, bevor wir vor das Tor treten.« Jasmin streckte mir einen Krug entgegen. Ich nahm ihn, schaute die beiden aber nur fragend an.

»Du weißt, wie sehr mir Mieke am Herzen liegt«, erklärte sie. »Ich tue das für sie – nicht für dich.«

»Und du?«, wandte ich mich an Reynold. »Bangst du nicht länger um dein Leben?«

Er zog sein Wams am Kragen zur Seite und holte fünf Amulette hervor, die er an Schnüren um seinen

124

Hals trug. »Die hier werden mich unverwundbar machen.«

Ich lachte, trank aus dem Krug und hustete, als der Branntwein in meine Kehle floss.

»Hattest wohl noch was übrig von dem Geld, das du mir gestohlen hast«, brummte Cort.

Reynold griente und nahm die beiden Krüge. »Die werden uns nützlich sein.« Mir erschien der Ausdruck in seinen Augen seltsam entrückt. Wahrscheinlich hatte er das kürzlich erworbene Opium dazu benutzt, seine Furcht zu betäuben.

Reynold lief auf die Wachen zu, die an einem Feuer saßen und einen Brei kochten. Er johlte laut und rief: »Kommt, Männer, begrüßt den neuen Tag mit einem kräftigen Schluck. Trinkt!«

Die Landsknechte ließen sich nicht lange bitten und griffen gierig nach dem Branntwein. Auch die anderen Männer kamen zusammen, und jeder verlangte, als Nächster aus einem der Krüge zu trinken.

»Das wird sie ablenken«, raunte Jasmin.

Ich nickte. »Gut gemacht.« Wir traten an das Ende der Schanze und konnten von hier auf das vorgelagerte Torhaus blicken, hinter dem eine Brücke über den ersten Wassergraben zu einem breiten Rondell führte. Der Morgennebel hatte sich bereits verzogen. Das bedeutete, dass wir ein gutes Ziel abgeben würden.

»Und du glaubst tatsächlich, dass die Täufer uns bereitwillig das Tor öffnen werden, wenn wir sie darum bitten?«, krächzte Reynold.

Ich nickte. »Sorgen bereiten mir – trotz des Branntweins – die Kerle an der Schanze. Du wirst sehen, die Täufer werden uns Überläufer gewiss in ihre Reihen aufnehmen. Doch für unsere jetzigen Waffenbrüder werden wir damit zu Verrätern, und sie werden nicht zögern, das Feuer auf uns zu eröffnen, wenn sie begreifen, was wir vorhaben.«

Nun, wo die Wachen noch abgelenkt waren, wollte ich keine weitere Zeit mehr verlieren. Ich trat über die Grenze der Schanze und winkte meine Gefährten mit mir. Reynold bekreuzigte sich noch rasch und küsste jedes einzelne seiner Amulette.

Die anderen folgten mir. Mit eiligen Schritten näherten wir uns dem Stadtwall, der sich wie ein drohender Koloss vor uns erhob. Wir hatten etwa einhundert Schritte zurückgelegt und befanden uns in der Mitte zwischen dem Kreuztor und der Schanze, als die Täufer auf uns aufmerksam wurden. Auf dem Rondell tauchten mehrere Männer auf, die Arkebusen und Armbrüste auf uns richteten, und einen Augenblick später wurde auch schon ein Schuss abgefeuert. Eine Ladung Blei ließ vor unseren Füßen die Erde aufspritzen.

»Oh, Jesus und alle Heiligen!«, stöhnte Reynold.

»Ihr da«, erklang es vom Rondell. »Keinen Schritt weiter!«

Mit einem Handzeichen stoppte ich die anderen. Ich richtete meinen Blick zum Festungswerk und rief den Bewaffneten zu: »In Gottes Namen, lasst uns eintreten!«

»Was wollt ihr in Münster?«

»Euch darin unterstützen, die wahre Lehre Christi zu verteidigen.«

»Vielleicht wollt ihr aber auch nur unser Brot fressen und unseren Wein saufen«, höhnte der Mann.

»Wir bieten euch unsere Dienste an«, rief ich darum schnell hinauf. »Ist euch nicht jede Hand, die ein Schwert führt, von Nutzen, um den Bischof und seine Soldaten von Münster fernzuhalten?«

Der Mann lachte. »Du sprichst von dem Bischof, dem du anscheinend vor nicht allzu langer Zeit die Treue geschworen hast.«

Die Täufer gaben sich widerspenstiger, als ich erwartet hatte. Zumindest blieb hinter uns noch alles ruhig. Die Bischöflichen schienen uns überhaupt nicht zu beachten.

Ich packte Cort am Arm und zog ihn neben mich. »Seht euch diesen Koloss an. Er ist ein zäher Haudegen, der in zahlreichen Schlachten seinen Mut bewiesen hat. Allein mit seinen Fäusten würde er es mit einem halben Dutzend Männern aufnehmen.«

Es blieb still auf dem Rondell, aber zumindest verhöhnte man uns nicht mehr. Ich wertete das als ein gutes Zeichen und deutete auf Jasmin, die in ihrer Verkleidung nicht als Frau zu erkennen war. Zumindest nicht aus der Ferne. »Dieser Jüngling«, rief ich, »besitzt die Augen eines Falken und ist ein so vortrefflicher Schütze, dass er von euren Wällen aus eine Maus von der Schanze der Bischöflichen herunterschießen könnte.« Ich breitete die Arme aus. »Und ich habe in den Kriegen der Bauern gekämpft und in diesen Schlachten mehr Feinde erschlagen, als ich an meinen Fingern, Zehen und anderen Körperteilen abzählen kann.«

Auf dem Rondell rührte sich nichts. Mittlerweile war ich so angespannt, dass ich erschrocken zusammenfuhr, als Reynold mich in den Rücken stupste. Als ich mich umdrehte, schnitt er eine seltsame Grimasse, deutete mit dem Daumen auf sich und drängte: »Mach schon! Sag was über mich! Was Beeindruckendes!«

Mir fiel auf die Schnelle nicht ein, welche glorreichen Fähigkeiten ich Reynold andichten konnte, aber das war auch nicht mehr nötig, denn nun rief einer der Täufer: »Dafür, dass ihr so großartige Kämpfer seid, scheint es euren Leuten aber nicht viel auszumachen, dass ihr die Fahnen wechselt.«

Ich seufzte, denn der Mann hatte recht. Niemand

hinter uns scherte sich darum, dass wir hier vor den Toren Münsters standen und um Einlass baten. Nicht einmal eine Warnung oder die Aufforderung zurückzukommen, wurde uns hinterhergerufen. Wen konnte es da verwundern, dass die Torwächter unbeeindruckt blieben.

»Öffnet endlich das Tor, ihr verdammten Hunde!«, brummte Cort hinter zusammengepressten Zähnen.

»Die vertrauen uns nicht«, raunte Jasmin. »Lasst uns umkehren und uns wieder in unser Quartier begeben.«

»Den Teufel werden wir tun!« Ich schlug die Faust in die Hand und schaute zurück zur Schanze, wo die Landsknechte es vorzogen zu saufen, anstatt uns daran zu hindern, zu den Täufern überzulaufen.

Es musste etwas geschehen. Kurzentschlossen drückte ich Cort meine Pistole in die Hand und forderte die Gefährten auf, sich bis zu meiner Rückkehr nicht von der Stelle zu rühren.

Ich stapfte zur Schanze und lief hinter die Befestigung, wo die Soldaten noch immer die Branntweinkrüge kreisen ließen und mir keine Beachtung schenkten.

Mein Vorhaben mochte waghalsig sein, dennoch zögerte ich nicht, sondern suchte mir ein schmales Stück Holz und entzündete es am Lagerfeuer. Die Täufer verlangten einen Beweis unserer Entschlossenheit und unseres Kampfeswillens. Den sollten sie bekommen.

Ich ging ein paar Schritte, bis ich vor dem Fass mit dem Schwarzpulver stand, hob den Deckel an, warf das brennende Holzstück hinein und verschloss es wieder. Sofort nahm ich die Beine in die Hand, denn hinter mir zischte es bedrohlich. Einer der Landsknechte fluchte laut. Ich sprang über die Schanze und rannte auf meine Gefährten zu. Die drei schauten mich verwirrt an, doch schon im nächsten Moment ließ mich die Explosion stolpern und zu Boden fallen.

Ich drehte mich auf die Seite. Hinter der Schanze stieg eine dichte Rauchsäule auf. Schreie und wütende Rufe waren zu hören. Eine Hakenbüchse wurde abgefeuert, und jemand rief: »Euch Schweinehunde schicken wir zur Hölle!«

Ich kam auf die Beine und forderte mit wedelnden Armen die Täufer auf, uns einzulassen. Währenddessen surrten die Bleiladungen so dicht über unsere Köpfe, dass wir uns ducken mussten. Die Schanze war noch in Rauch gehüllt, doch als ich mich umwandte, erkannte ich mindestens sieben Landsknechte, die ihre Hakenbüchsen und Pistolen auf uns richteten.

»Glaubt ihr noch immer, dass wir dem Bischof treu sind?«, rief ich, so laut ich konnte, in Richtung des Rondells.

Ich zuckte zusammen, denn eine Kugel streifte dicht an meinem Ohr entlang. Ich befürchtete, jeden Moment niedergestreckt zu werden, doch plötzlich vernahm ich ein quietschendes Geräusch. Erleichtert atmete ich auf, als die Tür des Torhauses geöffnet wurde und ein bärtiger Mann uns zu sich heranwinkte. Wir rannten auf die Tür zu. Als wir uns nun hastig durch diesen Eingang drängten, wurden hinter uns gleich mehrere Schüsse abgefeuert, die uns gewiss zum Verhängnis geworden wären, wenn wir noch immer im offenen Gelände gestanden hätten. Nun aber schlug der Mann die Tür hinter uns zu, und wir stolperten in das Torhaus, wo wir in unserer Hast gegeneinanderstürzten und auf die Knie fielen. Der Bärtige schien dies als Aufforderung zum Gebet anzusehen und sank mit gefalteten Fingern neben uns auf den Boden.

»Danket dem Herrn«, jubilierte er. »Danket dem Allmächtigen für eure Errettung und lasst ihn uns lobpreisen.«

Wir schauten uns an und atmeten erleichtert auf, als wir feststellten, dass keiner von uns eine Verletzung davongetragen hatte und dass wir tatsächlich in das belagerte Münster eingedrungen waren.

»Halleluja!«, rief Reynold aus und streckte die Hände gen Himmel. »Wenn einem das Glück hold ist, dann kalbt sogar der Ochse.«

KAPITEL 13

Da knieten wir also auf dem Steinboden, nachdem wir wie betrunkene Tanzbären in das Torhaus gestolpert waren. Der Bärtige, der uns hereingelassen hatte, hob noch immer die gefalteten Hände zum Himmel, sprach ein weiteres Stoßgebet und schlug das Kreuz über seiner Brust.

Wir taten es unserem Retter gleich. In diesem Augenblick, in dem mein Herz noch vor Aufregung raste, dankte ich tatsächlich dem Herrn. Sollte er seine schützende Hand über uns gehalten haben, war das wohl mehr als angebracht. Und wenn wir ihm – was ich eher vermutete – völlig egal waren, dann war diese kurze Buckelei auch nicht weiter tragisch.

Der Bärtige erhob sich, musterte uns und breitete die Arme zu einer einladenden Geste aus. »Ich heiße euch willkommen im Neuen Jerusalem. Von dieser Stunde an seid ihr Teil der wahren Gemeinschaft Christi.«

»Wie schön«, krächzte Reynold.

Mich störte der Spott in seiner Stimme, darum nahm ich die Pistole, die ich Cort vorhin überlassen hatte, wieder an mich und fügte rasch an: »Und mit diesen Waffen werden wir die Gemeinschaft verteidigen.«

»Wir werden sehen«, rief ein Mann, der zu uns trat – ein knorriger Kerl, der eine Arkebuse bei sich trug. Wahrscheinlich war er es gewesen, der zuvor vom Rondell aus auf uns geschossen hatte.

»Der hier hat den Bischöflichen mächtig zugesetzt«, meinte der Bärtige und klopfte mir auf die Schulter, dann deutete er auf Cort und sagte: »Und es beruhigt mich zudem, wenn ein solcher Riese von nun an mein Verbündeter ist und nicht mein Gegner.«

»Wir werden sehen«, murmelte der Arkebusier erneut, und ich fragte mich, ob er noch andere Wörter kannte. Zunächst schwieg er aber und gab uns ein Zeichen, ihm zu folgen.

Er führte uns über eine Brücke, auf der wir den äußeren Stadtgraben und den zweiten Wasserlauf zwischen den Wällen überquerten. Schließlich erreichten wir ein weiteres Torhaus. Auf sein Rufen hin wurde eine breite Holztür geöffnet. Wir traten in eine Wachstube, in der sich drei mit Kurzschwertern bewaffnete Männer aufhielten, die sich von ihrer Kleidung her kaum von den Landsknechten im Lager des Bischofs unterschieden.

Mein Blick fiel auf ein Tor am anderen Ende dieses Raumes. Wahrscheinlich mussten wir nur noch diese Pforte passieren, um auf die Straßen Münsters zu gelangen. Es war eine verlockende Vorstellung, dass die Wachleute uns hier verabschieden und mit den besten Wünschen in die Stadt entlassen würden, doch diese Hoffnung erwies sich als Trugschluss. Der grimmige Arkebusier wies uns an, eine Treppe hinaufzusteigen, und brachte uns in eine Kammer im ersten Stock.

»Hier werdet ihr warten«, befahl er uns.

»Auf was?«, wollte ich wissen.

»Ich lasse nach dem Prädikanten Ollrich schicken. Er hält sich hier ganz in der Nähe im Gemeinschaftshaus auf.«

Reynold rümpfte die Nase. »Ein Prädikant? Was ist das für einer?«

»Einer der Prediger, der prüfen wird, ob ihr aus redlichen Beweggründen zu uns übergelaufen seid.« Der Arkebusier schaute mit düsterem Blick von einem zum anderen. »Und sollte sich herausstellen, dass ihr nur Spione der Bischöflichen seid …« Der Kerl lachte heiser und zog ein Messer hervor. Mehr brauchte es nicht, um uns klarzumachen, dass unser Leben verwirkt war, wenn dieser Prädikant unseren Ausführungen keinen Glauben schenken würde. Dann verließ er die Kammer und verschloss die Tür hinter sich.

»Welch freundliche Begrüßung«, spottete Jasmin. Sie zog den Schlapphut von ihrem Kopf und wischte über ihr schmutziges Gesicht. Sofort machte Cort einen Schritt auf sie zu, setzte ihr den Hut auf und drückte die Krempe tief nach unten.

»Verbirg gefälligst dein Gesicht«, ermahnte er sie. »Wir geben uns als Landsknechte aus, und da werden wir vor diesem Prädikanten nicht unbedingt glaubwürdig erscheinen, wenn sich eine Frau in unserer Begleitung befindet.«

»Cort hat recht«, sagte ich. Wir konnten nicht vorsichtig genug sein. Bei diesen Prädikanten handelte es sich gewiss um scharfzüngige Theologen, die einem das Wort im Mund verdrehen würden. Jede unbedachte Äußerung konnte unser Todesurteil bedeuten.

»Nur Cort und ich werden sprechen.« Ich bemerkte ein missbilligendes Zucken an Reynolds Mundwinkel und fügte hinzu: »Jasmin und du – ihr werdet schweigen. Wenn der Prädikant euch eine Frage stellt, antwortet ihr so knapp wie möglich.«

»Hältst du uns für so ungeschickt?« Reynold verzog das Gesicht.

»Du hast es begriffen«, erwiderte ich. Ich hatte diesen Satz kaum ausgesprochen, da klapperte auch schon ein Schlüssel im Schloss, und ein schlanker, in eine graue Kutte gekleideter Mann mit stechenden Augen und einer verkniffenen Miene trat ein. Er drückte die Tür zu, ging mit bedächtigen Schritten und auf dem Rücken verschränkten Armen um uns herum und betrachtete uns dabei eingehend.

»Mein Name ist Hermann Ollrich«, sagte der Prädikant. »Man hat mir mitgeteilt, ihr hättet euer Leben aufs Spiel gesetzt, um in unsere Stadt eingelassen zu werden.«

»Das war es uns wert«, behauptete ich.

Ollrich nickte, wirkte aber skeptisch.

»Ihr habt als Landsknechte in den Diensten des Bischofs gestanden?«

»Das ist wahr.«

»Warum habt ihr nun die Fahnen gewechselt?«

Ich räusperte mich. »Es war ein Fehler, für den Bischof zu kämpfen. Während des Sturmangriffs gegen die Stadt wurden uns die Augen darüber geöffnet, dass der Allmächtige nicht mit dem Bischof ist, sondern mit der Gemeinschaft der Täufer. Das Licht des Herrn leuchtet über Münster, und als wir das erkannten, haben wir uns dazu entschlossen, dass wir diese Stadt mit all unserer Kraft verteidigen wollen, selbst wenn es uns das Leben kostet.«

»Und gewiss auch, weil ihr einen Sold erwartet. Eine bessere Münze als die des Bischofs.«

Ich schüttelte den Kopf. »Wir bieten euch unsere Dienste an, weil wir für Gottes unverfälschtes Wort streiten wollen.«

»Aber den Sold würden wir trotzdem …«, setzte Reynold an, doch ich brachte ihn mit einem Fußtritt zum Schweigen.

Ollrich runzelte die Stirn. Ich fühlte mich in der Nähe dieses argwöhnischen und sittenstrengen Prädikanten äußerst unwohl. Und das war wohl nur ein Vorgeschmack auf das Misstrauen und die Gefahren, die uns in dieser Stadt bei jedem Schritt begleiten würden.

Hermann Ollrich trat an mir vorbei, sein Blick streifte Reynold, und schließlich stellte er sich neben Jasmin. Ihre Anspannung war deutlich zu spüren.

»Wie ist dein Name?«, verlangte der Prädikant von ihr zu wissen.

Jasmin zögerte, und in diesem Moment ärgerte ich mich darüber, dass wir vergessen hatten, uns auf eine solche Befragung vorzubereiten. Trotzdem dauerte es nur einen kurzen Augenblick, bis sie erwiderte: »Jasper. Ich heiße Jasper.« Sie senkte dabei recht überzeugend ihre Stimme.

»Jasper also«, sagte Ollrich. Er musterte sie vom Kopf bis zu den Füßen. »Woher stammst du, Jasper? Aus den Niederlanden?«

»Friesland«, antwortete Jasmin so knapp wie möglich.

»Soso.« Ollrich schien nicht recht davon überzeugt zu sein. Im nächsten Moment zog er ihr mit einer raschen Handbewegung den Hut vom Kopf, so dass ihr Haar bis auf die Schultern fiel. Zudem wischte der Prädikant mit seinen Fingern den Dreck von ih-

137

rer Wange. »Sag mir, Jasper, seit wann schicken die Friesen ihre Frauen auf den Kriegszug?«

Nun war eine gute Erklärung vonnöten. Einen Augenblick lang herrschte Stille, und in meinem Kopf suchte ich fieberhaft nach einer überzeugenden Lüge, die Jasmins Anwesenheit erklären würde. Hatte es einen Sinn, uns als Täufer aus den friesischen Landen auszugeben, die hier zu ihren Brüdern und Schwestern stoßen wollten? Das würde die Anwesenheit einer Frau erklären, unsere Maskerade als Landsknechte jedoch geradezu lächerlich erscheinen lassen. Mir kam die Idee, Jasmin als meine Schwester auszugeben, die ich nicht im Lager des Bischofs hatte zurücklassen wollen, doch ich überlegte zu lange, denn gerade als ich diese Behauptung hervorbringen wollte, kam mir Reynold zuvor und stammelte: »Sie … sie ist eine Hure aus dem Tross, der es nach Läuterung verlangt. Wir konnten ihr die Bitte nicht abschlagen, sich mit uns unter die schützende Hand des Herrn zu begeben.«

Ich stöhnte leise. Das war wohl die dümmste Erklärung, die wir einem sittenstrengen Prediger der Täufergemeinde präsentieren konnten.

Ollrichs Reaktion auf Reynolds Worte war eindeutig. »Ihr bringt eine Hure in unsere Stadt?«, rief er erbost aus. Rasch trat er einen Schritt zurück, als befürchte er, dass Jasmin ihn anfassen und verderben könnte. »Soll diese Dirne die Sünde unter uns verbreiten? Soll ungezügelte Fleischeslust den Zorn des Herrn hervorrufen?«

»Keine Sorge«, wiegelte Reynold ab. »Das Mädchen hat uns versprochen, sich nicht länger von seiner Triebhaftigkeit leiten zu lassen.«

»Halt dein Maul, du Schafsnase!«, wies Jasmin ihn schroff zurecht. Sie richtete drohend einen Finger auf Reynold. »Wenn sich hier jemand mit Huren abgibt, dann bist du es. Allerdings nur mit den billigen, die zwischen den Beinen stinken und sich für ein paar armselige Kreuzer von dir bespringen lassen.«

»Grundgütiger!«, stöhnte der Prädikant. »Welche Ansammlung von Galgenstricken hat unser heiliges Münster betreten.«

Diese ganze Charade geriet immer bedrohlicher. Ich hob die Hände und versuchte Ollrich zu beschwichtigen. »Es ist nicht so, wie es …«, begann ich, doch er fiel mir sofort ins Wort.

»Ich werde euch in das Haus des Statthalters Knipperdolling schaffen lassen. Dort wird man entscheiden, wie mit euch zu verfahren ist.« Er schob mich beiseite und wollte die Kammer verlassen, doch Cort stellte sich ihm in den Weg.

»Tritt zur Seite, du Klotz!«, verlangte Ollrich.

Statt einer Antwort schlug Cort hart und schnell die Faust gegen Ollrichs Nase. Der Prädikant wurde

139

von diesem Angriff so überrumpelt, dass er mit aufgerissenen Augen zurücktaumelte und nach Luft schnappte. Bevor er die Wachen zu Hilfe rufen konnte, hatte Cort ihn auch schon zu sich herangezogen, legte ihm den rechten Arm um den Hals und drückte so lange zu, bis Ollrich zusammensackte und zu Boden sank.

»Um Himmels willen!«, krächzte Reynold. »Ist er tot?«

»Keinesfalls«, meinte Cort. »In ein paar Minuten wird er wieder zu sich kommen.«

»Du hast ihm die Nase gebrochen«, sagte Jasmin.

Cort hob die Schultern. »Der Kerl hatte auch vorher schon ein hässliches Gesicht.« Er tastete Ollrichs Gewand ab und zog den Schlüssel hervor.

»Was sollen wir jetzt tun?«, wollte Jasmin wissen.

»Wir verschwinden von hier.« Cort nickte mir zu und wies zum Ausgang. »Lock die Wachen unter einem Vorwand herein.«

»Himmel und Hölle!«, protestierte Reynold. »Willst du es hier mit allen aufnehmen?«

Ich ahnte, was Cort im Schilde führte, öffnete die Tür und trat an die Treppe. Von dort rief ich in die Wachstube: »Rasch! Kommt herbei! Vernehmt die Stimme des Herrn! Unser Erlöser Jesus Christus spricht zu dem Prädikanten Ollrich!«

Nach kurzem Zögern stiegen die drei Männer die

Treppe hinauf. In ihren Gesichtern waren Zweifel zu erkennen. Während sie die Kammer betraten, schlichen wir uns an ihnen vorbei. Draußen zog ich die Tür zu und verschloss sie. Ich hörte die Wachen lautstark fluchen. Als wir die Treppe hinuntereilten, hämmerten sie wütend mit ihren Fäusten gegen die Tür.

Glücklicherweise hielt sich in der Wachstube nun niemand mehr auf. Um keinen Verdacht zu erregen, verließen wir das Torhaus gemessenen Schrittes, traten auf die Straße und liefen durch mehrere Seitengassen, bis wir uns einigermaßen sicher fühlten.

KAPITEL 14

Kaum dass wir uns außer Sichtweite des Torhauses befanden, eilten wir zu einer dunklen Häuserecke und verschnauften dort. Nach der aufregenden Flucht aus der Wachstube mussten wir alle erst einmal durchatmen, und jedem Einzelnen von uns war wohl bewusst, dass in der vergangenen Stunde unser Leben gleich mehrmals am seidenen Faden gehangen hatte.

Wir selbst waren daran nicht ganz unschuldig gewesen. »Was habt ihr euch bei dieser Darbietung gedacht?«, rüffelte ich Reynold und Jasmin. »Euer lächerlicher Streit vor dem Prädikanten war dumm, überflüssig und gefährlich.«

»Er hat mich eine Hure genannt«, empörte sich Jasmin. Ihre Augen funkelten in Reynolds Richtung. »Das hat mich in Rage gebracht.«

»Es sollte nur eine Erklärung sein«, verteidigte er sich. »Wir spielen den Täufern doch ohnehin nur eine Komödie vor. Wen schert es da, ob ich dich als Hure bezeichne?«

Jasmin schnaufte. »Du bist ein Ochse.«

»Reynold hat wohl eher die Rolle des Narren eingenommen«, mischte sich Cort ein. »Der Wald liefert selbst den Stiel zu der Axt, mit dem er umgehauen wird. Ihr solltet euch vertragen, sonst finden wir uns schon bald am Galgen oder unter dem Schwert wieder.«

Ein Brummen Jasmins und ein Nicken Reynolds besiegelten diesen brüchigen Frieden.

Wir gingen weiter und erreichten ein Kirchengebäude. Als ich dort hinaufschaute, fiel mir auf, dass man die Turmhaube abgerissen hatte. Vom Lager der Bischöflichen aus war schon aus der Entfernung zu erkennen gewesen, dass die Täufer die Dächer von den meisten Türmen entfernt hatten, um auf den freigeräumten Plattformen Kanonen aufzustellen. Von hier unten schaute ich nun genau auf ein Geschützrohr, das über den Rand dieses Turmes ragte. Ich fragte mich, ob womöglich von dieser Kanone das Geschoss abgefeuert worden war, das den bedauernswerten Melchior Kribbe in Stücke gerissen hatte.

Auf dem Platz vor der Kirche fiel mein Blick auf eine Gruppe Frauen, die von mehreren Soldaten in der Handhabung verschiedener Waffen wie Pistolen und Hakenbüchsen unterwiesen wurde. Ich hatte mit eigenen Augen verfolgt, wie verbissen die Münsteraner Frauen ihre Stadt gegen die anstürmenden Truppen verteidigt hatten, und auch die zurückweichenden Landsknechte hatten davon berichtet, dass die Frauen der Täufer wie Furien gekämpft hatten.

»Verhaltet euch unauffällig«, raunte ich und gab ein Zeichen weiterzugehen. Ich fragte mich, ob die Wachen, die von uns überrumpelt worden waren, bereits Alarm geschlagen hatten. Bislang blieb allerdings alles ruhig um uns herum.

Wir folgten der Straße. Eine Gruppe munter schwatzender Mädchen kam uns entgegen sowie einige Frauen, die Kiepen mit Stoffballen auf dem Rücken trugen.

»So viele Weiber«, meinte Reynold. »Was man sich erzählt, entspricht also der Wahrheit. Wie es scheint, kommen hier auf einen Mann vier bis fünf Frauen. Nun leuchtet es mir ein, warum es jedem der Täufer erlaubt ist, mit mehreren Weibern die Ehe zu schließen. Wie sollte man all diese Frauen sonst unter Kontrolle halten?«

»Mach dir keine Hoffnungen«, entgegnete Jasmin. »Selbst wenn es in dieser Stadt ausschließlich Frauen gäbe, so würde doch keine Einzige von ihnen einen so hässlichen Kerl wie dich in ihr Bett holen.«

»Pah!« Reynold zwinkerte ihr zu. »Du kennst meine Fertigkeiten nicht.«

»Und Gott bewahre, dass ich mich jemals davon überzeugen lasse«, erwiderte Jasmin.

Wir passierten eine Schmiede und eine Schuhmacherwerkstatt. Die Männer und Frauen, die hier ihrem Tagewerk nachgingen, schenkten uns keinerlei Beachtung, was mich auf gewisse Weise beruhigte. Wir durften nicht auffallen, und in den kurzen Momenten, in denen Reynold und Jasmin nicht miteinander zeterten, mochte das auch durchaus gelingen.

»Ich habe es mir anders vorgestellt«, sagte Reynold.

»Was?«, fragte ich.

»Münster. Und die Menschen hier. Alles ist so … alltäglich.«

»Was hast du erwartet? Hunderte nackte Männer und Frauen, die sich an die Hände fassen und einen Reigen um ein großes Feuer tanzen?«

»So etwas Ähnliches.« Reynold hob die Schultern. »Aber hier geht es nicht anders zu als in den meisten Städten.«

»Vielleicht täuschst du dich«, mischte sich Jasmin ein. »Schau dir das an.«

Wir hatten inzwischen den Domplatz erreicht, und uns wurde sofort klar, worauf sich Jasmin bezog, denn auf dem Platz waren solche Mengen an zerschlagenem Mobiliar, Heiligenbildern, Orgelpfeifen und Holzverzierungen zusammengetragen worden, dass sich dieser Haufen in wohl drei- bis vierfacher Mannshöhe erhob.

Rund um diesen Berg waren Dutzende Menschen im Gebet versunken. Mehrere von ihnen lagen mit kreuzförmig ausgestreckten Armen auf der Erde. Andere drehten sich in einem seltsamen Tanz im Kreis, streckten die Hände in die Luft und lobpriesen Christus den Erlöser.

Inmitten dieser religiös Verzückten ging ein Prediger umher, der zu den Gläubigen sprach und den Wahn dieser Männer und Frauen mit düsteren Offenbarungen befeuerte. Wie in einer Wellenbewegung sanken die Leute um ihn herum auf die Knie, sobald er sich ihnen näherte.

»Ich sah einen Engel vom Himmel fahren, der hatte den Schlüssel zum Abgrund und eine große Kette in der Hand«, rief der Prediger aus, der ein ähnliches Gewand wie der Prädikant Ollrich trug und der nun auf uns zutrat.

»Und er griff den Drachen, die alte Schlange, das

ist der Teufel und Satan, und band ihn tausend Jahre.« Der Prädikant streckte seine Hand aus und strich mit dem Daumen über meine Stirn. »Empfangt das Zeichen Tau, ihr aufrechten Israeliten«, verkündete er. »Denn Gott spricht: Nur diejenigen, die mein Zeichen tragen, sollen vor der Vernichtung verschont bleiben und errettet werden.«

Auch Jasmin, Reynold und Cort wurde diese zweifelhafte Ehre zuteil, dann wandte sich der Prediger mehreren Frauen zu, die mit Tränen in den Augen vor ihm in die Hocke gegangen waren.

Meine Neugier war geweckt, und so näherte ich mich diesem seltsamen Heiligtum aus Gerümpel und betrachtete das hier Zusammengetragene genauer. Auch wenn mir nie ein sonderlich großer religiöser Respekt innegewohnt hatte, jagte mir der Anblick der zertretenen Heiligentafeln, der zerstörten Altäre und anderer besudelter sakraler Gegenstände, die die Täufer auf diesem Haufen öffentlich zur Schau stellten, einen kalten Schauer über den Rücken. Sorge bereiteten mir vor allem die Männer und Frauen um mich herum, denn ihren glühenden Augen sah ich an, dass sie nicht ins Gebet versunken waren, um den Herrn um Vergebung für diesen Frevel zu bitten, sondern weil sie davon überzeugt waren, dass sie nur dann ins Paradies gelangten, wenn auf dieser Welt die alte Ordnung vollständig zerstört wurde.

Ich löste mich von dieser erschreckenden Szenerie und überquerte mit meinen Gefährten den Domplatz. Wir erreichten den Übergang zu einer breiten Hauptstraße, die von prächtigen Patrizierhäusern gesäumt wurde. Hier waren drei Podeste errichtet worden, die wahrscheinlich als erhöhte Bühnen für die Prediger genutzt wurden. Eine dieser Plattformen zog unsere Aufmerksamkeit auf sich, denn auf ihr befand sich ein Holzquader, an dem eine dicke Schicht getrockneten Blutes klebte. Allem Anschein nach wurden hier die Hinrichtungen durchgeführt. Und ausgehend von der Blutlache hatten nicht wenige Münsteraner auf diesem Quader ihr Leben gelassen.

»Findest du das alles hier immer noch so alltäglich?«, fragte Jasmin an Reynold gerichtet. Der zog die Stirn kraus und antwortete: »Wir sollten uns so schnell wie möglich auf die Suche nach einem Unterschlupf machen.«

»Und wo? Willst du dich in einem Keller verkriechen?«

»Anton Kribbe«, schlug ich vor. »Wir werden zum Haus von Anton Kribbe gehen und ihn bitten, uns aufzunehmen. Melchior hat vor seinem Tod davon gesprochen, dass sein Vater den Täufern eine tiefe Abneigung entgegenbringt. Das macht uns zu Verbündeten.«

»Wollen wir nur hoffen, dass Kribbes Hass auf die

Täufer ihm nicht längst zum Verhängnis geworden ist«, sagte Cort und deutete auf den Richtplatz.

»Das werden wir bald herausfinden«, erwiderte ich. »Melchior hat gesagt, dass wir seinen Vater in einem Haus in der Neubrückenstraße finden können. Machen wir uns also auf die Suche nach ihm.«

KAPITEL 15

Es war nicht schwierig, eine Auskunft über unser Ziel zu erhalten. Eine Wäscherin beschrieb uns den Weg bis zur Kirche St. Martini, die sich an der Neubrückenstraße befand. Nach einem kurzen Fußmarsch erreichten wir das Gotteshaus und mussten nun nur noch von einem Gebäude zum anderen gehen und nach der geschnitzten Rose über dem Türbalken Ausschau halten, so wie Melchior Kribbe es mir beschrieben hatte.

Das Fachwerkhaus, das wir suchten, fanden wir am Ende der Straße. Es handelte sich um ein unscheinbares Gebäude, das einen recht ungepflegten und heruntergekommenen Eindruck machte. Zudem waren alle Fensterläden geschlossen, so dass es schien, als wäre das Haus verlassen. Ich klopfte an die Tür, doch nichts geschah.

»Anton Kribbe«, rief ich und schlug wiederholt mit

148

der Faust gegen das Holz. »Bitte lasst uns eintreten. Wir müssen mit Euch sprechen.«

»Da ist niemand«, raunte Reynold hinter mir. »Ich habe es geahnt. Dieser Kribbe ist gewiss unter dem Schwert gelandet, oder vielleicht hat er sich auch in seinem Haus selbst entleibt, und niemanden hat das gekümmert.«

»Seid ruhig!«, mahnte Cort. Ich hielt mit meinem Klopfen inne und ließ Cort vortreten. Er drückte sein Ohr an die Tür und lauschte einen Moment lang. Dann flüsterte er mir zu: »Da war ein Geräusch. Dieser Kribbe will uns glauben machen, dass sich niemand im Haus aufhält, aber das ist nicht so.«

Mir kam eine Idee. Ich trug noch immer den Ring bei mir, den ich nach Melchior Kribbes fatalem Missgeschick von der abgetrennten Hand gezogen hatte. Nun holte ich das Kleinod hinter meinem Gürtel hervor und schob es durch den Spalt zwischen Boden und Tür hindurch.

»Dieser Ring gehört Eurem Sohn Melchior«, sagte ich. »Er gab ihn uns als Beweis seines Vertrauens mit auf den Weg. Melchior hat uns zu Euch geschickt und behauptet, Ihr wäret auch in diesen schweren Zeiten noch immer ein treuer Verfechter der katholischen Lehre.«

Einen Moment lang blieb alles still. Dann glaubte ich, schlurfende Schritte zu hören. Im nächsten Mo-

149

ment klackte auch schon ein Riegel, und die Tür wurde aufgerissen. Vor uns stand ein kleiner bärtiger Greis, dem der Ärger deutlich ins Gesicht geschrieben stand. In seiner Hand hielt er den Ring, doch seine Finger waren seltsam verkrampft, so als könne er sie nur unter Schmerzen bewegen.

»Ruf es doch noch lauter heraus, du Tölpel!«, zischte der Alte. »Willst du, dass dich jedermann hört?«

Ich schaute mich um. »Hier ist niemand in der Nähe.«

Der Alte verzog das Gesicht. »In der Stadt der Täufer belauschen dich sogar die Bäume.« Er musterte uns verdrießlich. »Was seid ihr für seltsame Gestalten? Ihr behauptet, mein Sohn habe euch geschickt?«

»Dann seid Ihr also Anton Kribbe?«, wollte Cort wissen.

Der Greis nickte, überlegte kurz und winkte uns dann hinein. Aus einem dunklen Vorraum traten wir in eine Stube, in der nur eine einzige Talgkerze ein trübes Licht spendete.

»Warum haltet Ihr die Fensterläden geschlossen?«, fragte ich.

»Weil ich meine Ruhe haben will«, entgegnete Kribbe. Er schlurfte zu einer Bank und setzte sich mit einem Stöhnen. »Es ist nicht an mir, Fragen zu beantworten.« Kribbe betrachtete den Ring. »Was ist mit meinem Sohn? Hält er sich hier in Münster auf?«

150

»Nein«, sagte ich. »Wir trafen im Lager der Bischöflichen mit ihm zusammen. Nachdem wir ihn von unseren redlichen Absichten überzeugt hatten, erklärte er sich bereit, uns zu helfen. Und darum schickte er uns zu Euch.«

Kribbe grunzte leise und wägte wohl ab, ob meinen Worten zu trauen war. »Wie steht ihr zu den Überzeugungen der Täufer?«, fragte er.

»Wir verabscheuen diese Thesen«, erklärte ich. Das war vielleicht etwas übertrieben, aber schließlich ging es darum, das Vertrauen des Alten zu gewinnen.

»Ihr mögt keine Anhänger der Täuferlehre sein«, meinte Kribbe, »aber das heißt nicht, dass eure Absichten einer guten Sache dienen.« Er versuchte, mit seinen ungelenken wulstigen Fingern nach dem Ring zu greifen und krächzte: »Ich kenne meinen Sohn. Er würde diesen Ring niemals aus der Hand geben. Wahrscheinlich habt ihr ihn bestohlen.« Nun misslang es ihm völlig, den Ring in seine Finger zu bekommen, und das Kleinod fiel auf den Boden. Kribbe krümmte sich zusammen und brachte gepeinigt hervor: »Gottverflucht! Die Gicht in meinen Fingern quält mich, als würde der Teufel jeden Einzelnen von ihnen zwischen seinen Zähnen zermalmen.«

Reynold trat vor, schob mich zur Seite und sagte: »Lasst mich Euch helfen, alter Mann.«

»Du?«, krächzte Kribbe. »Wie könntest du mir schon helfen?«

»Ich bin ein Medikus.«

»Schaust mehr aus wie ein Brigant. Wie einer, der die Menschen mit dem Schwert von ihren Leiden befreit.«

Reynold belächelte diese Schmähung. »Lasst Euch von meinem Äußeren nicht täuschen.« Er holte etwas hervor, und ich erkannte, dass es das Kästchen war, in dem er die Opiumpillen aufbewahrte.

»Ich habe lange Jahre damit verbracht, dieses Heilmittel herzustellen. Es wird Euch für eine Weile von Euren Schmerzen befreien«, behauptete Reynold.

Kribbe zog die Stirn kraus. »Was ist das? Willst du mich vergiften?« Er lachte heiser. »Das hätte zumindest mehr Stil, als mich mit dem Schwert niederzustrecken.«

Reynold schüttelte den Kopf. »Diesen Gefallen werde ich Euch nicht tun.« Er schaute sich um, ging zu einer Holztruhe, auf der ein Krug stand, schaute hinein und goss den Inhalt in einen Pokal, den er von einem Regal genommen hatte. Er öffnete das Kästchen und ließ drei der Pillen in den Becher fallen. Anschließend rührte er den Trunk mit einem Finger um, bis die Kügelchen sich aufgelöst hatten.

»Mit einem Becher Wein würde Euch dieser mächtige Theriak besser munden«, meinte er, als er Kribbe den Pokal reichte. »Aber so muss auch das Wasser ausreichen.«

Der Alte zögerte, dann klemmte er den Pokal zwischen seine gichtgeplagten Hände. Einen Moment lang glaubte ich, er würde Reynold das Gefäß trotzig vor die Füße werfen, doch zu meiner Überraschung sagte er: »Ein alter kranker Mann gegen vier kräftige Galgenstricke. Mir bleibt wohl keine Wahl, als mich zu beugen. Denn wer sollte mir schon zu Hilfe eilen, wenn ich jetzt laut aufschreie?«

»Die Täufer«, entgegnete ich. »Und die verachtet Ihr gewiss noch mehr als uns.«

Kribbe nickte und betrachtete den Pokal. »Zur Hölle sollt ihr fahren, wenn ihr euch an mir versündigt.« Er griente zahnlos. »Für diese Tat soll der Teufel euch die Eingeweide aus dem Arsch reißen.«

»Trinkt endlich!«, verlangte Reynold.

Kribbe atmete tief ein, dann hob er den Pokal zum Mund und leerte ihn mit einigen kräftigen Schlucken.

Ich nahm das Gefäß aus seinen Händen. Kribbe bekreuzigte sich und schloss die Augen. Er sprach leise ein Vaterunser, danach ein Ave Maria und mehrere Psalmen, die mir nicht bekannt waren. Nach einer Weile wurde seine Stimme lahmer. Er legte zwischen dem Sprechen immer wieder Pausen ein. Seine

Augenlider flackerten, und schließlich fiel sein Kinn auf die Brust, und er schlief ein.

Cort nahm das Talglicht, öffnete die Tür zu einem Nebenraum, schaute hinein und sagte: »Hier gibt es eine Bettstatt. Wir können ihn dort niederlegen.«

Er hob den kleinen Mann von der Bank und trug ihn in die Kammer. Ich schaute Reynold an und fragte ihn: »Wie lange wird er schlafen?«

Reynold hob unschlüssig die Schultern. »Ich habe ihm drei Pastillen verabreicht, um Gewissheit zu haben, dass das Opium wirkt. Ich selbst habe niemals mehr als eine zur gleichen Zeit zu mir genommen.«

»Du meinst …«

Reynold kratzte verlegen seinen Hinterkopf. »Nun ja, wir sollten beim Allmächtigen wohl ein gutes Wort einlegen, damit der Alte überhaupt wieder aufwacht …«

KAPITEL 16

Auch nach mehreren Stunden war Anton Kribbe noch nicht wieder ansprechbar. Entweder lag der alte Mann mit halbgeschlossenen Augen auf dem Bett, stierte zur Decke und murmelte unverständliche Wörter, oder er schlief und schnarchte leise vor sich hin.

Nun, wo wir untätig in diesem Haus herumsaßen und nach all der Aufregung zur Ruhe gekommen waren, stellte sich der Hunger ein. Wir hatten seit dem Morgen nichts mehr gegessen, und jedem von uns knurrte der Magen. Vor allem Reynold beschwerte sich darüber, wie schwach er sich fühlte, weil er nichts zwischen die Zähne bekam. Ich störte mich nicht an seinem Wehklagen, denn ich war es gewohnt, dass Reynold ungehalten wurde, wenn er Hunger verspürte. Nach einer Weile lief er rastlos im Haus herum und suchte nach Verpflegung. In der angrenzenden Küche fand er aber nur einen harten Kanten Brot und einen Tonkrug, der mit säuerlichem Wein gefüllt war. In einem Verschlag neben der Küche war zwar noch eine dürre Ziege angebunden, die aber trotz Reynolds ausdauernder Melkversuche und guten Zuredens keine Milch geben wollte.

Ich schickte Jasmin mit einem Eimer zum Brunnen, damit wir den Wein mit Wasser verdünnen und so zumindest unseren Durst stillen konnten. Reynolds Jammern wurde damit allerdings kein Ende gesetzt, und zu unserem Verdruss ließ ihn der Wein noch wehleidiger werden.

Die Nacht war bereits hereingebrochen, als Anton Kribbe endlich aus seinem langen Schlaf erwachte. Wir hörten ihn husten, und bald darauf vernahmen wir seine schlurfenden Schritte. Dann öffnete sich die Tür zur Schlafkammer, und Kribbe trat unter den Balken.

»Ihr seid ja immer noch hier«, brummte er und schaute missmutig umher. Er durchquerte die Stube, warf einen Blick in die Küche und meinte: »Zumindest ist noch alles an seinem Platz. Diebe scheint ihr also nicht zu sein.«

»Was sollen wir denn hier stehlen?«, entgegnete Reynold. »Die dreckigen Töpfe aus der Küche oder die Mäuse, die hier ständig über den Boden huschen?«

Kribbe machte eine abweisende Handbewegung, nahm sich den Eimer, in dem sich noch ein Rest Wasser befand, und wischte sich mit nassen Händen über das Gesicht. Dann sagte er: »Meine Finger sind noch immer versteift, aber die Schmerzen sind erträglich, und ich habe schon seit Wochen nicht mehr so lange und so tief geschlafen.« Er schaute zu Reynold. »Deine Pillen schickt der Himmel. Hast du mehr davon?«

Reynold schürzte die Lippen, zog das kleine Kästchen hervor und zählte die Opiumpastillen. »Ich könnte Euch vier oder fünf davon überlassen. Wenn ...«

»Wenn was?«, hakte der Alte sofort nach.

»Wenn Ihr uns eine ordentliche Mahlzeit verschafft.« Reynold strich über seinen Bauch. »Mir brummt der Magen so laut wie ein Donnergrollen, und meinen Gefährten geht es gewiss nicht anders.«

Wir alle nickten.

Kribbe überlegte kurz und ließ sich dann von Reynold die geforderten Opiumpillen aushändigen. Ich gab dem Alten den Rat, sich das Mittel gut einzuteilen und nicht mehr als eine Pille auf einmal zu schlucken. Kribbe brummte zustimmend und trat dann an eine Kiste, aus der er zu unserer Verwunderung keine Speisen, sondern ein Buch hervorholte, das er vor uns hinstreckte. »Jeder Einzelne von euch legt die Schwurfinger auf diese Bibel und gibt mir sein Wort, dass er es bei dieser einen Mahlzeit belassen wird.« Er schaute jedem von uns grimmig in die Augen. »Meine Vorräte habe ich für mich zurückgelegt. Würdet ihr euch daran vergreifen, müsste ich schon bald hungern. Das heißt, ab morgen werdet ihr euch auf andere Weise verpflegen müssen.«

»Was kümmert mich der morgige Tag?« Reynold zögerte nicht und leistete den Schwur. Wir anderen taten es ihm gleich. Kribbe legte die Bibel fort, schlurfte in die Küche und schob neben einer Wand mit dem Fuß einen mit Holzscheiten gefüllten Korb zur Seite. Dort, wo der Korb gestanden hatte, entfernte Kribbe nun noch eine dünne Eisenplatte und brachte damit eine hölzerne Bodentür zum Vorschein. Er klappte die Bodentür auf und stieg über eine schmale Treppe in einen Kellerraum. Wir vernahmen von unten ein Rascheln und Klappern, dann kehrte er auch schon wieder zurück.

Der Alte bedeutete uns, uns an den Tisch in der

Stube zu setzen. Dort verteilte er an jeden von uns zwei dünne Scheiben getrocknetes Fleisch, einen halben gesalzenen Hering sowie eine Handvoll gedörrte Pflaumen.

Reynold rümpfte die Nase. »Soll das eine Armenspeisung sein, oder ist schon die Fastenzeit angebrochen? Ich hätte für meine kostbare Medizin ein opulenteres Mahl erwartet.«

»Sei still«, sagte Jasmin und gab Reynold einen leichten Schlag auf den Hinterkopf. »Wir wollen zufrieden sein.«

»Das werdet ihr auch sein müssen«, meinte Kribbe. »Ich lebe seit drei Monaten von Stockfisch, gesalzenem Hering, gedörrtem Obst sowie ab und an ein wenig Ziegenmilch, wenn meine Johanna bei Laune ist. Die Vorräte in meinem Keller sind lange haltbar, und von ihnen werde ich auch noch weitere drei Monate leben können, wenn es sein muss. Ansonsten wäre ich gezwungen, mich in die Gemeinschaftshäuser der Täufer zu begeben, in denen die Vorräte verwaltet und verteilt werden. Aber ich verlasse dieses Haus so selten wie möglich. Für mich ist es gefährlich geworden. Doch falls der Tag kommen sollte, an dem diese Irrgläubigen mich für meinen katholischen Glauben zur Rechenschaft ziehen wollen, werde ich ihnen zuvorkommen und mit einem gewaltigen Knall von dieser Welt gehen.«

»Da habt Ihr Euch einiges vorgenommen, Alter«, sagte Cort. »Glaubt Ihr, dass Gott eine Feuerwalze durch die Stadt schickt, wenn Ihr ihn darum anfleht?« Er lachte leise.

»Blödsinn!«, knurrte Kribbe. »Gott hat mir andere Mittel zur Hand gegeben. Im Frühjahr, als die Täufer endgültig die Macht in der Stadt übernahmen und ich damit begann, mein Vorratslager anzulegen, habe ich von einem Wagen ein kleines Fass entwendet, weil ich annahm, die Täufer würden darin Proviant transportieren. Als ich es öffnete, stellte ich fest, dass sich nicht etwa Stockfisch oder Speckseiten, sondern Schwarzpulver darin befand. Das war ganz eindeutig ein Zeichen des Herrn. Er will, dass ich dieses Haus zerstöre, bevor es den Täufern in die Hände fällt. Aber bislang konnte ich diese Sektierer noch immer an der Nase herumführen.«

»Wie das?«, wollte Cort wissen.

»Einer der Prädikanten tauchte vor einigen Monaten hier auf und stellte mich vor die Wahl, mich taufen zu lassen oder Münster den Rücken zu kehren. Da habe ich ihm gegenüber gelogen und behauptet, ich wäre bereits von einem seiner Mitbrüder getauft worden und würde die strengen Gebote der Täuferlehre befolgen. Der Mann kündigte an, er wolle in den Registern prüfen, ob mein Name dort vermerkt sei, aber ich habe nie wieder von ihm gehört. Wahrscheinlich war ihm diese Arbeit zu lästig. Und so kann ich wohl mit Fug und Recht behaupten, der letzte aufrichtige Katholik in Münster zu sein. Das sage ich nicht ohne Stolz, denn es bedeutet, dass diese Stadt nicht vollständig in die Hände der Anabaptisten gefallen ist. Mein Ausharren unter den Verblendeten soll unserem Herrn ein Zeichen sein, dass Münster von den Rechtschaffenen noch nicht aufgegeben wurde.« Er schnaufte verächtlich. »Im vergangenen Jahr hat mich der Tod meiner lieben Ehefrau hart getroffen, und doch erleichtert es mich, dass ihr Herz zu schlagen aufhörte, bevor Münster von diesem Wahnsinn befallen wurde. So blieb ihr viel Leid erspart.«

»Wie konnte es überhaupt dazu kommen?«, fragte ich. »Wie ist es den Täufern gelungen, über diese Stadt zu herrschen?«

»Das Übel begann mit diesem Prediger Bernhard Rothmann, verflucht soll er sein«, ereiferte sich Kribbe. »In dem Moment, als ich davon hörte, dass Rothmann die lutherischen Thesen in Münster verbreitete, sah ich dunkle Zeiten über die Stadt hereinbrechen, und ich sollte mich nicht täuschen. Seine Ideen gingen über die Vorstellungen eines Martin Luthers weit hinaus. Rothmann behauptete, die Gebete für die Toten seien zwecklos, weil das Fegefeuer nur ein Schwindel der alten Kirche sei. Er sprach davon, dass die Verehrung der Heiligenbildnisse ein Sakrileg sei, und er lehnte auch die Kindstaufe ab, weil sich ein Mensch mit freiem Willen zu seinem Glauben bekennen solle.«

Kribbe nahm einen beherzten Schluck Wein zu sich, so als müsse er sich ob dieser Schilderung blasphemischer Vorgänge den Mund ausspülen, und sprach weiter: »Viele Kinder sterben, bevor sie das Erwachsenenalter erreichen. Soll den armen Seelen das Himmelreich verschlossen bleiben, weil man ihnen die Taufe vorenthalten hat? Welch ein Unsinn! Dennoch liefen die Bürger Rothmann in Scharen zu. Weil seine Zuhörer während der Predigten in der Stiftskirche St. Mauritz keinen Platz mehr fanden, errichtete man ihm eine Kanzel auf dem angrenzenden Friedhof, wo Rothmann unter freiem Himmel seine giftigen Ideen in die Köpfe der Bürger pflanzte. Man hätte ihn damals in Ketten legen und ihm die Zunge herausreißen sollen, doch der Münstersche Rat, dem zu dieser Zeit bereits einige Lutheraner angehörten, verteidigte diesen Aufrührer sogar noch gegen den Bischof und das Domkapitel. Und unser Bischof Franz von Waldeck willigte gar in einen Vertrag ein, der Münster die freie Religionsausübung empfangen.« Kribbe seufzte. »Was soll man auch von einem Mann erwarten, der niemals die Priesterwürde empfangen hat und dem nachgesagt wird, dass er selbst Gefallen an der reformatorischen Lehre gefunden hat.«

Der Alte schlug wütend mit der Hand auf den Tisch. »Wenn alles nicht so tragisch wäre, würde ich sagen, es geschieht Franz von Waldeck recht, dass er seine Stadt an die Täufer verloren hat. Als man Bernhard Rothmann freie Hand ließ, wurden den Sektierern Tür und Tor geöffnet. Es dauerte nicht lange, und weitere auswärtige Prediger trafen in Münster ein. Der Gefährlichste unter ihnen war wohl der selbsternannte Prophet Jan Matthys, ein Bäcker aus Haarlem. Dieser düstere Fanatiker verkündete mit bebender Stimme und glühenden Augen das Ende der Welt. Ich war zugegen, als er auf dem Domplatz drohte, dass die Welt schon bald mit dem Feuer und dem Schwert gereinigt werden würde und dass nur diejenigen errettet würden, die ohne Sünde seien und das Zeichen des Herrn auf der Stirn trügen. Glaubt mir, es hat mich in den Fingern gejuckt, einen Stein aufzuheben und ihn diesem Teufel an den Kopf zu werfen, um ihn zum Schweigen zu bringen. Aber ich war schwach, und ich habe stumm mitangesehen, wie die aufgeheizte Menge in die Kirchen und Klöster lief und in wilder Raserei die Gotteshäuser zerstörte und verunstaltete. Sie zertrümmerten die Taufsteine, demolierten Bildwerke und Heiligenstatuen, entweihten die Reliquien und vernichteten Altäre und Orgeln. Sogar die kunstvolle astronomische Uhr im Dom wurde von den Barbaren mit Beilen und Knüppeln zerschlagen. Danach trugen sie die Trümmer auf dem Domplatz zusammen. Nun verehren die Täufer diesen Gerümpelhaufen wie ein heiliges Werk. Sie nennen es den Berg Zion. Ich hingegen bezeichne es als blasphemischen Irrsinn.«

»Wir haben diesen Berg gesehen«, sagte ich. »Und auch ein Podest mit einem blutbeschmierten Holzquader. Werden dort die Hinrichtungen durchgeführt?«

Kribbe nickte. »Die Herrschaft der Täufer ist grausam. Wenn ein Mann oder eine Frau gegen ihre strengen Regeln verstößt, bedeutet das rasch das Todesurteil, und sie werden unserem einäugigen Scharfrichter Nilan übergeben, den man den Zyklop nennt. Nun versteht ihr gewiss besser, warum ich den ganzen Tag hier in meinem Haus hocke. Ich hätte es mir einfach machen und fortgehen können, als die Täufer durch die Straßen zogen und die Bürger vor die Wahl stellten, die Erwachsenentaufe zu empfangen oder umgehend die Stadt zu verlassen. An die zweitausend sollen damals gegangen sein, darunter auch mein Sohn Melchior. Aber ich bin alt und, wie man mir nachsagt, auch äußerst stur. Ich bleibe, und wenn die Sektierer mich eines Tages aus diesem Haus zerren und mich öffentlich hinrichten, dann weiß ich, dass der Herr mich als einen standhaften Katholiken mit offenen Armen empfangen wird.« Kribbe grinste böse. »Einen gewissen Frieden verschafft es mir, dass dieser Hundsfott Jan Matthys schon vor Wochen in die Hölle geschickt wurde. Er hat eine große Rede geführt und behauptet, er wäre der neue Henoch, der Sendbote Gottes. Wahrscheinlich hat er sogar an diesen Unsinn geglaubt, denn am Ostertag wollte er ein Zeichen des Allmächtigen erzwingen, indem er mit einer Handvoll Männer durch das Ludgeritor ritt und die Landsknechte des Bischofs herausforderte. Er hatte getönt, er hätte nichts zu befürchten, denn der Herr würde ihn schützen und die Gottlosen vernichten, die sich ihm entgegenstellten.«

Reynold gab ein zischendes Lachen von sich. »Ich ahne, was dann geschehen ist.«

»Es endete in einem blutigen Gemetzel«, sagte Kribbe. »Matthys und seine Gefolgsleute wurden von den Bischöflichen abgeschlachtet. Ich habe es mir von einem Mann berichten lassen, der alles von den Zinnen der Stadtmauern beobachtet hat. Er erzählte mir, dass die Soldaten den Körper des Matthys in hundert Stücke zerhackt und sich feixend mit den Leichenteilen beworfen hätten. Sein Kopf wurde auf einen Pfahl gespießt und, begleitet von Schmährufen, vor dem Tor herumgetragen.«

»Hat denn daraufhin niemand daran gezweifelt, dass die Täufer in der Gunst Gottes stehen?«, wollte

Jasmin wissen. »Ich meine, dieser Fehlschlag hat Matthys doch als Blender enttarnt.«

»Und das war er natürlich auch«, entgegnete Kribbe. »Doch inzwischen hielten sich in Münster überwiegend fanatische Anhänger der Täuferbewegung auf. Hunderte, ja Tausende waren aus Friesland und aus den Niederlanden nach Münster gekommen, um in diesem Neuen Jerusalem auf das Jüngste Gericht zu warten. Zudem trat aus dem Schatten des Matthys sofort darauf ein neuer Wortführer hervor: Jan Bockelson aus Leyden. Der versteht es ebenso, die Menschen mit düsteren Offenbarungen in seinen Bann zu ziehen. Ich hörte davon, dass er nach Matthys' Tod behauptete, dieser habe Gott gelästert, indem er sich selbst überschätzt habe, und dass der Allmächtige Jan Matthys aus diesem Grund habe scheitern lassen. Er selbst, so behauptete Bockelson, habe dies in einer Vision mitgeteilt bekommen, schon bevor Matthys gegen die Bischöflichen geritten sei.«

»Dieser Jan Bockelson ist also ebenfalls ein Prophet?«, fragte ich.

Kribbe zischte abfällig. »In dieser Stadt gibt es mittlerweile mehr Propheten als streunende Hunde. Aber man muss es Bockelson zugestehen, dass er wohl ein Talent für die militärische Organisation besitzt. Wie anders hätten die Täufer den Sturmangriff eines zahlenmäßig weit überlegenen Heeres abwehren können?«

»Ist es wahr, dass Bockelson den Männern erlaubt hat, so viele Frauen zu heiraten, wie sie wollen?«, fragte Cort.

»Das ist richtig«, sagte der Alte. »Und er selbst hat ihnen ein Beispiel gegeben und mit sechzehn Frauen die Ehe geschlossen.«

Reynold griente. »Ganz dumm scheint er also nicht zu sein, wenn man sieht, wie viele Weiber sich auf der Straße herumtreiben.«

»Damit verfolgt er einen praktischen Zweck«, sagte Kribbe. Er starrte Reynold mit ernster Miene an. »Jemand wie du malt sich womöglich wollüstige Orgien aus, die diese Männer mit ihren drei, vier oder mehr Eheweibern feiern, aber das ist ein Trugschluss. Nachdem die Münsteraner Katholiken und Lutheraner gezwungen worden waren, die erneute Taufe zu empfangen oder die Stadt zu verlassen, ließen viele Männer ihre Frauen zurück, damit die auf die Häuser und den Besitz achtgeben sollten. Viele Keller waren mit Vorräten gefüllt, und da die Bibel es den Täufern verbietet, einen Raub zu begehen, wurden die Frauen dazu genötigt, sich mit den Sektierern zu verheiraten. Damit ging ihr Besitz auf den Ehemann über, und die Täufer konnten den gelagerten Proviant einer gemeinschaftlichen Verwaltung übergeben.«

Der Alte kratzte sein Kinn. »Soviel zu den Täufern. Aber wer seid ihr?« Er blickte jedem von uns ins Gesicht. »Ich rede, bis mir die Zunge lahm wird, und weiß doch nichts über euch. Warum in Gottes Namen seid ihr in diese Stadt gekommen, und wie ist euch das überhaupt gelungen?«

Trotz seiner Grantigkeit hatte ich den Eindruck gewonnen, dass Anton Kribbe uns gegenüber nicht mehr allzu feindselig eingestellt war. Wahrscheinlich hatte er es sogar genossen, seinen langen Bericht über die Geschehnisse in Münster vor uns abzulegen. Für den alten Mann, der seit Wochen dieses Haus nur selten verließ, musste unsere Gesellschaft eine willkommene Abwechslung bedeuten. Ich konnte aber verstehen, dass er mehr über uns erfahren wollte, und so verriet ich ihm, dass wir erst vor kurzem in das Lager der Bischöflichen gereist und dort auf seinen Sohn Melchior getroffen waren, weil wir nach einem Weg gesucht hatten, in die belagerte Stadt zu gelangen.

»Und? Hat mein Sohn euch helfen können?«, wollte Kribbe wissen.

Ich schüttelte den Kopf und druckste ein wenig herum. »Nein … er … er wusste keinen Rat … aber er schickte uns zu Euch und gab uns seinen Ring, um Euch von unserer Redlichkeit zu überzeugen.«

»Ich habe lange keine Nachricht mehr von Melchior erhalten«, sagte Kribbe. »Wie steht es um meinen Sohn?«

Wir schauten verlegen von einem zum anderen, und es war schließlich Reynold, der ihm antwortete: »Als wir ihn das letzte Mal zu Gesicht bekommen haben, wirkte er etwas zerstreut.«

Reynold verzog bei diesem recht geschmacklosen Wortspiel keine Miene, und auch ich ließ mir nichts anmerken. Anton Kribbe musste nicht erfahren, dass sein Sohn mit heruntergelassenen Hosen von einer Kanonenkugel zerfetzt worden war.

Der ahnungslose Kribbe nahm Reynolds Bemerkung ohne Nachfrage hin. Ich wechselte zudem das Thema, indem ich dem alten Mann berichtete, wie wir nach dem Sturmangriff vor die Tore der Stadt getreten waren und den Täufern unsere Dienste als Landsknechte angeboten hatten. Natürlich erzählte ich ihm auch, dass Cort den Prädikanten Ollrich niedergeschlagen hatte und dass es uns gelungen war, die Wachen zu übertölpeln, bevor wir aus dem Torhaus geflohen waren.

»Gut gemacht«, meinte Kribbe. »Da hat dieser Prädikant gewiss zum ersten Mal in seinem Leben tatsächlich die Engel singen gehört.« Er trank seinen Wein aus und lachte leise in sich hinein. Dann wurde er aber wieder ernst und sagte: »Ihr habt mir noch immer nicht verraten, aus welchem Grund ihr nach Münster gekommen seid. Was ist euer Auftrag? Warum habt ihr euer Leben aufs Spiel gesetzt, um in dieses Tollhaus zu gelangen?«

Ich räusperte mich. »Die Tochter eines wohlhabenden Mannes war als Novizin in einem Kloster hier in Münster untergebracht worden. Sie ließ sich von den Worten der Täufer verführen und hat sich ihnen angeschlossen. Unser Auftrag ist es, sie zu finden und zu ihrem Vater zu bringen, damit sie zurück zum alten Glauben geführt werden kann.«

Kribbe schaute mir tief in die Augen und versuchte wohl abzuwägen, ob ich aufrichtig zu ihm war.

»Ein edles Ansinnen«, sagte er schließlich. Er deutete auf Melchiors Ring, der vor ihm auf dem Tisch lag. »Wenn mein Sohn euch vertraut hat, dann will auch ich euch die Unterstützung nicht verweigern. Ihr könnt vorerst in meinem Haus bleiben und euch auf dem Dachboden einen Platz zum Schlafen suchen.« Kribbe hob mahnend einen seiner verkrümmten Finger. »Aber um eure Verpflegung müsst ihr euch selbst kümmern. Meine Vorräte reichen nicht aus, um euch zu verköstigen, schließlich kann die Belagerung noch Monate dauern.«

»Wir danken Euch für die Gastfreundschaft«, versicherte ich ihm.

»Lasst die Förmlichkeiten beiseite«, sagte der Alte.

»Wenn wir schon das gleiche Schicksal teilen, könnt ihr mich auch mit meinem Vornamen anreden.«

»Das wollen wir gerne beherzigen.«

Kribbe rieb seine Nase. »Verratet ihr mir, wie ihr dieses Mädchen finden wollt?«

»Wir beginnen mit dem Kloster, in dem sie gelebt hat. Vielleicht begegnen wir dort jemandem, der sie kannte und der weiß, wo sie sich jetzt aufhält«, sagte ich. »Wichtig ist nur, dass wir uns möglichst unauffällig verhalten.« Ich ließ einen strengen Blick durch die Runde streifen, der vor allem Reynold ermahnen sollte.

»Unauffällig?« Kribbe lachte. »Ich sehe vor mir einen Riesen, einen Kerl mit einem verstümmelten Ohr und eine Frau, die etwas von einer Zigeunerin an sich hat. Wie könnt ihr glauben, dass ihr jemals unauffällig daherkommen könntet? Ihr müsst wahnsinnig sein.«

»Vielleicht ist das so«, entgegnete ich. »Aber dann befinden wir uns gewiss am richtigen Ort.«

KAPITEL 17

Unsere erste Nacht in Münster verbrachten wir also auf dem Speicherboden des Hauses von Anton Kribbe. Hier gab es reichlich Platz, und eine Dachklappe sorgte für frische Luft. In einer der Ecken lag ein Haufen altes Stroh, das wir auf dem Boden verteilten. Darüber breiteten wir die Decken aus, die Anton Kribbe uns überlassen hatte.

Auf unserem Schlaflager schmiegte ich mich an Jasmins Rücken und genoss die Wärme ihres Körpers. Sie knurrte nur leise, blieb aber bei meiner Annäherung stocksteif liegen. Seitdem ich zum letzten Mal mit ihr geschlafen hatte, waren an die fünf Wochen vergangen. Mich dürstete nach ihrer Nähe, und auch wenn sie mich ständig darauf hinwies, dass sie noch immer enttäuscht von mir war, vermutete ich, dass auch Jasmin beizeiten die körperlichen Freuden vermisste.

Während ich ihren Atemzügen lauschte, dachte ich daran zurück, wie vernarrt ich vom Tag unserer ersten Begegnung an in sie gewesen war. Allerdings hatte ich damals noch einige Wochen gezögert, sie zu umwerben, denn immerhin hatte sie dem letzten Mann, der die Finger nach ihr ausgestreckt hatte, ebendiese mit einem Beil abgehackt.

Letztendlich hatte sie aber eindeutige Hinweise erkennen lassen, dass sie ebenfalls nicht abgeneigt war, mit mir das Lager zu teilen. Doch es waren natürlich nicht nur die lustvollen Momente, die uns verbanden. Das Leben schien mir an ihrer Seite beschwingter und leichter. Ich erfreute mich an jedem Moment,

171

den Jasmin um mich war, und auch von Mieke war sie rasch wie eine Mutter akzeptiert worden.

Das alles lag nun aufgrund meiner dummen Fehltritte in Scherben. Doch vielleicht schwand Jasmins Wut allmählich. Ich war überzeugt davon, dass ihre Gefühle für mich noch nicht erloschen waren, denn sonst hätte sie unserer Gemeinschaft gewiss bereits vor Wochen den Rücken gekehrt. Es wurde Zeit für eine Versöhnung.

Ich wartete ab, bis ich Cort und auch Reynold leise schnarchen hörte, dann küsste ich Jasmins Hals und ließ meine Finger forsch auf Wanderschaft gehen. Leider wurde diese Reise jäh gestoppt, da Jasmin meine Hände fortdrängte und leise, aber unmissverständlich zischte: »Nicht!«

»Komm schon«, säuselte ich. »Vergiss deinen Hader in dieser Nacht. Lass es uns einfach genießen.«

Jasmin fuhr hoch in die Hocke und stieß mich zurück. »Was bin ich für dich? Deine Hure? Du bist widerlich.«

Sie griff nach ihrer Decke und kroch auf die andere Seite des Dachspeichers, so dass Cort und Reynold zwischen uns lagen und sie vor meinen Fingern sicher war.

Mit einem Gefühl der Ernüchterung drehte ich mich um und versuchte, meine wollüstigen Gedanken zu vertreiben. Glücklicherweise übermannte mich rasch die Müdigkeit, und ich fiel in einen tiefen und erfrischenden Schlaf.

Am nächsten Morgen machten wir uns bereit zum Aufbruch. Der Plan war es, dass ich mich mit Reynold zum ehemaligen Kloster der Benediktinerinnen begeben würde, während Jasmin und Cort sich darum kümmern sollten, Verpflegung aufzutreiben. Bevor wir uns auf den Weg machten, legten wir alle Waffen sowie die bunten Schärpen und Bänder ab. Von nun an würden wir uns nicht länger als Landsknechte ausgeben. Um so unauffällig wie möglich zu bleiben, traten wir in der Stadt als ganz normale Bürger und Mitglieder der Täufergemeinde auf.

Ich ließ mir von Anton Kribbe den Weg zum Kloster St. Aegidii beschreiben. Nach einer kargen Morgenmahlzeit brach ich mit Reynold auf. Wir folgten dem Lauf der Aa, die sich von Norden nach Süden durch die Stadt zog.

Bald darauf erreichten wir das Kloster. Zwar hatten die Benediktinerinnen die Anlage nach der Machtübernahme durch die Täufer verlassen, dennoch herrschte auf dem Hofplatz eine rege Betriebsamkeit vor. Wie in der ganzen Stadt hielten sich auch hier zumeist Frauen auf. Sie verrichteten unter freiem Himmel verschiedene Handwerksarbeiten, zerteilten Brennholz und wuschen in einem Zuber Kleidungsstücke und Laken. Reynolds Aufmerksamkeit wurde sogleich auf einen großen Topf gelenkt, der über einem Feuer hing und aus dem es verführerisch nach Fleisch und Zwiebeln duftete. Daneben befand sich eine weitere Feuerstelle, wo eine Frau auf einem flachen Stein mehrere Fladen buk.

»Hier sind wir richtig«, sagte Reynold. »Das meint zumindest mein Magen.«

»Wir sind nicht hergekommen, um uns vollzufressen, sondern um herauszufinden, wo Amalia abgeblieben ist«, erwiderte ich und machte mich sogleich daran, einige der Frauen anzusprechen und Erkundigungen einzuholen. Insgeheim keimte in mir sogar die Hoffnung auf, dass Amalia vielleicht sogar zu ihrem ehemaligen Kloster zurückgekehrt war und unsere Suche schon heute erfolgreich sein würde.

Das Ergebnis meiner Nachfragen erwies sich jedoch als Enttäuschung. Niemand hatte jemals von Amalia Clunsevoet gehört, und die meisten, mit denen ich sprach, waren ohnehin erst in Münster eingetroffen, als die Benediktinerinnen dieses Kloster bereits verlassen hatten.

Als ich schon befürchtete, meine Bemühungen würden ohne Erfolg bleiben, machte mich eine der Waschfrauen auf eine ehemalige Nonne aufmerksam, die zwar ihrem Orden entsagt und die Erwachsenentaufe empfangen hatte, aber hier im Kloster geblieben war, um Neuankömmlinge zu versorgen und Kranke zu pflegen. Sie verriet mir zudem, dass Grete Melters, so der Name dieser Frau, sich zumeist im Kapitelsaal aufhielt.

Wir folgten diesem Hinweis und suchten den Kapitelsaal auf, der aber mehr einem Lazarett glich. Schon draußen waren mir mehrere Leute aufgefallen, die an Holzkrücken liefen und Verbände trugen. Hier jedoch kauerten auf schmalen Lagern an die fünfzig bis sechzig Frauen und Männer, die schwere Kampfverletzungen davongetragen hatten. Die meisten von ihnen hatten wohl Hieb- und Schussverletzungen erlitten. Es roch nach Blut und nach Erbrochenem. Ein unablässiges Stöhnen, Keuchen und Rufen erklang dutzendfach durch den Raum. Dies war also der Preis, den die Täufer für die siegreiche Verteidigung ihrer Stadt bezahlt hatten.

Ein Mädchen ging durch die Reihen und verteilte Wasser an die Verwundeten. Ich fragte sie nach Grete Melters, worauf sie uns an das hintere Ende des Kapitelsaals führte, wo eine kräftig gebaute Frau mit einem strengen, kantigen Gesicht damit beschäftigt war, einem jungen Mann den Kopfverband zu wechseln. Der bedauernswerte Kerl war übel zugerichtet worden. Über seiner rechten Schläfe war ein fingerdicker Spalt zu erkennen, der sich über die gesamte Stirnseite zog. Ich nahm an, dass ihn ein Axt- oder Schwerthieb getroffen hatte.

175

Eine kurze Weile verfolgte ich die geübten Handgriffe, mit der die Frau das getrocknete Blut von der Wunde ablöste und den Spalt mit einem feuchten Tuch reinigte. Dann aber räusperte ich mich und fragte sie: »Seid Ihr Grete Melters?«

»Und wenn es so wäre?«, erwiderte sie, ohne mit ihrer Arbeit innezuhalten.

»Wenn Ihr Grete Melters seid, dann ist Euch womöglich der Name Amalia Clunsevoet bekannt.«

Erst jetzt schaute sie zu mir auf und runzelte die Stirn. »Amalia Clunsevoet? Die hat wie ich in diesem Kloster gelebt. In einer Zeit, bevor wir uns der wahren Gemeinde Christi angeschlossen haben.«

Das war ein guter Anfang.

»Hält Amalia sich hier noch auf?«, wollte ich wissen.

Grete Melters schüttelte den Kopf. »Sie war eine der Ersten, die das Kloster verließ. Ich vermute, seit dem Tag, an dem ihr Vater sie unserer Mutter Oberin anvertraut hatte, hat sie nur auf eine solche Gelegenheit gewartet.«

»Aber habt Ihr Kenntnis darüber, wo sie untergekommen ist? Hat sie geheiratet? Könnt Ihr uns helfen, sie zu finden?«

Grete Melters schaute uns skeptisch an und meinte: »Vielleicht kann ich euch diesen Gefallen tun.« Sie nickte. »Ja, ich kann euch helfen, aber zuvor werdet ihr beiden kräftigen Burschen eine Gegenleistung dafür erbringen.«

»Worin soll die bestehen?«, fragte ich.

»Arbeit«, war ihre Antwort.

»Arbeit?«, krächzte Reynold. »Sollen wir diesen Leuten hier etwa die Knochen schienen?«

»Das wäre zuviel Verantwortung«, sagte die Melters und verscheuchte einige Fliegen von der Wunde ihres Patienten. »Helft mir, und ich helfe euch. Und eine Mahlzeit wird für euch auch noch dabei herausspringen.«

»Das hört sich schon besser an«, meinte Reynold. »Was sollen wir tun?«

»Wartet kurz.« Grete Melters beendete die Wundreinigung und legte einen neuen Verband an, dann erhob sie sich und winkte uns mit sich. Sie führte uns aus einem Hinterausgang nach draußen, verschwand kurz in einem Bretterschuppen und kehrte mit einer Schaufel und einer Hacke zurück, die sie uns in die Hände drückte. Dann gingen wir auf ein Feld am Rande eines Eichenhains, auf dem mehrere Epitaphe und Steinkreuze unschwer erkennen ließen, dass es sich um den Friedhof des ehemaligen Klosters handelte.

Grete Melters deutete auf eine freie Stelle und wies uns an: »Dort werdet ihr graben. In den vergangenen beiden Tagen sind acht unserer Brüder und Schwestern ihren Verletzungen erlegen. Diese Leute müssen beerdigt werden. Darum hebt ihr hier acht Gräber aus. Jedes davon soll mindestens vier Fuß tief sein.«

Ich merkte Reynold den Widerwillen an. Schwere körperliche Arbeiten vermied er, wann immer er konnte, und auch ich hatte mich in meinem Leben bevorzugt dem Müßiggang gewidmet. Doch mir war klar, dass Grete Melters uns nur dann weitere Hinweise über Amalia geben würde, wenn wir die gestellte Aufgabe zu ihrer Zufriedenheit erledigten.

Ich willigte ein und begann damit, die Erde auszuheben. Grete Melters kehrte in den Kapitelsaal zurück und ließ uns hier schuften.

Die Arbeit erwies sich als mühsame Plackerei. Schwitzend und fluchend buddelten wir uns durch die Erde, die mit Steinen und Baumwurzeln durchsetzt war. Nach einer Weile erging sich Reynold in übellaunigen Flüchen und schimpfte, dass Grete Melters uns als Gegenleistung für diese Schinderei Amalia mit gebundenen Händen und Füßen auf einem goldenen Tablett reichen müsste. Ich lachte über diese Vorstellung, drosch mit der Hacke weiter auf das sperrige Flechtwerk ein und bedauerte, dass mir in dieser Stunde nicht der weitaus kräftigere Cort zur Seite stand.

Irgendwann hatten wir es dann tatsächlich geschafft und blickten auf acht ausgehobene Gräber.

Die Sonne stand so hoch am Himmel, dass ich annahm, dass wir hier an die sechs Stunden geschuftet hatten. Völlig entkräftet sank Reynold auf die Knie hinab, und ich befürchtete schon, er würde im nächsten Moment in eines der Gräber fallen und nicht wieder herauskommen.

Grete Melters kehrte zurück und brachte uns einen Eimer mit Wasser, damit wir uns erfrischen konnten.

»Es wartet noch eine weitere Aufgabe auf euch«, kündigte sie an, nachdem sie die Grabkuhlen in Augenschein genommen hatte.

»Davon war nie die Rede«, protestierte Reynold.

»Jetzt ist davon die Rede.« Sie wartete ab, bis wir getrunken und uns den Schweiß von den Gesichtern gewaschen hatten, dann ging sie mit uns zurück zum Lazarett, führte uns in ein angrenzendes Gewölbe und zog dort ein von der Decke herabhängendes Tuch zur Seite.

Ich schluckte. Auf dem Boden vor uns hatte man die Leichen niedergelegt. Es handelte sich um vier Männer und drei Frauen. Der achte Körper war während der Kämpfe so schwer verunstaltet worden, dass ich das Geschlecht nicht bestimmen konnte. Aber auch die anderen hatten grässliche Wunden erlitten, an denen sie schließlich verstorben waren.

Grete Melters wies uns an, die Toten zu entkleiden,

damit sie und einige andere Frauen sie waschen konnten, bevor die bedauernswerten Seelen am Abend zu Grabe getragen wurden.

Mit unverhohlener Abscheu machten wir uns an die Arbeit. Es war kein Vergnügen, das kalte Fleisch zu berühren und die im Zustand der Leichenstarre befindlichen Körper zu drehen und aufzurichten, um ihnen die Hosen, Röcke und Wämser abzustreifen. Schließlich jedoch war auch diese Aufgabe erledigt, und erleichtert ließen wir die entkleideten Toten hinter dem Vorhang zurück.

»Wenn dieses Schlachtross uns nun noch dazu zwingt, die Kotgrube im Hinterhof auszuleeren, dann soll mir Amalia gestohlen bleiben«, raunte Reynold. Ich bedeutete ihm, den Mund zu halten, denn Grete Melters war bereits im Anmarsch, um unsere Arbeit zu kontrollieren.

Sie zeigte sich zufrieden und reichte daraufhin jedem von uns zwei Äpfel und ein kleines Fladenbrot.

»Soll das ein Scherz sein?«, knurrte Reynold.

Sie schüttelte den Kopf. »Wir hatten ausgemacht, dass ihr Verpflegung erhaltet.«

»Ich hatte da eher eine großzügig bemessene Portion aus dem wohlriechenden Fleischtopf erwartet«, sagte Reynold.

»Das Fleisch benötigen wir für die Notleidenden. Sie müssen zu Kräften kommen.«

»Ich muss auch wieder zu Kräften kommen«, protestierte Reynold. »Mein ganzer Körper schmerzt von der Schufterei dieses Tages. Und da wollt Ihr uns mit diesem Almosen abspeisen?«

Grete Melters strafte ihn mit einem ärgerlichen Blick. »Die Arbeit hat euch gutgetan. Ich sehe es euren Händen an, dass ihr jeder Anstrengung ausweicht. Die Aufgaben, die ihr verrichtet habt, dienten dem Wohl der Gemeinschaft. Nur das zählt. Also nehmt diese Gaben an, oder lasst es bleiben.«

Auch ich hätte mir eine schmackhaftere Verpflegung gewünscht, aber letztendlich waren wir nicht hierhergekommen, um uns den Wanst zu füllen. Unser wichtigstes Anliegen war die Suche nach Amalia.

»Ihr habt versprochen, uns einen Hinweis zu geben, wo wir Amalia Clunsevoet finden«, sagte ich. »Bitte sprecht also.«

»Ich habe nie behauptet, dass ich weiß, wo sie sich aufhält«, erwiderte die Melters. »Aber ich weiß, dass Ludeke Tonsing, eine unserer damaligen Mitschwestern, im Dom an der Pulvermühle arbeitet. Ludeke hat hier über Wochen mit Amalia eine Kammer geteilt. Amalia und Ludeke haben zudem zur selben Zeit das Kloster verlassen. Womöglich kann sie euch mehr über Amalias Verbleib verraten.«

»Ist das alles?«, fragte ich enttäuscht. »Nur ein Name?«

»Mehr als ihr zuvor hattet.« Grete Melters verzog das Gesicht, drehte sich um und kehrte wieder in das Lazarett zurück. Ich trat mit Reynold vor die Tür, wo wir uns auf einer Mauer niederließen und die Fladenbrote verspeisten.

In der Ferne vernahm ich einen Kanonenschuss. Das war nichts Ungewöhnliches. Die Täufer und auch die Bischöflichen feuerten an jedem Tag einige ihrer Geschütze ab, ohne damit viel Schaden anzurichten. Wahrscheinlich sollte das eher als eine Warnung verstanden werden, dass man noch immer wehrhaft und zu allem entschlossen war.

»Diese Schlange«, knurrte Reynold. »Die Natter hat uns hereingelegt. Sie hat nur nach zwei Narren gesucht, die diese Gräber ausheben. Ich hätte ihr den Fladen ins Maul stopfen sollen, damit sie daran erstickt.«

Ich teilte seine Verärgerung, doch während Reynold noch zeterte, wurde meine Aufmerksamkeit auf eine Herde von etwa dreißig Rindern gelenkt, die von einigen Männern über die Straße getrieben wurde. Als wir am heutigen Morgen aufgebrochen waren, hatte ich nördlich und westlich des Domplatzes größere Weideflächen innerhalb der Stadtmauern ausgemacht. Diese Rinder wurden jedoch aus dem südlichen Teil herangetrieben. Sie stapften über die Straße, die direkt zum Torhaus führte, was nur bedeuten konnte, dass man sie auf den Weiden außerhalb der Stadt hatte grasen lassen.

Dieser Vorgang war es wert, sich damit näher zu beschäftigen. Doch nicht zu dieser Stunde. Zunächst wollte ich Ludeke Tonsing finden und mit ihr über Amalia Clunsevoet sprechen.

Wir begaben uns zum Dom. Das Hauptportal stand offen, und so traten wir ein. Das Innere des Doms war schwer von den Verwüstungen gezeichnet und bot ein Bild des Jammers. Der Bildersturm der Täufer hatte ein nacktes Gotteshaus hinterlassen. Die Fanatiker hatten den Altar herausgerissen und die große Orgel ebenso zerschlagen wie sämtliche Fresken und Heiligenbilder. Zudem waren die bunten Glasfenster zerstört worden, und nur einige Scherben, die traurig und schief an den Rändern der Rahmen hingen, zeugten von den kunstvollen Werken, die einst diesen Dom geschmückt hatten.

Im Seitenschiff entdeckten wir einen weiteren Beweis dafür, dass die Täufer vollends mit den Regeln von Sitte und Moral gebrochen hatten. Die Sarkophage der Bischöfe und Domherren waren aus dem Boden gerissen worden. Ich erinnerte mich daran, dass einige dieser steinernen Särge vor den Stadttoren zur Verstärkung der Bollwerke eingesetzt wurden. Den eigentlichen Frevel hatten die Grabschänder aber dadurch begangen, die Gebeine der Toten neben den Gräbern achtlos auf den Boden zu werfen. Ich zählte elf Schädel, wahrscheinlich befanden sich aber noch weitere unter dem Berg von Knochen und zerfetzten Totenhemden.

Reynold schien unbeeindruckt. Er schob mit der Fußspitze einige Knochen beiseite und raunte mir zu: »Wenn die Täufer Besitzlosigkeit predigen, ist es doch möglich, dass sie einen Teil des Domschatzes achtlos fortgeworfen haben. Wir sollten die Augen nach goldenen Pokalen oder anderen Kleinodien offenhalten.«

»Wir sind nicht auf der Suche nach Gold«, schalt ich ihn.

Ich zog Reynold von der entweihten Grabstätte fort und machte mich auf die Suche nach Ludeke Tonsing. Zum Glück trafen wir bald auf einen Mann, der uns zu ihr führen konnte. Ludeke, ein zierliches Mädchen von vielleicht zwanzig Jahren, hockte in der Nähe einer großen Pulvermühle und war damit beschäftigt, Kränze aus Flachs und Werg zu flechten.

Alles in allem arbeiteten wohl an die fünfzig Männer und Frauen im Dom daran, Kriegsmaterial für die Verteidigung der Stadt herzustellen. Es war nicht anzunehmen, dass der Bischof in absehbarer Zeit einen weiteren Sturmangriff auf Münsters Wälle befehlen würde, doch die Täufer schienen auf alle Eventualitäten vorbereitet zu sein.

Wenngleich es mich erleichterte, Ludeke Tonsing hier im Dom anzutreffen, enttäuschte mich doch die Auskunft, die uns das schüchtern dreinblickende Mädchen mit flüsternder Stimme gab. Als ich sie nach Amalia fragte, verriet sie uns, dass sie tatsächlich drei Monate lang im Kloster eine Kammer mit ihr geteilt hatte. Und sie bestätigte, dass sie zusammen mit Amalia den Benediktinerinnen den Rücken gekehrt hatte. Danach allerdings hatten sich schon bald ihre Wege getrennt.

»Ihr ging es nur um die Freiheit«, sagte Ludeke und starrte auf den Kranz. Während des ganzen Gesprächs hatte sie nicht für einen Moment in ihrer Arbeit innegehalten. »Ich glaube nicht, dass Amalia aus dem Kloster geflohen ist, weil ihr die Worte der Propheten den Weg in die Gemeinde Christi aufgezeigt haben, sondern vor allem, weil sie das Klosterleben gehasst hat. Es würde mich wundern, wenn sie tatsächlich die Erwachsenentaufe empfangen hätte.« Sie hielt nun kurz inne und sagte dann: »Ich vermute, dass Amalia Münster den Rücken gekehrt hat. Sie wird die Stadt verlassen haben, solange das noch möglich war.«

Die Einschätzung des Mädchens betrübte mich. Ich hatte gehofft, von ihr einen entscheidenden Hinweis auf Amalias Verbleib zu erhalten; stattdessen musste ich der Möglichkeit ins Auge schauen, dass wir sämtliche Mühen und Gefahren völlig umsonst auf uns genommen hatten.

Ich dankte Ludeke und verließ mit Reynold den Dom. Draußen hatte sich inzwischen eine stattliche Menge vor dem Berg Zion versammelt und verfolgte gebannt die Predigt eines der Prädikanten. Anscheinend gab es hier an jedem Tag eine solche Zusammenkunft, denn das Bild ähnelte der gestrigen Szenerie. Der Prediger stand erhöht auf einem Podest, breitete die Arme aus und schickte seine mahnenden Worte mit lauter Stimme in die Zuhörerschaft.

»Das Schwert! Das Schwert wird dieses Reich reinigen. Es wird die Grenze ziehen zwischen der babylonischen Hure und den wahren Israeliten. Es werden die Tage der Rache und der Restitution anbrechen, in denen all die gestraft werden, die sich Christen nennen, die aber als Tyrannen und Sünder über andere Menschen herrschen. Christus wird sein Reich einnehmen, und er wird seine Feinde mit Feuer und Blut strafen.«

Vor uns warfen sich einige Frauen zu Boden, wälzten sich auf der Erde und hoben die Arme zum Himmel, während sie die Gnade des Herrn erflehten. Andere standen aufrecht, schlugen sich an die Brüste und lachten und weinten abwechselnd in schriller Ekstase. Ein solches Gebaren löste ein beklemmendes Gefühl in mir aus. Während wir weitergingen, warf ich einen Blick auf den Prädikanten und fragte mich, ob es sich bei ihm um Bernhard Rothmann handeln mochte, den Mann, der es laut der Schilderung Anton Kribbes mit seinen Predigten erst möglich gemacht hatte, dass die Stadt in die Hände der Täufer gefallen war. Dieser Redner verstand es auf jeden Fall vortrefflich, drastische Bilder heraufzubeschwören, mit denen er die Menschen, die auf diesem Platz zusammengekommen waren, ohne Mühe manipulieren konnte.

»Das alles widert mich so an«, schimpfte Reynold, als wir uns außer Hörweite befanden. »Die Gräber, die verstümmelten Leichen und diese blutgierigen Beschwörungen. In dieser Stadt regiert der Tod, und nur ihm scheint man zu huldigen.«

Ich stimmte Reynold zu, doch meine Gedanken kreisten nicht um den Tod. Vielmehr plagte mich die Sorge, dass wir mit unserer Suche nach Amalia wieder ganz am Anfang standen.

KAPITEL 18

Betrübt und ausgelaugt kehrten Reynold und ich zurück in die Neubrückenstraße. Kurz nach uns trafen dort auch Jasmin und Cort ein, denen es zumindest gelungen war, Verpflegung aufzutreiben. Cort zog zwei tote Hühner aus einem Leinenbeutel, und Jasmin faltete ein Tuch auseinander, in dem sich vier Eier befanden.

Die Aussicht auf eine schmackhafte Abendmahlzeit versöhnte mich ein wenig mit diesem enttäuschenden Tag, doch Anton Kribbe zeigte sich wenig begeistert, als er erfuhr, dass Jasmin und Cort die Hühner und die Eier aus dem Stall eines Hinterhofes entwendet hatten.

»Ihr habt die Tiere gestohlen. Das ist gefährlich«, sagte Kribbe. »Wäret ihr dabei gefasst worden, hätte das für euch womöglich die Todesstrafe bedeutet.«

»Der Hunger führt auch zum Tode, alter Mann«, meinte Jasmin. »Was sollen wir machen? Es gibt keinen öffentlichen Markt, auf dem wir unser Essen erwerben können. Sollen wir wie Kühe das Gras von den Weiden fressen?«

»Ihr bringt uns alle in Gefahr!« Kribbe verzog das Gesicht. »Wenn jemand den Raub beobachtet hätte und euch beiden gefolgt wäre, würden wir alle unter dem Schwert des Scharfrichters enden.«

»Immerhin würde ich mit vollem Bauch den Weg zur Hinrichtung antreten.« Jasmin zeigte sich wenig einsichtig.

Ich bemühte mich, den Streit zu schlichten, indem ich Jasmin zu mehr Vorsicht ermahnte, sie aber gleichzeitig für die Beschaffung der Hühner lobte. Ich forderte die Gefährten auf, endlich mit der Zubereitung der Mahlzeit zu beginnen, worauf sich Jasmin und Reynold sogleich daranmachten, die Hühner zu rupfen und auszunehmen. Auch Anton Kribbes Missstimmung war schon bald verflogen, und er überließ uns sogar zwei Rüben und eine dicke Zwiebel. Im Gegenzug luden wir den Alten ein, gemeinsam mit uns den Fleischeintopf zu verspeisen.

Während des Essens berichtete ich davon, wie es Reynold und mir an diesem Tag ergangen war und was wir herausgefunden hatten – oder besser gesagt: was wir nicht in Erfahrung gebracht hatten, denn es blieb ja weiterhin ein großes Rätsel, wo sich Amalia aufhielt. Die entscheidende Frage war, ob Clunsevoets Tochter Münster womöglich schon vor Wochen den Rücken gekehrt hatte.

»Im Grunde hoffe ich sogar, dass Amalia sich nicht mehr in der Stadt befindet«, sagte Cort. »Dann wäre sie nicht mehr in Gefahr.«

»Diese Mutmaßung nützt uns nichts«, entgegnete ich. »Ich brauche einen Beweis. Soll ich vor Everhard Clunsevoet treten und Miekes Herausgabe verlangen, indem ich ihm die Nachricht überbringe, dass die Möglichkeit besteht, dass seine Tochter Münster bereits den Rücken gekehrt haben könnte?«

»Wahrscheinlich werden wir das nie erfahren«, meldete sich Jasmin zu Wort. »Aber ich weiß, dass ich lieber heute als morgen diesen verfluchten Ort verlassen möchte.«

»Sie hat recht«, pflichtete Reynold ihr bei. »Was hält uns denn noch hier? Wir setzen unser Leben aufs Spiel, und diese Amalia ist längst des Weges gezogen und in das Bett eines anderen Burschen gekrochen. Da liegt sie jetzt wohlig und spreizt die Beine, während wir hier jeden Stein nach ihr umdrehen.«

»Sprich nicht so respektlos über sie!« In Corts Stimme schwang ein drohender Ton. Er ballte eine Faust.

Reynold lachte bitter. »Ich sage, was ich will. Schließlich hat dieses Mädchen uns das alles hier eingebrockt.«

»Dieses Mädchen«, knurrte Cort, »ist der Grund, warum ihr nicht in der Scheiße ertränkt wurdet.«

»Genug davon«, unterbrach ich die Auseinandersetzung. »Wir schauen uns weiter in der Stadt nach Amalia um und halten die Augen offen. Sollte sich allerdings auch in den nächsten Tagen kein Hinweis auf ihren Verbleib ergeben, werden wir nach einem Weg suchen, Münster zu verlassen.«

»Wie soll euch das gelingen?«, fragte Anton Kribbe. »An jedem Stadttor sind Wachen postiert. Die werden euch nicht einfach so die Tür öffnen, damit ihr zurück zu den Belagerern spazieren könnt.«

»Das herauszufinden wird unsere zweite Aufgabe

sein«, sagte ich. In den Grundzügen hatte ich auch bereits eine Möglichkeit herausgearbeitet, wie wir ohne große Gefahr eines der Torhäuser passieren konnten. Aber diese Idee wollte ich erst morgen weiter überdenken. Die harte körperliche Arbeit an diesem Tag hatte mich erschöpft, und so zog ich mich, nachdem ich meine Mahlzeit beendet hatte, auf den Dachboden zurück. Dort fiel ich in einen tiefen Schlaf, der mir einen bösen Traum bescherte, von dem ich am nächsten Morgen nur noch wusste, dass darin eine tote Mieke vorgekommen war, die ich in einem der frisch ausgehobenen Gräber auf dem Friedhof des ehemaligen Benediktinerinnen-Klosters bestattet hatte.

Ich versuchte, diese düsteren Bilder zu verscheuchen und mich auf den neuen Tag und die Fortführung unserer Suche vorzubereiten. Mein Vorhaben war es, die Gemeinschaftshäuser nahe der Stadttore aufzusuchen, um dort mehr über den Verbleib von Amalia Clunsevoet zu erfahren. Wenn das Mädchen sich noch in Münster aufhielt, musste es jemanden geben, der sie kannte oder zumindest ihren Namen schon einmal gehört hatte und mir sagen konnte, ob und wen Amalia inzwischen geheiratet hatte.

Nach der Stärkung mit einer kleinen Morgenmahlzeit wollte ich umgehend aufbrechen, doch als ich vom Abtritt zurückkehrte und durch den Hinterhof zurück zum Haus ging, machte eine laute Stimme dieses Vorhaben zunächst zunichte. Ein trommelschlagender Ausrufer lief durch die Straßen und forderte die Bürger auf, sich am Domplatz zu versammeln, da dem Volk des Neuen Zion eine wichtige Nachricht verkündet werden solle.

Anton Kribbe weigerte sich, diesem Ruf zu folgen, und blieb trotzig in seinem Haus. Wir anderen machten uns auf den Weg und schlossen uns den Männern, Frauen und Kindern an, die aus allen Straßen zusammenliefen und zum Domplatz strömten, wo sich bereits der Großteil der Täufergemeinde versammelt hatte.

In der Mitte des Platzes waren auf einem hölzernen Podest an die zwanzig Männer zusammengekommen, die zu den Umstehenden sprachen. Wir drängten uns bis in die vorderen Reihen, von wo aus wir alles gut verfolgen, uns aber auch hinter den Köpfen der vor uns Stehenden verbergen konnten. Immerhin war es nicht ausgeschlossen, dass auch der Prädikant Ollrich diese Bühne betrat.

Die meisten der Männer, die allesamt in den Gewändern der Prediger gekleidet waren, verließen nun das Podest. Nur zwei von ihnen blieben auf der Plattform. Der eine ging dort umher und schwenkte die Arme, um das lautstarke Schwatzen der versammelten Menge verstummen zu lassen. Er schwitzte, wirkte unsicher und machte auf mich einen eher einfältigen Eindruck. Zudem zog er humpelnd einen Klumpfuß hinter sich her.

Der andere Mann stellte das genaue Gegenteil dar. Er mochte in meinem Alter sein, trug die Kleidung eines Prädikanten, und aus seinem von einem kurzgeschorenen Bart umrahmten Gesicht stachen zwei hellblaue Augen hervor, die er mit der Ruhe und Autorität eines erfahrenen Strategen auf die Menge richtete.

»Ist das Bockelson?«, raunte ich Cort zu.

»Wahrscheinlich«, meinte er. »Aber wer ist der Humpelnde?«

Ein junger Bursche, der uns gehört haben musste, drehte sich zu uns um und flüsterte: »Das ist Johann Dusentschur, der Goldschmied aus Warendorf, dem die Stimme des Herrn vor einigen Wochen mitgeteilt hat, dass Jan Bockelson uns anführen soll.«

»Soso«, sagte ich. »Dann werden wir nun gewiss mehr von Gottes Plänen erfahren.«

Auf dem Podest klatschte Jan Bockelson dreimal laut in die Hände, und das Gemurmel der Menschen klang umgehend ab, bis es fast still war auf dem weitläufigen Platz.

Wer war dieser Jan Bockelson, der sich zum Wortführer der Täufergemeinde erhoben hatte? Damals wusste ich nicht viel über diesen Mann, doch in späterer Zeit wurde oft über den selbsternannten Propheten gesprochen, und nach allem, was mir in den Jahren zu Ohren gekommen ist, möchte ich kurz darüber berichten, welcher Weg Jan Bockelson nach Münster geführt hatte.

Der spätere Prophet wurde als Bankert einer Magd geboren, die von ihrem Herrn geschwängert worden war. Er erlernte den Schneiderberuf, doch schon bald zog es ihn in die Welt hinaus. Mehrere Jahre lebte Bockelson in London, reiste nach Portugal, kehrte dann aber doch in seine Heimat zurück und heiratete dort die Witwe eines Flussschiffers, die eine Schankwirtschaft betrieb. Bockelson beschränkte sich nicht darauf, seinen Lebensunterhalt als Wirt zu verdienen, sondern ließ in der Schenke eine Bühne errichten und führte dort biblische Szenen auf, die er mit seinem ausgeprägten Hang zu dramatischen Darstellungen vortrug. Angeblich soll es ihm schon damals mühelos gelungen sein, die Zuhörer in seinen Bann zu schlagen.

Bald darauf kam Bockelson mit den Täufern in Kontakt. Er begeisterte sich für ihre Überzeugungen, und nachdem er von dem Propheten Jan Matthys die Erwachsenentaufe empfangen hatte, folgte er diesem nach Münster, wo er mit flammenden Predigten und düsteren Prophezeiungen daran mitwirkte, die Täuferherrschaft in der Stadt zu festigen. Seine Entschlossenheit und Überzeugungskraft ließ ihn nach Matthys' Tod auf dessen Platz rücken.

Doch erst an diesem Tag im September des Jahres 1534 wurde deutlich, dass Jan Bockelson nicht nur die Nachfolge seines Mentors Matthys angetreten hatte, denn er ließ den humpelnden Goldschmied verkünden, dass Gott ihn zu weitaus Höherem erkoren hatte.

Dusentschur stotterte zunächst ein wenig herum, sprach die ersten Worte recht leise, bemerkte dann aber wohl seinen Fehler und rief mit kräftigerer Stimme aus: »Der Herr hat sich mir offenbart. Vor meinen Augen tauchte ein gleißendes Licht auf, und die Stimme Gottes teilte mir mit, dass Jan Bockelson aus Leyden unser König sein soll. Er wird über alle Gewalten der Erde herrschen und über allen Obrigkeiten stehen, doch keine über ihm.« Der Goldschmied räusperte sich und richtete seine Hand auf Bockelson. »Er soll das Zepter und den Stuhl Davids einnehmen, bis der Herr das Reich von ihm zurückfordern wird.« Dusentschur ließ sich von einem der Prädikanten einen polierten Bihänder reichen und trat damit auf Jan Bockelson zu. »Empfange von mir das Schwert der Gerechtigkeit«, verkündete er, »und mit ihm die Gewalt, mit der du die Völker der Erde unterwerfen wirst. Dieses Schwert sollst du so aufrichtig führen, dass du dem Erlöser Christus aus reinem Herzen Rechenschaft ablegen kannst, wenn er dir am Tag des Großen Gerichtes entgegentritt.«

»Was für eine Komödie«, raunte Reynold hinter mir. Ich drehte mich um und ermahnte ihn mit einem Fingerzeig zur Ruhe, gleichzeitig blieb mir aber auch nicht verborgen, dass rund um uns ein allgemeines Murren und Grollen entstand, das noch stärker anschwoll, als Dusentschur aus einer kleinen Phiole Öl auf den Kopf des inzwischen niedergeknieten Propheten träufelte und verkündete: »Ich salbe dich auf Befehl des allmächtigen Vaters und rufe dich im Angesicht des Volkes zum König des Neuen Zion aus.«

»König?«, zischte eine Frau in meiner Nähe. »Wozu brauchen wir in einer Stadt der Gleichgestellten einen König?«

Bockelson erhob sich, trat vor die Menge und breitete die Arme aus. »Meine Brüder und Schwestern, mir wurde schon vor Tagen durch eine Eingebung des Herrn verkündet, dass dies geschehen würde. Doch der Wille des Vaters musste durch einen anderen kundgetan werden, damit ihr begreift, dass meine Erwählung durch die Fügung des Herrn eintritt.«

Aus der Menge waren Rufe wie »Das kann nicht sein!« oder »Unser Volk braucht keinen König!« zu hören, was mich in Erstaunen versetzte, denn es überraschte mich, dass die Täufer ihrem Anführer einen solchen Widerstand entgegenbrachten.

»Ich verstehe eure Zweifel«, rief Bockelson nun rasch aus. »Da Gott mich erkoren hat, kann ich selbst mich nicht gegen seinen Willen stellen. Unsere Prädikanten werden die Heilige Schrift zu Rate ziehen und prüfen, ob es rechtens ist, dass die Krönung vollzogen wird.«

Um uns herum erklang noch immer ein unwilliges Raunen, doch der größte Teil der Bürger schien diesen Vorschlag zu akzeptieren.

»Schau!« Reynold stieß mich an und reckte das Kinn in eine Richtung. »Sind das die Ehefrauen des Propheten?«

Mein Blick fiel auf eine Gruppe von Weibern, die sich unter dem Bogengang der nebenstehenden Häuser aufhielt und von einigen Hellebardieren eskortiert wurde. Bei ihnen musste es sich um die sechzehn Ehefrauen handeln, die Anton Kribbe erwähnt hatte.

Neben mir vernahm ich plötzlich ein Stöhnen. Cort senkte den Kopf und drehte sich herum, so dass er dem Bretterpodest seinen Rücken zuwandte.

»Was ist?«, fragte ich.

»Bockelsons Frauen«, erwiderte er heiser.

»Ich sehe sie. Was ist mit ihnen?«

»Die Frau in dem blauen Kleid …«

Mein Blick fiel auf eine blonde junge Frau, die trotz der aufsehenerregenden Verkündigung recht gelangweilt dreinschaute.

Cort schnaufte angespannt. »Es ist Amalia!«

KAPITEL 19

Drei Tage lang vertieften sich die Prädikanten in die Heilige Schrift und suchten nach Hinweisen dafür, dass es tatsächlich eine Berechtigung gab, dass ein Prophet sich zum König der Täufergemeinde erheben durfte. Fündig wurden sie schließlich in den Büchern des Jeremias und des Hesekiel, in denen beschrieben wurde, dass der Gottvater bereits seinen Diener David zum König seines Volkes erhoben hatte, damit er wie ein Hirte über seine Schafe wachen sollte.

Diese Erkenntnis wurde lautstark und wortgewaltig auf den Straßen und Plätzen verkündet und brachte die Skeptiker zum Schweigen, denn hatte Jan Bockelson nicht auch durch Gottes Wohlwollen den Sturmangriff der Bischöflichen zurückgeschlagen? Gab ihm das nicht jede Berechtigung, diese Stellung einzunehmen?

Jan Bockelson aus Leyden war also zum König des Neuen Zion berufen worden. Und Amalia Clunsevoet, die wie fünfzehn andere Frauen die Ehe mit ihm geschlossen hatte, stand unter seinem persönlichen Schutz.

Ich war mir zunächst nicht recht im Klaren darüber, ob mich diese Entdeckung erfreuen oder bestürzen sollte. Letztendlich überwog dann aber doch die Erleichterung, dass sich Amalia tatsächlich in Münster aufhielt und dass sie sich allem Anschein nach bester Gesundheit erfreute.

Nun konnte ich endlich einen Plan entwerfen, wie wir die Tochter des Gutsherrn aus Münster herausschaffen würden, auch wenn der Umstand, dass sie als Ehefrau des Königs unter besonderer Beobachtung stand, einen Haufen neuer Probleme mit sich brachte.

Wenn wir Amalia in unsere Gewalt bringen wollten, mussten wir zunächst herausfinden, in welchem Haus sie untergebracht worden war. Anton Kribbe wusste zu berichten, dass Jan Bockelson schon seit geraumer Zeit unter dem Dach des wohlhabenden Tuchhändlers Knipperdolling lebte, der ein stattliches Haus am Prinzipalmarkt bewohnte. Am Tag nach der Königsproklamation begab ich mich also dorthin, um es in Augenschein zu nehmen.

Kribbe hatte mir beschrieben, dass das Haus des Tuchhändlers schräg gegenüber dem Rathaus stand. Ich hätte es aber auch ohne seine Hilfe gefunden, denn vor dem Gebäude hatten sich an die fünfzig

Männer und Frauen versammelt, die wohl hofften, hier einen Blick auf ihren Propheten und König werfen zu können. Einige von ihnen waren betend auf die Knie gesunken. Außerdem stand vor dem Eingang ein Ochsenkarren bereit, der mit schweren Truhen beladen wurde. Zudem verließen mehrere Bedienstete das Haus und trugen auf ihrem Rücken mit Stoffen und Zinngeschirr beladene Kiepen fort.

Ich fragte eine Frau, was hier vor sich ginge, und bekam zur Antwort, dass der Prophet, der nun zum König erhoben worden war, nicht länger der Untermieter eines Gewandschneiders bleiben würde. Sie flüsterte mir zu, dass Jan Bockelson die prächtige Kurie des bischöflichen Obermundschenks Melchior von Büren am Domplatz ausgewählt habe, um dort für sich und seine Frauen einen Hofstaat einzurichten, der die Erhabenheit seiner Herrschaft zur Vollendung bringen solle.

Ihre Worte weckten meine Neugier. Ich machte mich auf den Weg und folgte den Kiepenträgern zum Domplatz, um mir das Haus anzuschauen, das der König zu seinem Domizil erwählt hatte. Als ich dort ankam, konnte ich hinter der Mauer einen wahrlich stattlichen Palast erkennen. Auf dem Platz vor der Kurie war rund ein Dutzend Ochsenkarren abgestellt worden, und ich konnte erkennen, dass sie mit prunkvollen Teppichen, Stoffen jeglicher Farbe, Mobiliar, Essensvorräten sowie mehreren Fässern beladen waren. Heerscharen von Bediensteten liefen dort herum, trugen alles, was herangefahren wurde, in das Haus und folgten den lautstarken Anweisungen der Rüst-, Hof- und Küchenmeister. Auch zahlreiche Handwerker hatten ihre Arbeit aufgenommen, besserten Schäden am Gebäude aus oder ließen mit frischer Farbe die ohnehin prächtige Fassade noch strahlender erscheinen.

Dies also war der Ort, an dem Amalia fortan leben würde. Vielleicht hatte sie bereits eine Kammer in dem neuen Königsdomizil bezogen.

Eine Weile blieb ich noch vor dem Tor stehen und betrachtete das Geschehen. In meinem Kopf formte ich bereits die Idee, wie wir vorgehen konnten, um mehr über Amalia zu erfahren und in ihre Nähe zu gelangen. Ich wollte diesen Plan aber zunächst mit meinen Gefährten besprechen, und darum kehrte ich alsbald zurück zum Haus des Anton Kribbe.

Als ich dort durch die Tür trat, bot sich mir in der Stube ein unerwartetes Schauspiel. Reynold war es anscheinend in den Kopf gestiegen, die salbungsvollen Predigten der selbsternannten Täuferpropheten zu verspotten. Er benutzte ein graues Bettlaken als Umhang, den er mit einer Klammer um seinen Hals befestigt hatte. So stand er auf einer Bank und hielt

201

eine Ansprache an das Publikum, das natürlich nur aus Jasmin, Cort, dem alten Kribbe und nun auch mir bestand. Reynold rollte mit den Augen, warf die Hände in die Höhe und brachte seinen Wortschwall mit solch geschliffener Betonung hervor, dass man hätte glauben können, tatsächlich einem der Prädikanten gegenüberzustehen, die uns in der Stadt begegnet waren.

»Gott ist erschöpft von unserer Sündhaftigkeit«, zischte Reynold und streckte einen Finger zu uns aus. »Er muss sich ausruhen, und darum will er, dass ein König als sein Stellvertreter hier im Neuen Jerusalem sein Wort vertritt.« Er nahm eine stolze Pose ein. »Das hätte ich sein sollen und nicht dieser verblendete Hurenwirt Jan Bockelson.«

»Und woher weißt du das alles, du Maulheld?«, rief ihm Anton Kribbe zu, den diese Darbietung durchaus zu amüsieren schien.

»Da war eine Stimme in meinem Kopf«, entgegnete Reynold und richtete seinen Blick nach oben. »Eine Stimme, die mir auch gesagt hat, dass jeder, der törichte Fragen an mich richtet, Gefahr läuft, auf direktem Weg in das Höllenfeuer geworfen zu werden, wo ihm glühende Eisenstangen in den Arsch getrieben werden.«

Reynold bemerkte, dass ich in die Stube getreten war, und breitete seine Arme zu mir aus.

»Noch ein reuiger Sünder, der vor mir auf die Knie fallen und seine Verfehlungen eingestehen will.«

»Deine Verfehlung ist es, dass du zu laut bist«, erwiderte ich. »Wenn jemand außerhalb des Hauses mitbekommt, dass du den König verspottest, wirst du bald keinen Kopf mehr haben, auf den man dir eine Krone setzen könnte.«

»Aber seine Vorstellung war unterhaltsam«, sagte Cort und klopfte Reynold auf die Schulter, als der von der Bank gehüpft war und seinen Umhang ablegte. »Du hast das Talent, deine Mimik und deinen Tonfall gekonnt einzusetzen. Wären deine Worte nun noch mit Sinn und Verstand erfüllt, wärest du der geborene Prediger.«

Reynold rümpfte die Nase. »Meinen Worten fehlt der Verstand? Ergeben die Verkündigungen der Propheten denn mehr Sinn?«

Ich nickte mit einem Schmunzeln und rief dann alle zusammen, damit wir uns in der Stube besprechen konnten. Anton Kribbe schenkte jedem von uns einen Becher Dünnbier ein, während ich davon berichtete, was ich gesehen hatte.

»Damit wird es für uns nicht einfacher«, sagte Cort, und er klang dabei recht grimmig. »Bockelson wird seine Ehefrauen ebenfalls an seinem Hof unterbringen, und wenn er wie ein König leben will, heißt das, dass die Frauen den ganzen Tag über von Pagen,

Dienstmädchen, Hofbeamten und wohl auch einer Leibwache umgeben sind. Das macht es schwierig, sich Amalia unbemerkt zu nähern.«

»Mag sein«, erwiderte ich. »Aber der Königshof bietet uns gleichzeitig eine unerwartete Gelegenheit.«

»Wie meinst du das?«, fragte Cort.

Ich zögerte kurz und sah vier neugierige Augenpaare auf mich gerichtet. Es war an der Zeit, meinen Gefährten den Plan darzulegen, den wir in den nächsten Tagen in Angriff nehmen würden.

»Es ist eine Gelegenheit«, erläuterte ich, »weil es einigen von uns gelingen könnte, eine Anstellung am Hof des Königs zu erhalten. Jan Bockelson hat seinen Wohnsitz vergrößert, und er lässt ihn prächtig ausstaffieren. Das bedeutet, dass er Dutzende Pagen, Küchenhilfen und Mägde dort beschäftigen wird.«

»Und du glaubst, die warten nur darauf, uns dahergelaufene Strolche am Hof arbeiten zu lassen?« Jasmin schien wenig zuversichtlich.

»Wir werden diesen Versuch unternehmen«, sagte ich. »Du und ich werden uns dort als Eheleute ausgeben. Letztendlich wird aber alles von deinem Auftreten abhängen, Jasmin.«

Sie runzelte die Stirn. »Ist das so?«

»Wenn wir dort bei einem Hof- oder einem Küchenmeister vorstellig werden, musst du diesen Mann für dich einnehmen. Du bist eine ansehnliche Frau.

204

Ein verführerischer Blick oder ein kokettes Lächeln können in dessen Gegenwart gewiss Wunder bewirken. Sei liebreizend.«

»Liebreizend?« Reynold kicherte heiser. »Ein Haufen Hundedreck ist liebreizender als sie.«

»Ich stopf dir deinen liebreizenden Hundedreck ins Maul.« Jasmin strafte Reynold mit einem finsteren Blick.

Ich hob beschwichtigend die Hände. »Jasmin wird daran noch ein wenig feilen müssen, aber ich habe keinen Zweifel daran, dass sie jedem Mann den Kopf verdrehen kann, wenn sie sich bemüht.«

»Ist das nicht gefährlich?«, meinte Cort. »Ihr wollt dort als Verheiratete auftreten, und gleichzeitig soll sie diesen Küchenmeister verführen. In dieser Stadt wird die Moral als das höchste Gut angesehen, und es käme einer Todsünde gleich, das Sakrament der Ehe zu beschmutzen.«

»Sie soll es nicht beschmutzen«, erwiderte ich. »Jasmin wird mit diesem unschuldigen Geplänkel nur das Interesse des Küchenmeisters wecken. Wir könnten uns auch als Geschwister ausgeben. Dann aber würden wir Argwohn hervorrufen, weil wir ledig geblieben sind und uns zudem nicht ähnlicher sehen als eine Katze einem Vogel. Nein, wir werden dort als Verheiratete und überzeugte Anhänger der Täuferlehre auftreten.«

205

»Ihr spielt mit eurem Leben«, sagte Anton Kribbe. »An Bockelsons Hof werden sich viele Prädikanten aufhalten, die mit Argusaugen das Geschehen dort verfolgen. Schon eine unbedachte Äußerung könnte Verdacht erregen. Vielleicht lauft ihr auch diesem Prädikanten Ollrich über den Weg, der eure Gesichter gewiss nicht vergessen hat, da ihr ihn im Torhaus überwältigt habt. Sollte jemand bemerken, dass ihr unlautere Absichten verfolgt, braucht es nicht einmal einen Prozess, um euch einen Kopf kürzer zu machen.«

»Dann darf es halt niemand bemerken«, entgegnete ich.

Kribbe verzog das Gesicht. »Du willst das Unmögliche.«

»Ich glaube nicht an das Unmögliche.«

Cort räusperte sich. »Und wenn es tatsächlich gelingen sollte, eine Anstellung am Hof zu erhalten … wie willst du Amalia von dort fortschaffen?«

Ich hob die Schultern. »Das weiß ich noch nicht. Ich muss zunächst in ihre Nähe gelangen und mehr über ihre Umgebung in Erfahrung bringen. Alles weitere wird sich zeigen.«

»Dein Plan klingt alles andere als ausgereift«, meinte Cort.

»Dafür habe ich bereits eine Idee, wie es uns gelingen könnte, die Stadt zu verlassen, wenn wir Amalia in unsere Gewalt gebracht haben.«

»Ich höre«, sagte Cort.

»Als ich mit Reynold zum Kloster gegangen bin, habe ich beobachtet, dass Viehtreiber eine Herde Ochsen vom südlichen Stadttor aus durch die Straßen geführt haben. Bevor ich mich an diesem Morgen zum Prinzipalmarkt und zum Königshof begeben habe, hielt ich mich noch eine Weile am Südtor auf, und wie ich es erwartet hatte, trieben dort bald darauf einige Hirten eine Herde von mehr als zwanzig Ochsen durch das Tor auf die Weiden vor der Stadt.«

»Ja und?«, fragte Reynold. »Willst du, dass wir uns Rinderfelle umlegen und als Vieh getarnt das Tor passieren?«

Ich schüttelte den Kopf. »Nicht als Vieh, aber als Hirten.« Ich schaute Reynold und Cort an. »Dieser Teil des Plans wird eure Aufgabe sein. Ihr werdet zu den Ochsenhirten gehen und euch mit den Männern und Frauen bekannt machen. Bietet euch an, sie bei dieser Aufgabe zu unterstützen, und gewinnt ihr Vertrauen. Es ist wichtig, dass ihr in den nächsten Tagen mehrmals mit den Ochsen den Wall passiert und dass sich die Wachen am Torhaus eure Gesichter einprägen.«

»Und dann?«, wollte Cort wissen.

»Wenn es uns gelingt, Amalia vom Königshof fortzuschaffen, werdet ihr die Ochsenhirten überwältigen. Und wir alle zusammen werden mit den Ochsen die Stadt verlassen, denn die Torwache wird euch kennen und keinen Verdacht schöpfen. Dann lassen wir das Vieh auf der Weide zurück, verbergen uns im Niemandsland, überqueren in der Nacht den Schanzwall und kehren in das Lager zurück.«

»Das klingt alles so simpel«, raunte Jasmin. »Wie die meisten deiner fehlgeschlagenen Pläne.«

»Zuerst einmal hängt alles von dir ab«, sagte ich.

Der Gedanke schien ihr nicht zu gefallen. »Ich werde am Hof um die Anstellung bitten. Aber ich lasse mich von niemandem anfassen.«

»Sollte das geschehen, halte bitte an dich. Das wäre ein notwendiges Opfer. Es würde uns nicht unbedingt weiterhelfen, wenn du einen Küchenmeister ohrfeigst.«

»Ich ohrfeige ihn nicht.« Jasmin schaute mich finster an, dann erhob sie sich von ihrer Bank und zischte: »Ich breche ihm alle Finger, wenn er mich begrapscht.« Mit dieser Drohung wandte sie sich um und stieg die Leiter zur Dachkammer hoch.

KAPITEL 20

Am nächsten Morgen brach ich mit Jasmin zum Hof des Jan Bockelson auf, wo sie den Versuch unternehmen sollte, in die Dienste des Täuferkönigs zu treten. Auch wenn Jasmin am vergangenen Tag wenig begeistert davon gewesen war, sich bei einem der Hof- oder Küchenmeister anzubiedern, schien sie sich über Nacht mit dieser unliebsamen Aufgabe abgefunden zu haben. Bevor wir Kribbes Haus verließen, hatte sie sich gründlich gewaschen und ausgiebig die Haare gekämmt. Anton Kribbe hatte Jasmin ein sauberes Kleid und ein Hemd aus den Beständen seiner ver- storbenen Frau überlassen. Die Bänder an ihrem Hemd hatte sie sogar ein wenig gelockert, so dass der Ansatz ihrer Brüste zu erkennen war. Bei einer leich- ten Verbeugung nach vorne würde dies einen recht verführerischen Blick ermöglichen. Ich selbst konnte nicht die Augen von ihr abwenden und bedauerte es in diesem Moment wieder einmal, dass sie schon seit Wochen meine Nähe verschmähte.

Reynold konnte nicht davon ablassen, Jasmin er- neut zu provozieren. Bevor wir das Haus verließen, deutete er mit seinen Händen in Höhe ihrer Brust greifende Bewegungen an, grinste dabei und meinte: »Ich wünsche gutes Gelingen. Hoffentlich hat der Küchenmeister seine Hände gewaschen. Es wäre schade, wenn dein Hemd schmutzig würde.«

»Dir gefällt es gewiss, dass du zu den Kühen ge- schickt wirst«, gab Jasmin zurück. »Die können in ihrem Stall nicht davonstürmen, wenn du sie be- steigst.«

Reynold lachte kehlig. »Es sind Ochsen, keine Kühe.«

»Daran wirst du dich nicht stören.« Jasmin zog eine Grimasse. Ich trennte die beiden Streithähne, fasste Jasmin am Arm und trat mit ihr auf die Straße.

Zumeist war es nur ein Spaß, wenn die beiden sich verspotteten, doch ab und an schlug dieses Geplänkel in Ernst um, und ein solches Drama wollte ich mir an diesem Morgen ersparen.

An der Domkurie, die zum Königshof umgestaltet wurde, herrschte die gleiche Betriebsamkeit wie am gestrigen Tag. In offenen Werkstätten arbeiteten Handwerker, Schmiede und Steinmetze daran, zahlreiche Verzierungen herzustellen, die den neuen Hof schmücken sollten. Über dem Eingang war inzwischen ein Wappen angebracht worden, das eine von zwei Schwertern durchbohrte Weltkugel zeigte, sowie darüber ein goldenes Kreuz, auf dem der Spruch *Ein König der Gerechtigkeit über allen* eingraviert worden war. Für mich klang das recht überheblich, denn das Königreich des Jan Bockelson erstreckte sich schließlich nur über diese Stadt und über kaum achttausend Menschen.

Dieser Umstand kümmerte aber niemanden. Hier schien jeder, der uns über den Weg lief, geradezu beseelt davon zu sein, seine Fertigkeiten in den Dienst des Königs stellen zu dürfen, der seinen Gefolgsleu-

210

ten versprach, durch Überzeugung und Fleiß zu den wenigen Auserwählten zu gehören, die im Neuen Jerusalem vor dem göttlichen Strafgericht geschützt sein würden.

Der anstehende Weltuntergang war mir im Moment ziemlich egal. Ich ging mit Jasmin an der Seite des Hauses entlang. Am Hintereingang wollte ich Erkundigungen über den Aufenthaltsort des Küchenmeisters einholen.

Auf dem rückwärtigen Hofplatz waren mehrere Karren und Fuhrwerke abgestellt worden. Als ich mich umschaute, fielen mir zwei Männer und zwei Frauen auf, die wohl den Auftrag erhalten hatten, einen Durchgang in die Mauer zu reißen, die an das Grundstück des nebenliegenden Anwesens grenzte. Anscheinend gab sich Jan Bockelson nicht mit dieser Kurie zufrieden, sondern hatte das Nachbarhaus seinem Königshof gleich mit einverleibt.

Nicht weit von uns entfernt hoben zwei Frauen Fässer von einem Wagen. Eine von ihnen rief nach mir und wollte wissen, ob ich ihnen zur Hand gehen könne. Ich ließ mich nicht lange bitten, hievte mit ihnen die schweren Behältnisse vom Wagen und rollte sie in einen hölzernen Schuppen. Danach bat ich die beiden um eine Auskunft und fragte, an wen ich mich wenden müsse, wenn jemand am Königshof eine Anstellung finden wolle. Die Ältere der beiden verriet mir, dass ich Bernt von Zwolle aufsuchen solle, den Küchenmeister, der dem größten Teil des Gesindes vorstand.

Ich dankte den Frauen und machte mich mit Jasmin auf den Weg in die Küche. Zwischen all den Dienstmägden und Pagen, die hier geschäftig auf und ab liefen und dabei Töpfe, Pfannen, Holzscheite und Proviantsäcke verstauten, ließen wir uns von einem der Mädchen den Weg zu Bernt von Zwolle weisen. Der Küchenmeister hielt sich in einem Nebenraum auf, wo er an einem Schreibpult mit dem Federkiel Eintragungen in ein Register vornahm.

»Das ist dein Moment«, raunte ich Jasmin zu und deutete auf den untersetzten Mann, dessen Gesicht von einem mächtigen Doppelkinn umrahmt wurde. »Gewinne ihn für dich.«

Jasmin zog die Bänder vor ihrer Brust noch ein wenig weiter auseinander. Ich gab ihr einen kleinen Stoß und drängte sie in die angrenzende Kammer. Da es hier keine Tür gab, konnte ich das Geschehen aus angemessener Entfernung im Auge behalten. Ich verstand zwar kein Wort ihrer Unterhaltung, stellte aber fest, dass Jasmin bei dieser Charade eine unerwartet gute Figur machte. Ihr mürrischer Gesichtsausdruck hatte von einem Moment zum anderen einem koketten Lächeln Platz gemacht. Sie bewegte sich anmutig auf den Küchenmeister zu und drückte verführerisch ihre Brust vor, als sie vor ihm stand. Das alles wirkte aber nicht plump und anbiedernd, sondern galant und verspielt.

Mich hätte Jasmin in diesem Augenblick ohne weiteres bezaubert und in den Bann gezogen. Bernt von Zwolle schenkte ihr jedoch nur einen kurzen Blick und nahm anscheinend ohne großes Interesse ihr Anliegen entgegen. Dann stellte er wohl mehrere kurze Fragen, auf die Jasmin jeweils mit einem Nicken oder kurzen Antworten reagierte. Schließlich trottete sie zurück und berichtete mir zerknirscht: »Er hat keine Verwendung für mich.«

»Verdammt«, knurrte ich. »Ich wäre jede Wette eingegangen, dass selbst ein halb erblindeter Greis dir eine Anstellung gegeben hätte. Worüber hat er denn mit dir gesprochen?«

»Er hat sich nach meinen Erfahrungen erkundigt. Ob ich ein Huhn schlachten kann und mich mit den verschiedenen Gewürzen auskenne, ob ich bereits unter Herrschaften von hohem Stand gedient hätte und ob ich mich mit der Verwendung von Seife auskenne.«

»Und was hast du ihm geantwortet?«

»Ich habe natürlich gelogen und mich in das beste Licht gestellt, aber er hat mich trotzdem fortgeschickt.« Sie zog die Bänder an ihrem Ausschnitt zusammen. »Auch das war ohne Nutzen. Der Kerl hat meine Brüste ignoriert, als seien sie nur faule Äpfel.«

»Die hohe Moral der Täufer«, seufzte ich, doch dann verkniff ich mir jede weitere Bemerkung, denn der Küchenmeister Bernt von Zwolle hatte zu meiner Überraschung das Schreibpult verlassen und trat auf uns zu. Er musterte mich mit einem abschätzenden Blick, den ich nicht so recht zu deuten wusste, und fragte: »Bist du der Ehemann dieser Frau?«

»Das bin ich«, bestätigte ich.

Er machte noch einen kleinen Schritt auf mich zu und stand so nah vor mir, dass es mir fast ein wenig unangenehm war. Jasmin hingegen beachtete er nicht mehr als die Luft um ihn herum.

»Suchst du nach einer Aufgabe?«, wollte er wissen.

Ich nickte. »Hättet Ihr eine anzubieten?«

»Eine kräftige Hand kann ich in meiner Küche immer gebrauchen.«

»Es wäre mir eine Ehre, unserem neuen König zu dienen. Einen Platz zum Schlafen und gelegentliche Mahlzeiten wären mir dafür Lohn genug.«

»Das sollst du bekommen.«

Ich zog Jasmin zu mir heran. »Ich möchte Euch bitten, auch mein Weib in den Dienst zu nehmen. Sie ist durchaus geschickt in der Erledigung häuslicher Pflichten.«

Bernt von Zwolle rümpfte die Nase. »Noch eine Dienstmagd? Dafür gibt es hier keine Verwendung.«

Mich beschlich inzwischen eine Ahnung, warum dieser Küchenmeister so erpicht darauf war, dass ich und nicht Jasmin in dieser Küche arbeiten sollte, und darum ließ ich mich zu einer Geste hinreißen, die nicht ungefährlich wäre, wenn ich mich irren sollte.

Wie beiläufig strich ich mit meiner Hand über den Arm des Küchenmeisters, schenkte ihm ein Lächeln und sagte: »Es wäre mir sehr wichtig.«

Er atmete bei dieser Berührung angespannt ein, und ich hoffte, dass er mir für die Anzüglichkeit nicht im nächsten Moment eine Ohrfeige verpassen und mich hinauswerfen würde. Doch meine Vermutung hatte sich bestätigt. Bernt von Zwolle räusperte sich und erwiderte: »Also gut. Aber sie wird nicht hier beschäftigt sein.«

»Wo dann?«

»Ich werde sie Peter Symesen empfehlen, dem Küchenmeister am Hof der Königsfrauen.«

»Die Königsfrauen haben einen eigenen Hof?«

Er nickte. »Königin Divara und die anderen Frauen des Königs sind in der ehemaligen Domprobstei untergebracht. Der König lässt eine Pforte in die Mauer bauen, um die beiden Grundstücke miteinander zu verbinden. Deine Frau würde sich also weiterhin in der Nähe aufhalten, und ihr würdet ein gemeinsames Nachtlager in der Gesindekammer beziehen.«

»Das klingt nach einer guten Lösung.«

Er schaute mir noch einmal tief in die Augen und sagte dann: »Gut. Meldet euch morgen früh hier bei mir. Dann sehen wir weiter.«

Jasmin und ich verließen den Königshof. Auf der Straße angekommen, blieb mir Jasmins auffälliges Schmunzeln nicht verborgen.

»Was?«, fragte ich.

»Für einen Moment hatte ich befürchtet, er würde dir um den Hals fallen und dich küssen.« Sie gluckste.

»Das findest du lustig?«

»Immerhin hast du ihn ermutigt.«

»Weil es nötig war«, verteidigte ich mich. »Er wird mir schon nicht zu nahe kommen. Würde er seine Gelüste offen zeigen, könnte das sein Todesurteil bedeuten. Das zwingt ihn dazu, seine Finger bei sich zu behalten. Und wir haben erreicht, was wir wollten.«

»Das haben wir«, sagte Jasmin. Sie kicherte hämisch. »Und sollte er seine Hände doch nach dir ausstrecken, wird es ein notwendiges Opfer sein.«

KAPITEL 21

Nach unserer Rückkehr in die Neubrückenstraße verlor Jasmin keine Zeit, den Gefährten ausführlich unsere Begegnung mit dem Küchenmeister zu schildern. Für meinen Geschmack geriet ihr Bericht etwas zu farbig. Ihren Worten nach war Bernt von Zwolle vom ersten Moment an in mich vernarrt gewesen, und zudem behauptete sie, dass ihr eine deutliche Beule in der Hose des Küchenmeisters aufgefallen war, nachdem er sich in meine Nähe begeben hatte. Natürlich zog das reichlich Spott nach sich. Unter anderem spekulierte Reynold, ob es der Küchenmeister zur Bedingung gemacht habe, dass ich von nun an in seinem Bett schlafen müsse.

Doch Späße auf meine Kosten ließen mich kalt. Warum sollte ich mich darüber ärgern? Von Zwolles unerwartete Zuneigung verschaffte mir und vor allem Jasmin die Gelegenheit, in Amalias Nähe zu gelangen. Durch ihn hatten wir erfahren, dass die Frauen des Königs einen eigenen Hof unterhielten, und wenn der Küchenmeister tatsächlich dafür sorgte, dass Jasmin dort als Dienstmädchen beschäftigt wurde, durfte er mich für diese wichtige Gefälligkeit gerne anstarren und sich in seinen Phantasien verlieren – solange er nur seine Finger bei sich behielt.

Meine Laune wurde noch besser, als Cort und Reynold ebenfalls erfreuliche Nachrichten vorweisen konnten.

»Wir sind in der Nähe des Bispingtores auf die Ochsenhirten getroffen, die mit ihrer Herde durch das Tor auf die Wiesen vor die Stadt zogen«, berichtete Reynold. »Die vier Männer waren allesamt mit Armbrüsten bewaffnet, um die Tiere gegen einen Überfall der Bischöflichen zu schützen. Eigentlich wollten wir die Herde nur aus sicherer Entfernung betrachten, aber plötzlich brach eines der Tiere aus und stürmte genau auf uns zu.«

»Und was geschah dann?«, wollte ich wissen.

Reynold deutete auf Cort. »Ich bin so schnell wie möglich auf allen vieren unter einen Karren gekrochen. Cort hingegen stand da wie eine Säule, und als der Ochse auf ihn zulief, hat er ihn bei den Hörnern gepackt. Das Tier war kräftig, aber Cort hat ihn dennoch zu Boden gerungen.«

Cort nickte. »Diese Tat hat mir den Respekt der Hirten eingebracht. Die schüttelten mir anerkennend die Hände und luden Reynold und mich zu einem Umtrunk ein, den wir natürlich nicht abgelehnt haben.«

»Die Kerle erwiesen sich als äußerst redselig«, sagte Reynold. »Wir erfuhren, dass die Ochsen an jedem Tag um die Mittagszeit auf die Wiesen getrieben und etwa zwei Stunden später zurück in die Stadt gebracht werden. Dann betranken wir uns, und Cort unterbreitete in dieser weinseligen Stimmung den Vorschlag, dass wir die Hirten fortan bei ihrer Aufgabe unterstützen könnten.«

»Haben die zugestimmt?«, fragte ich.

»Natürlich«, antwortete Cort. »Die schüttelten mir die Hände, dankten mir noch einmal für meine Heldentat und sagten, sie würden sich darauf freuen, uns schon morgen in unsere Aufgaben einweisen zu dürfen.«

»Ich hoffe nur, die lassen uns nicht in den Ställen den Mist schaufeln«, murrte Reynold.

»Und wenn schon«, sagte ich zufrieden. »Wir sind am heutigen Tag unserem Ziel ein gutes Stück näher gekommen. So langsam glaube ich daran, dass Everhard Clunsevoet seine Tochter tatsächlich bald in die Arme schließen kann.«

Bis dahin lag allerdings noch viel Arbeit vor uns, und so machte ich mich mit Jasmin in der Frühe des nächsten Tages erneut auf zum königlichen Hof, wo mich Bernt von Zwolle herzlich in der weiträumigen Küche begrüßte. Jasmin wurde mit einem sparsamen Nicken bedacht. Immerhin drückte er ihr aber das versprochene Empfehlungsschreiben an den Küchenmeister Peter Symesen in die Hand und schickte sie mit einem Handwedeln an den Hof der Königsfrauen.

219

Bernt von Zwolle nahm sich die Zeit, mich persönlich in die Räumlichkeiten einzuweisen. Er führte mich in der Küche herum, in der sich drei Kochstellen und mehrere große Tische befanden. Rund ein Dutzend Frauen verrichtete hier seine Arbeit. Ich folgte dem Küchenmeister auf den Hof zu den Viehställen, zur Abfallgrube, in die Speisekammer und in einen weitgestreckten Saal, in dem die Speisen eingenommen werden würden, wenn der König Gesellschaft um sich herum versammelte. Und das, so verkündete von Zwolle, würde gewiss an nahezu jedem Abend geschehen. Zu guter Letzt betraten wir die Gesindekammer. An der hinteren Wand wies mir von Zwolle eine nicht allzu breite Strohmatratze zu, die mir und Jasmin als Schlafplatz genügen musste. Von der Decke hing ein Leinentuch, das wir als Vorhang benutzen konnten, um in diesem Raum, in dem gewiss noch an die zwanzig weitere Bedienstete ihre Nächte verbringen würden, zumindest ein wenig ungestört sein zu können.

Auch wenn mir der Küchenmeister sehr zugetan war, schonte er mich nicht bei der Verteilung der Arbeitspflichten.

Bereits an meinem ersten Tag trug mir Bernt von Zwolle auf, einen mannshohen Stapel Holz zu hacken. Nach dieser Schufterei schickte er mich mit einem anderen Burschen und einer Karrette zum

Prinzipalmarkt, von wo wir zwölf große Bierfässer zum Königshof schaffen sollten. Da auf der Karre nur ein Fass Platz fand, waren wir bis zum Abend damit beschäftigt, die schweren Behälter im Keller des Königshofes unterzubringen.

Nachdem diese Aufgabe erledigt war, schmerzten meine Hände und Arme. Ich tröstete mich mit dem Wissen, dass ich diese Arbeiten nur verrichten würde, bis wir dazu in der Lage waren, Amalia in unsere Gewalt zu bringen.

An diesem Tag erreichten mich noch zwei gute Nachrichten. Der Küchenmeister kam zu mir und teilte mir mit, dass Jasmin vom Küchenmeister Symesen am Hof der Königsfrauen in den Dienst genommen worden war.

Zudem lobte Bernt von Zwolle meinen Fleiß und schickte mich zur Abendmahlzeit in die Küche. Nach dieser Stärkung zog ich mich in die Gesindekammer zurück, wo zur selben Zeit auch Jasmin eintraf. Sie berichtete mir, dass sie den ganzen Tag über die Holzböden in den Kammern der Königsfrauen geschrubbt hatte und nun nur noch schlafen wolle.

Auf meine Frage nach Amalia entgegnete sie mir, dass die Königsfrauen sich die meiste Zeit über im Hauptsaal aufgehalten hätten. Amalia war sie nur kurz begegnet, als diese am Abend mit einigen anderen Frauen an ihr vorbeigetreten war und sich in ihre

Kammer zurückgezogen hatte. Zumindest hatte Jasmin so in Erfahrung bringen können, in welchem Zimmer Amalia ihre Nachtruhe verbrachte.

Ich verzichtete darauf, Jasmin weiter auszufragen, denn wir waren beide geschafft und müde. So ließen wir uns also auf der Matratze nieder, zogen den Vorhang zurecht und fielen trotz mehrfacher Schnarchlaute, dumpfer Flatulenzen und flüsternder Stimmen um uns herum innerhalb weniger Augenblicke in einen tiefen Schlaf.

Am nächsten Morgen lief ich zum ersten Mal dem König Jan Bockelson über den Weg. Es geschah kurz nach dem gemeinschaftlichen Gebet, das an diesem Tag der Kredenzmeister Gert Ribbenbrock vor dem versammelten Gesinde gesprochen hatte. Als danach jeder an seine Arbeit ging, folgte ich Bernt von Zwolle und zwei Mägden in den großen Saal. In dem Moment, als wir dort eintrafen, wurde an der gegenüberliegenden Seite eine Tür aufgestoßen, und der König eilte an uns vorbei, gefolgt von dem humpelnden Propheten Dusentschur und mehreren Pagen. Neben mir verneigte sich der Küchenmeister tief, und die Mägde gingen bereits mit ebenfalls gesenktem Haupt in die Knie.

Ich selbst war in diesem Moment so überrascht, dass ich dem König verwundert mit meinem Blick folgte. Im ersten Moment hatte ich ihn auch gar nicht erkannt, denn Bockelson, den ich zuvor nur in seinem schlichten Gewand zu Gesicht bekommen hatte, war nun mit einem Hemd aus feinster Spitze sowie einem grau-roten, mit Perlen und Edelsteinen bestickten, samtenen Wams bekleidet.

Während er an mir vorübertrat, erwiderte er kurz meinen Blick. Dann hatte uns die Gruppe auch schon passiert und verließ den Saal durch die Tür auf der anderen Seite.

Der Küchenmeister stieß mir daraufhin unsanft in die Seite. »Zeige gefälligst mehr Respekt vor unserem König, du Tölpel!«, zischte er. »Was fällt dir ein, ihn auf diese Weise anzustarren?«

»Wenn er seine Predigten hält, wird er doch die ganze Zeit über angestarrt«, erwiderte ich, sah aber ein, dass Bernt von Zwolle recht hatte. Es würde mir nicht von Nutzen sein, unnötige Aufmerksamkeit auf mich zu ziehen.

Meine Aufgabe an diesem Tag bestand darin, die hinter einem halbhohen Bretterzaun verborgene Senkgrube abzutragen und den übelriechenden Unrat mit einer Karre zu einem Acker zu schieben und dort auszuleeren. Ich war niemals allzu empfindlich gewesen, was derart strenge Gerüche anging, aber während ich die Exkremente schaufelte, musste ich ständig an den Tag denken, an dem Cort mich beinahe in eine ähnliche Grube getaucht hatte. Und das war weiß Gott keine angenehme Erinnerung.

In der Nähe der Grube befand sich der Mauerdurchbruch zum Hof der Königsfrauen. Bevor ich mich mit der vierten Fuhre aufmachte, legte ich eine kurze Pause ein, stellte mich an die neuerrichtete Pforte und nahm das dahinterliegende Anwesen genauer in Augenschein. Wie ich erfahren hatte, handelte es sich um die frühere Propstei. Das Gebäude war etwas kleiner als die Kurie, die Jan Bockelson bewohnte, und auch nicht so prächtig herausgeputzt wie die Königsresidenz. Ich machte auf dem Hofplatz nur einige Hellebardenträger und Pagen aus. Im Großen und Ganzen schien es am Hof der Königsfrauen recht ruhig zuzugehen.

Jasmin trat aus einer Hintertür und sah mich. Sie trug in jeder Hand einen Holzeimer, die sie so weit wie möglich von sich fortstreckte. Mit angewiderter Miene leerte sie die Eimer in der Senkgrube der ehemaligen Propstei aus. Dann kam sie auf mich zu, betrachtete abschätzig die Karre und die Grube, an der ich meine Arbeit verrichtete, und sagte: »Sind wir beide also in der Scheiße gelandet.«

»So sieht es aus«, erwiderte ich.

Jasmin brummte ungehalten. »Mein Tag besteht nur mehr aus Plackerei, Gebeten und Predigten. Wie lange soll ich das noch aushalten?«

»Bring so viel wie möglich über Amalia in Erfahrung. Wo hält sie sich die meiste Zeit auf? Wer ist in ihrer Nähe? Wann und wo ist sie allein? Wenn wir darüber Gewissheit haben, kann ich einen Plan entwickeln, wie wir sie unbemerkt in unsere Gewalt bringen.«

Jasmin deutete auf meine Schaufel. »Schlag ihr die über den Schädel, leg sie dir über die Schulter und trag sie davon. Dann hat sich das alles hier erledigt.« Nach diesem wenig hilfreichen Vorschlag drehte sie sich um und stapfte zurück in das Gebäude.

Ich schob noch weitere sechs mit Exkrementen beladene Karren außer Reichweite der empfindlichen königlichen Nase, betrachtete daraufhin zufrieden die geleerte Grube und ging zum Brunnen. Hier legte ich mein Hemd ab und wusch meinen Oberkörper, an dem der Gestank regelrecht zu kleben schien.

»Du warst sehr fleißig, Emanuel«, rief plötzlich jemand hinter mir. Ich wandte mich um und sah Bernt von Zwolle, der mir einen Krug und eine Schale mit Apfelscheiben brachte. Er setzte sich auf eine Steinbank und winkte mich zu sich. Ich fragte mich, ob er mich wohl schon längere Zeit hier am Brunnen beobachtet hatte. Da ich nicht unhöflich sein wollte, setzte ich mich neben ihn. Er reichte mir die Apfelscheiben und bot mir einen Schluck Wein an. Während ich aß, blieben seine Augen auf mich gerichtet.

225

In seinem Blick erkannte ich eine verhaltene Begierde. Fast unmerklich rückte von Zwolle noch näher an mich heran, so dass sich unsere Arme berührten. Ich empfand seine Aufdringlichkeit als unangenehm, aber anstatt mich fortzusetzen, lächelte ich nur verlegen und gab Bernt von Zwolle damit das Gefühl, dass mir seine Annäherung gefiel. Was hatte ich schon von ihm zu befürchten? Ich glaubte nicht daran, dass er mir jemals ernsthaft zu Leibe rücken würde, denn damit würde er womöglich die Aufmerksamkeit der sittenstrengen Prädikanten auf sich ziehen.

In gewisser Weise bedauerte ich diesen Mann sogar, da er hin- und hergerissen sein musste zwischen seinem Glauben an die Täuferlehre und seiner heimlichen Zuneigung zum gleichen Geschlecht. Wie sehr mochte ihn dieser Konflikt belasten?

Der Küchenmeister nahm mir den Becher ab, trank ebenfalls daraus und fragte mich, ob Jasmin meine einzige Frau sei. Er zeigte sich äußerst erstaunt, als ich ihm das bestätigte. Von Zwolle verriet mir, dass er mit drei Frauen die Ehe geschlossen hatte. Zwei von ihnen verrichteten hier am königlichen Hof als Mägde ihren Dienst. Die dritte, die er eigentlich nicht leiden konnte, hatte er an den Hof der Königsfrauen abgeschoben, damit er sie nicht so häufig zu Gesicht bekam.

Er plauderte mit mir noch eine Weile über belang-
lose Dinge. Dann erhob er sich abrupt und ging davon. Ich blieb noch kurz auf der Bank sitzen, streifte
mir mein Hemd wieder über und trank den restlichen Wein aus. Schließlich begab ich mich in den
Gemeinschaftsraum, wo ich die Abendmahlzeit mit
den übrigen Bediensteten einnahm.

Nach einem weiteren Gebet und der Anordnung
des Küchenmeisters, dass wir uns alle am morgigen
Gerichtstag auf dem Domplatz versammeln sollten,
zog ich mich auf mein Lager in der Gesindekammer
zurück. Obwohl ich auch an diesem Tag hart gearbeitet hatte, fiel es mir schwer, in den Schlaf zu finden. So war ich noch wach, als etwa eine Stunde darauf Jasmin hinter den Vorhang trat, sich bis auf ihr
Unterhemd entkleidete und sich zu mir legte.

»Wie war dein Tag?«, fragte ich sie.

Ihre Antwort war nur ein übellauniges Brummen.

»Konntest du mehr über Amalia erfahren?«, wollte
ich wissen.

»Nein.«

»Du solltest versuchen, ihr Vertrauen zu gewinnen.
Finde eine Gelegenheit, sie anzusprechen und ihr
vielleicht einen besonderen Dienst zu erweisen. Sorge
dafür, dass sie dich mag.«

Jasmin richtete sich auf und antwortete gereizt:
»Ich würde ja mit Amalia vertrauter werden, wenn

ich die Zeit dazu hätte. Aber die eine Hälfte des Tages habe ich damit verbracht, Hühner zu rupfen, und in den übrigen Stunden habe ich schmutzige Töpfe gescheuert. Diese Aufgabe erwartet mich morgen erneut.« Mit einem Seufzen legte sie sich auf die Seite und ließ es zu, dass ich meinen Arm um ihre Hüfte legte. Auf eine weitere Annäherung verzichtete ich aber, da ich ihre Anspannung spürte und keinen Streit provozieren wollte.

»Du wirst gewiss noch Gelegenheit bekommen, mehr über Amalia herauszufinden«, sagte ich. Jasmin erwiderte nur ein Schulterzucken. Ich schwieg daraufhin, genoss die Wärme ihres Körpers und versuchte, in den Schlaf zu finden.

KAPITEL 22

Am Berg Zion auf dem Domplatz wurde in jeder Woche an mehreren Tagen das Recht gesprochen. Jan Bockelson trat dort als Richter auf und fällte seine Urteile über die Klagen, die sein Volk vorbrachte.

An diesem Tag würde Bockelson dem Gericht zum ersten Mal als König vorstehen, und der kurze Weg, den er von seinem Hof bis zum Domplatz zurücklegte, wurde von einem prächtigen Aufzug begleitet, der einen glauben machen konnte, hier reite tatsächlich ein Mann durch die Straßen, der über die ganze Welt herrschte.

Die Parade wurde von Zinken- und Trompetenbläsern angeführt, die mit ihren Fanfaren das Ereignis lautstark ankündigten. Ihnen folgten vier Gardisten, deren Helme mit wallenden Federbüschen geschmückt waren, sowie mehrere herausgeputzte Würdenträger und der alte Hofmeister, der bei jedem Schritt mit einem langen weißen Stab auf den Boden pochte. Dahinter ritt der König auf seinem Paradepferd, geschmückt mit seiner goldenen Krone und goldenem Zepter, goldenen Ringen und goldenen Sporen. Weitere Würdenträger schlossen sich an, und wohl mehr als zwanzig Gefolgsmänner flankierten den Zug und hielten zu beiden Seiten die herandrängende Menge zurück.

Zusammen mit dem Gesinde des Hofstaats begab auch ich mich zum Domplatz. Dort war gegenüber der Stadtwaage auf einem mit purpurnen Teppichen geschmückten Podest ein mit Seide beschlagener Stuhl aufgestellt, auf dem der König nun wie auf einem Thron Platz nahm, um das Gericht abzuhalten.

Ich zwängte mich durch die dichte Masse an Leibern nach vorne, bis ich eine der ersten Reihen erreichte. Hier befand ich mich direkt vor der Plattform, auf der mehrere Prädikanten und Würdenträger

Platz genommen hatten. Auch die Königsfrauen, die sich unter den Arkaden eines gegenüberliegenden Hauses versammelt hatten, konnte ich gut im Blick behalten. Unter Bockelsons sechzehn Ehefrauen stach ein Weib hervor, das ebenfalls auf einem mit edlen Stoffen überzogenen Stuhl thronte. Ich nahm an, dass es sich bei ihr um Divara handelte, die frühere Gefährtin des Jan Matthys, die von Bockelson zu seiner Königin erhoben worden war. Die übrigen Frauen hockten neben ihr auf seidenen Kissen und verfolgten das Gericht, das in diesem Moment eröffnet wurde.

Anscheinend traten hier zumeist streitende Eheleute vor den Richter. Zunächst klagte ein Ehemann seine Frau an, sich ihm gegenüber frech und widerspenstig verhalten zu haben. Ein anderer Kerl empörte sich darüber, dass sein Weib ihm hin und wieder den Vollzug der ehelichen Pflichten verweigert habe. Beide Frauen erhielten unter Androhung der Todesstrafe strenge Ermahnungen.

Schlechter erging es einer Frau, die das Gesetz der Vielehe gebrochen hatte, indem sie zwei Männer geheiratet hatte. Da dies ein Vorrecht der Männer war, verurteilte Bockelson sie zum Tode. Sofort darauf wurde sie auf das Podest des einäugigen Scharfrichters geführt und enthauptet.

Das Schicksal der Frau rührte mich. Ich fragte

mich, ob Bockelson mit derart harter Hand vorging, weil er versuchte, die übrigen Frauen einzuschüchtern. Wenn ich mich umblickte, wurde mir wieder einmal bewusst, dass die Zahl der Weiber die der Männer mindestens um das Vierfache überstieg. Fürchtete der Täuferkönig womöglich einen Aufstand der Frauen? Hatte er sie deshalb in die Ehebündnisse gezwungen, in denen sie ihren Männern zu gehorchen hatten? Mir kamen die Münsteraner Frauen in den Sinn, die auf den Stadtmauern die bischöflichen Truppen in furioser Entschlossenheit zurückgeschlagen hatten und den Männern bei der Verteidigung ihrer Stadt in nichts nachgestanden hatten. Dies also war der Lohn für ihre Aufopferung.

Nach der Hinrichtung war der Gerichtstag beendet, und die Menge löste sich rasch auf. Auch ich kehrte zum Königshof zurück. In meinem Magen hatte sich ein flaues Gefühl ausgebreitet. Die Enthauptung dieser Frau hatte mir noch einmal mit Nachdruck vor Augen geführt, welchen Gefahren ich hier unter den Täufern ausgesetzt war. Ein falsches Wort konnte der Anlass dafür sein, dass meine Lügengeschichte in sich zusammenbrach und auch ich die Bekanntschaft mit dem Schwert des Henkers machen würde.

In der Küche des Königshofes fand ich dann aber keine Zeit mehr, mir weiter sorgenvoll den Kopf zu zerbrechen. Jan Bockelson hatte die Prädikanten und Würdenträger sowie seine Ehefrauen an die große Tafel im Hauptsaal geladen. Bernt von Zwolle ließ zu diesem Anlass ein opulentes Mahl vorbereiten. Nachdem ich Holz für die Herdfeuer herangeschafft und aus einem der Nebengebäude ein Fass Wein in die Küche gerollt hatte, wies mich von Zwolle an, die Speisen aufzutragen. Ich schleppte also große Platten mit Kalbs- und Gänsebraten, Pasteten, Kuchen und Käse sowie Latwerge und Konfekt in den großen Saal und warf verstohlen ein Auge auf die etwa sechzig Personen, die sich an der Tafel versammelt hatten. Den Mittelpunkt der Tafel bildete natürlich der König, neben dem der Prophet Dusentschur und die Königin Divara Platz genommen hatten. Die Prädikanten und Stadtoberen scharten sich in deren Nähe zusammen, während die übrigen Ehefrauen des Königs ein wenig abseits saßen.

Ich machte Amalia unter den Frauen aus. Sie schien nicht allzu viel Appetit zu haben und spielte recht gelangweilt mit einem Knochen zwischen ihren Fingern. Dummerweise hatte sie wohl bemerkt, dass ich sie zu lange angestarrt hatte, und blickte mir plötzlich direkt ins Gesicht. Verlegen wandte ich mich ab, um weitere Aufmerksamkeit zu vermeiden.

Als alles an seinem Platz war und nur noch die Mundschenke mit ihren großen Krügen um die Tafel eilten, zog ich mich in den hinteren Teil des Saales zurück und verfolgte das Geschehen. Von einer der älteren Mägde ließ ich mir im Flüsterton erklären, um welche Würdenträger es sich handelte, die sich dort an der Tafel versammelt hatten. So konnte ich bald darauf namentlich bekannten Männern wie dem Worthalter Bernhard Rothmann, dem Hofmeister Hermann Tilbeck, dem Statthalter Bernhard Knipperdolling sowie dem Kanzler Heinrich Krechting endlich Gesichter zuordnen.

Die ganze Zeit über wurde an der Tafel geschwafelt. Dann hielt Bernhard Rothmann eine lange Rede. Rothmann war es ja gewesen, der den entscheidenden Anstoß für die Ausbreitung der Täuferlehre in Münster gegeben hatte. Nun predigte er ausschweifend über die Ausrottung der Ungerechtigkeit und Sünde und die Aufgaben der erwählten Gemeinde, die von dieser heiligen Stadt aus zum Vorbild für eine bessere Welt werden würde.

Ich musste alsbald ein Gähnen unterdrücken und war erleichtert, als er endlich zum Ende kam und sich setzte. Anschließend erhob sich Johann Dusentschur, blickte ernst auf den König und ließ seine Augen über die gesamte Runde schweifen, bevor er mit seiner Verkündigung begann. Er wirkte recht angespannt und verhaspelte sich bei seinen ersten Sätzen, doch dann versuchte er diese Unsicherheit mit ausgreifenden

Gesten und einer schärferen Betonung seiner Worte wettzumachen, was mich unweigerlich amüsierte, da ich an Reynolds gelungene Nachahmung dieser Schmierenkomödie erinnert wurde.

Dusentschur berichtete davon, dass der allmächtige Vater ihm in einer weiteren Offenbarung mitgeteilt habe, dass er den bei Männern wie Frauen überflüssigen Verbrauch von Speisen und Kleidern verdamme. Er hatte ihm außerdem noch einige wichtige Einzelheiten anvertraut, die besagten, dass ein jeder Mann fortan nur noch zwei Mäntel, zwei Paar Hosen, zwei Wämser und drei Hemden sein eigen nennen solle. Eine Frau hingegen solle sich auf einen Rock, einen Pelz, zwei Kragen, zwei Paar Socken und vier Hemden beschränken. Zudem würde für eine Bettstatt der Besitz von vier Laken ausreichen.

Ich lauschte staunend dieser Aufzählung und fragte mich, ob der Prophet Dusentschur eilig zu Tinte und Federkiel gegriffen hatte, als der Allmächtige ihm diese Liste mit auf den Weg gegeben hatte. Zudem machte Dusentschurs Verkündigung den Eindruck, als habe er den gesamten Text auswendig gelernt und hier mit Mühe wiederholt.

Dusentschur beendete seinen Vortrag, und einen Moment lang herrschte Schweigen im ganzen Saal. Dann ergriff Jan Bockelson das Wort und erklärte, wie glücklich er sei, dass Gott seinen Willen durch

234

diesen Propheten kundtat und dass die Worte des Allmächtigen einem Gesetz gleichkamen. Er selbst wolle dafür Sorge tragen, dass der überflüssige Besitz der Bürger zusammengetragen und dem Gemeinwohl übergeben werde.

Die Entgegnung des Königs weckte mein Misstrauen. Ich hatte ihn während der Verkündigung des Propheten beobachtet, und er hatte auf mich nicht einen Moment lang überrascht gewirkt. Meine Vermutung war es, dass hier im Grunde sein eigener Wille kundgetan wurde und dass er den humpelnden Goldschmied Dusentschur nur als sein Sprachrohr benutzte, wenn es galt, der Täufergemeinde weitere Opfer abzuverlangen.

Abgesehen von Divara wurden die anderen Königsfrauen bald darauf zurück in ihre Gemächer geschickt. Ich schaute Amalia kurz nach, als sie den Saal verließ, dann stieß mich der Küchenmeister an und machte mich darauf aufmerksam, dass mein Dienst an diesem Tag noch nicht beendet war. Während einer der Prädikanten mit kräftiger Stimme einen Text aus der Heiligen Schrift las, stellte ich Bierkrüge auf der Tafel ab und brachte die leeren Platten zurück in die Küche.

Hier vernahm ich, wie Bernt von Zwolle einen Küchenjungen anwies, zum Hof der Königsfrauen zu laufen, um von dort zwei Rinderherzen abzuholen, die für die morgige Mittagsmahlzeit des Königs vorgesehen waren.

Als der Junge an mir vorbeilaufen wollte, hielt ich ihn am Arm fest und fragte den Küchenmeister: »Erlaubt Ihr mir, diesen Auftrag auszuführen?«

Von Zwolle runzelte die Stirn. »Du? Warum?«

»Es käme mir gelegen. Ich möchte kurz mit meiner Ehefrau sprechen.«

Von Zwolle rümpfte die Nase, schickte mich aber mit einem Handwedeln auf den Weg und ermahnte mich: »Halte dich dort nicht zu lange auf. Ich brauche dich hier noch.«

Ein wenig würde er wohl auf mich warten müssen, dachte ich bei mir, als ich auf den Hinterhof trat. Diese Gelegenheit, Amalias Unterkunft endlich mit eigenen Augen zu erkunden, war zu verlockend, als dass ich sie ungenutzt lassen durfte. Wenn Jasmin nicht in der Lage war, die nötigen Informationen über Amalia zu beschaffen, musste ich mir selbst ein Bild von den Räumlichkeiten am Hof der Königsfrauen machen. Ich trat durch die Pforte auf den Hofplatz der ehemaligen Propstei, der von einem halbhohen Zaun umgeben war. Hier nahm ich das Anwesen genauer in Augenschein. In Richtung des Domes gelegen gab es ein breites Tor, das – zumindest im Moment – nicht bewacht wurde. Auch der Vordereingang des Gebäudes blieb weitgehend ungeschützt,

236

wenn man von zwei Hellebardieren absah, die einige Schritte abseits an einem Baum lehnten und miteinander angeregt schwatzten. Alles in allem machte mir das Mut. Ich hatte erwartet, dass der Hof der Königsfrauen gewissenhafter geschützt würde. Doch anscheinend glaubte niemand, dass sich die Eheweiber des Bockelson in Gefahr befanden.

In einem Nebengebäude zerlegten mehrere Männer zwei vor kurzem geschlachtete Rinder in ihre Einzelteile. Ich trat auf einen von ihnen zu, erklärte, wer mich geschickt hatte, und fragte nach den Herzen. Der Mann wies mich an, die Küche aufzusuchen, da sämtliche Innereien kurz zuvor dort hingeschafft worden waren.

Durch eine Seitentür gelangte ich in das Gebäude und betrat die Küche, in der ein Dutzend Frauen ihre Dienste verrichtete, darunter auch Jasmin, die damit beschäftigt war, mit einer Bürste den Schmutz aus einem großen Topf zu scheuern. Sie schaute mich fragend an, also ging ich zu ihr und erklärte: »Ich soll zwei Rinderherzen abholen. Wo finde ich den Küchenmeister Symesen?«

»Dort.« Sie deutete auf einen blonden Mann, der mit einer der Mägde redete.

Ich beugte mich näher zu ihr und fragte im Flüsterton: »Wo befinden sich die Gemächer der Königsfrauen?«

»Was hast du vor?«, raunte sie.

»Ich denke, ich werde auf dem Weg zurück kurz die Orientierung verlieren und mich verlaufen.«

»Damit würdest du unnötige Aufmerksamkeit auf dich ziehen.«

»Unsinn«, erwiderte ich. »Ich werde so unauffällig bleiben wie ein lauer Windhauch. Also, wo finde ich Amalias Kammer?«

»Was willst du dort? In ihre Kleidertruhe schauen?«

»Um Gottes willen«, zischte ich. »Natürlich werde ich keinen Fuß in Amalias Zimmer setzen. Womöglich hält sie sich dort gerade auf. Wenn Amalia mich bemerken würde, könnte das ihren Argwohn hervorrufen. Darum bleibe ich unerkannt und dezent im Hintergrund. Aber ich möchte wissen, wo Amalia die meiste Zeit des Tages verbringt.«

Jasmin ließ die Bürste in einen Wassereimer fallen und sagte: »Du musst die Treppe neben dem Hintereingang hinaufsteigen. Im ersten Stock führt ein Korridor an acht Türen vorbei. Das sind die Gemächer der Königsfrauen. Amalia teilt sich ihre Kammer mit einer Frau namens Katharina Averwegs.«

»Die ebenfalls mit dem König verheiratet ist?«

Jasmin nickte. »Ich halte das trotzdem für keine gute Idee.«

»Warum?«

»Weil sich dieser Prädikant, den wir im Torhaus überwältigt haben, am Hof befindet.«

»Ollrich? Bist du dir dessen gewiss?«

»Ich habe keinen Zweifel. Seine Nase hat nach Corts Schlag noch immer die Farbe eines fauligen Apfels. Vor etwa einer Stunde betrat er die Küche und sprach kurz mit Peter Symesen. Ich habe mich rasch abgewandt, damit er mich nicht erkennt. Er ist bald darauf wieder gegangen, aber es ist gut möglich, dass er sich noch immer irgendwo hier aufhält.«

»Ich werde vorsichtig sein«, sagte ich. »Doch diese Gelegenheit muss ich nutzen. Wenn ich mit den Räumlichkeiten vertraut bin, wird es einfacher sein, Amalias Entführung zu planen.«

Jasmin schaute zum Küchenmeister. »Geh endlich. Sonst sorgst du bereits hier für Aufsehen.«

Ich ließ Jasmin also weiterarbeiten, sprach Peter Symesen an und erklärte ihm, dass Bernt von Zwolle mich geschickt hatte, um die Herzen der geschlachteten Rinder zum Königshof zu bringen. Symesen nickte nur und reichte mir eine Holzschüssel, in der die beiden noch dampfenden Rinderherzen lagen. Er deckte das Gefäß mit einem Tuch ab, dann schickte er mich auf den Weg.

Ich begab mich zum Hinterausgang, durchquerte einen Korridor sowie den Speisesaal und prägte mir die Aufteilung der Räume genau ein. Nach ein paar weiteren Schritten sah ich die Treppe, die laut Jasmins Beschreibung zu den Gemächern der Königsfrauen führte. Nach kurzem Zögern stieg ich die Stufen hinauf und erreichte einen Raum, in dem mehrere Kisten aufeinandergestapelt worden waren. Von hier gelangte ich auf den Gang mit den acht Türen, hinter denen sich wohl die Kammern von Amalia und den anderen Frauen befanden.

Als ich mein Ohr an eine der Türen legte, um zu lauschen, ob sich jemand in dem Raum aufhielt, vernahm ich Schritte und eine Stimme am anderen Ende des Korridors. Zwei Männer kamen von dort auf mich zu.

Ich zuckte zusammen, denn ich glaubte die Stimme zu erkennen. Nur kurz schaute ich in die Richtung der sich nähernden Männer, dann wandte ich mich rasch ab, denn ich hatte mich nicht getäuscht. Ausgerechnet der Prädikant Ollrich trat auf mich zu.

Jeden anderen hätte ich mit der Lüge abspeisen können, dass ich mich verlaufen hatte und den Ausgang suchte. Ollrich würde sich jedoch daran erinnern, dass ich vor einigen Tagen aus dem Torhaus geflohen war, und dann würde er mich gefangen setzen lassen. Mir blieb keine Wahl. Ich öffnete die Tür, vor der ich stand, und huschte eilig in die Kammer. Mit wild pochendem Herzen presste ich meinen Rücken gegen die Wand und bewegte mich dabei so ungeschickt, dass das Tuch von der Holzschüssel rutschte. Beinahe wären auch die Rinderherzen auf den Boden gefallen, doch dieses Missgeschick konnte ich gerade noch verhindern.

Nun erst bemerkte ich, dass ich nicht allein in der Kammer war.

Vor einer Anrichte stand Amalia und schaute mich mit großen Augen an. Das heißt, eigentlich fiel ihr Blick zunächst nur auf die dampfenden Innereien. Ihr Hemd war geöffnet und der Oberkörper so weit entblößt, dass ich ihre Brüste sehen konnte. In der Hand hielt sie ein Tuch, das sie in eine Schüssel mit Wasser getaucht hatte.

Einen Moment lang standen wir beide uns wort- und reglos gegenüber. Amalia starrte mich noch immer mit großen Augen an, und erst jetzt löste sie sich aus der Überraschung und zog das Hemd über ihre Brüste.

»Was … was ist das?«, brachte sie nach einem Räuspern hervor.

Es dauerte einen Augenblick, bis ich begriff, dass sie die Herzen meinte. Dann aber krächzte ich: »Das Mittagsmahl des Königs.«

Wieder breitete sich zwischen uns ein unangenehmes Schweigen aus. Amalia trat einen Schritt zurück. In ihrem Gesicht spiegelte sich eine seltsame Mischung aus Furcht und Faszination.

»Ich werde gehen«, sagte ich. Ohne ein weiteres Wort öffnete ich rasch die Tür, lief auf den Korridor und eilte die Treppe hinab. Glücklicherweise begegnete ich dort nicht noch einmal dem Prädikanten Ollrich.

Als ich durch die Hintertür nach draußen lief, fiel mir auf, dass ich vergessen hatte, das Tuch aufzuheben. Ich schaute auf die Rinderherzen, und mir wurde ganz flau im Magen. Mein Vorhaben, dezent im Hintergrund zu bleiben und in Amalias Nähe jede unnötige Aufmerksamkeit zu vermeiden, war mir gründlich misslungen.

Meine Hände zitterten so stark, dass ich die Schüssel um ein Haar fallen ließ. Ich atmete tief ein und aus und versuchte mich zu beruhigen, doch das war kaum möglich, denn nach dieser ungestümen Begegnung mit Amalia fürchtete ich um mein Leben.

KAPITEL 23

In der Nacht fand ich nicht in den Schlaf. Die ungehörige Begegnung mit Amalia in deren Kammer machte mich unruhig und ließ mich furchtsam abwarten, ob man mich für dieses Missgeschick zur Rechenschaft ziehen würde.

Jasmin verschwieg ich den Vorfall. Als wir am Abend

in der Gesindekammer zusammengetroffen waren, hatte ich mich recht wortkarg verhalten. Sie hatte aber wohl meine Anspannung bemerkt, da ich bei jedem Geräusch und jeder lauten Stimme aufgeschreckt war, weil ich befürchtete, dass im nächsten Moment eine Schar Bewaffneter in die Gesindekammer stürzen und mich auf Anweisung des Königs gefangen nehmen würde.

Während Jasmin schon neben mir eingeschlafen war und ich noch immer wach lag, sah ich in Gedanken nur ein Bild vor mir: die halbnackte Amalia, die vor mir stand und auf die dampfenden Rinderherzen starrte, die ich in meinen Händen hielt.

In eine seltsamere Situation hätte ich wohl nicht geraten können. Wahrscheinlich hatte das Mädchen befürchtet, ich würde mich auf sie stürzen, ihr das Hemd vom Leib reißen und mich an ihr vergehen. Je länger ich darüber nachdachte, desto mehr kam es mir wie ein Wunder vor, dass ich noch immer unbehelligt auf diesem Lager ruhen konnte.

Hatte sie mich womöglich gar nicht erkannt? Das konnte ich nicht glauben. Nur wenige Stunden zuvor hatten sich unsere Blicke im Speisesaal des Königs gekreuzt. Wenn Amalia mich ans Messer liefern wollte, würde sie den Wachen mitgeteilt haben, dass ich hier in der Gesindekammer zu finden war.

Alles blieb jedoch ruhig. In den frühen Morgenstunden döste ich sogar kurz ein, wurde jedoch bald darauf von einem lauten Rufen gestört. Der Lärm stammte zu meiner Erleichterung aber lediglich von Bernt von Zwolle, der zu früher Stunde das Gesinde weckte, weil ein Waschtag anstand, der eine Menge Arbeit mit sich brachte.

Ich erhielt den Auftrag, einen großen Zuber mit Wasser zu füllen. Mit einem Eimer ging ich auf den Hof zum Brunnen, drehte an der quietschenden Kurbel, holte den Ledersack hinauf und füllte damit meinen Eimer. Inzwischen war auch die Sonne über den Horizont gestiegen. Durch das Tor zum Hof der Königsfrauen konnte ich erkennen, dass dort auf dem Vorplatz mehrere Frauen spazieren gingen und munter miteinander sprachen. Ich nahm an, dass es sich um Ehefrauen des Königs handelte. Ob sich Amalia unter ihnen aufhielt, fand ich nicht mehr heraus, denn ich wandte mich rasch ab, aus Sorge, Amalia wäre tatsächlich dort und würde auf mich aufmerksam werden.

Dreimal musste ich den Ledersack hinaufbefördern, um den Eimer zu füllen. Ich trug ihn ins Haus und leerte ihn in dem Zuber aus, unter dem bereits ein Feuer entzündet worden war. Das Wasser bedeckte gerade einmal den Boden, und es würde gewiss eine ganze Stunde dauern, bis ich genügend Wasser für die Wäsche herangeschafft hatte.

Als ich nach draußen trat, waren die Königsfrauen nicht mehr zu sehen. Wahrscheinlich hatten sie sich in ihre Gemächer zurückgezogen.

Erleichtert ließ ich den Ledersack in den Brunnen fallen, pfiff leise eine Melodie und ahnte nichts Böses, als ich neben mir eine Bewegung bemerkte. Ich schaute zur Seite und erschrak, denn dort stand Amalia mit verschränkten Armen und musterte mich mit strengem Blick.

»Diesmal war es an mir, dir einen Schreck einzujagen«, sagte sie.

Das hatte sie tatsächlich, und deshalb stand ich verlegen und stumm wie ein Kind nach einem missglückten Streich vor ihr.

»Wie ist dein Name?«, wollte sie wissen.

»Emanuel«, antwortete ich ihr. Warum hätte ich lügen sollen? Das wäre sinnlos gewesen.

Sie wartete einen Moment, doch ihre Augen fixierten mich weiterhin. »Du wirst für deine Anmaßung Rechenschaft ablegen, Emanuel.«

Ich schluckte hart und nickte.

»Kehre nach Sonnenuntergang hier zum Brunnen zurück, aber sprich mit niemandem darüber«, sagte sie. »Dann sehen wir weiter.«

Ohne meine Antwort abzuwarten, drehte sie sich um und ging davon. Ich blieb wie erstarrt, schaute ihr nach und wog ab, ob es das Beste wäre, so schnell wie möglich davonzulaufen und unseren Auftrag für gescheitert zu erklären.

Um ehrlich zu sein: Meine erste Idee nach dieser unerwarteten Begegnung war es tatsächlich, Jasmin aufzusuchen und mit ihr unverzüglich dem Königshof den Rücken zu kehren, um einer möglichen Verhaftung zu entgehen.

Es gab jedoch zwei Gründe, warum ich mich gegen eine Flucht entschied. Zum einen hätten wir damit jede Hoffnung aufgeben müssen, Amalia in unsere Gewalt zu bringen. Man kannte unsere Gesichter, und wir hätten fortan einen weiten Bogen um das ganze Domviertel machen müssen. Hätten wir schnell gehandelt, wäre es uns womöglich gelungen, Münster mit heiler Haut zu verlassen. Doch Everhard Clunsevoet hätte mir Mieke niemals zurückgegeben, solange sich Amalia weiterhin unter den Täufern aufhielt.

Der zweite Grund war meine Neugier. Je länger ich darüber nachdachte, dass Amalia an diesem Abend mit mir am Brunnen zusammentreffen wollte, desto seltsamer kam es mir vor, dass sie allem Anschein nach den Hofmeister nicht über den gestrigen Vorfall unterrichtet hatte. Wenn sie bislang über meinen Lapsus geschwiegen hatte, dann würde sie das vielleicht auch weiterhin tun. Es reizte mich, mehr über Amalias Beweggründe herauszufinden.

Wie sie es verlangt hatte, fand ich mich also nach Sonnenuntergang an der Mauerpforte ein. Amalia ließ mich noch eine Weile warten, dann aber löste sich ein Schatten aus der Dunkelheit, und trotz der Kapuze, die sie sich über den Kopf gezogen hatte, erkannte ich sie sofort.

Amalia hob eine Öllampe an, um mein Gesicht zu betrachten. »Zumindest ist auf dich Verlass«, sagte sie.

»Und nun?«, wollte ich wissen.

Sie deutete mit dem Kopf in eine Richtung. »Folge mir.«

Ich trat mit ihr zu einem Bretterverschlag in der hintersten Hofecke der ehemaligen Propstei. Vom Hauptgebäude her waren dumpfe Stimmen zu hören, aber hier in der Nähe schien sich keine Menschenseele aufzuhalten, was mich beruhigte. Kurz befürchtete ich, dass in dem Verschlag jemand auf uns warten würde, der mir eine kräftige Abreibung verpassen sollte, doch außer einigen Fässern, Kisten und mehreren Gerätschaften war der schmale Raum leer. Amalia wollte also tatsächlich ein Gespräch unter vier Augen führen.

Sie stellte die Lampe auf eines der Fässer, legte ihren Überwurf ab und schaute mich an. Ich konnte ihren Blick nicht deuten. In ihm lag gleichsam Abscheu und Erwartung.

»Warum bin ich hier?«, fragte ich.

»Weil du wissen sollst, dass ich Todesangst ausgestanden habe, als du in meine Kammer gestürzt bist«, sagte sie. »Männer sind wie Bestien, wenn sie von der Lust besessen sind. Man sieht es in ihren Augen. Und wir Frauen sind dieser Gier hilflos ausgeliefert.«

Ich fragte mich, warum sie dann darauf bestanden hatte, dass wir uns hier allein trafen. »Ich war keineswegs besessen, und ich versichere Euch, dass ich es nicht darauf angelegt hatte, Euch zu erschrecken«, verteidigte ich mich. »Es handelte sich um ein Versehen. Ich habe die falsche Tür gewählt.«

Amalia verzog ärgerlich das Gesicht. »Du hast dort gestanden und mich angestarrt. In diesem Moment hast du dir vorgestellt, wie es wäre, mir das Hemd über die Hüfte zu schieben und mich mit Gewalt zu nehmen.«

»Das ist nicht wahr.«

Kaum hatte ich das ausgesprochen, machte Amalia auch schon einen Schritt auf mich zu und ohrfeigte mich. Ich konnte ihren heißen Atem spüren, als sie mir entgegenzischte: »Untersteh dich, mich so frech anzulügen! Auch in diesem Moment denkst du daran, mich zu greifen und mich über eine dieser Kisten zu zwängen.«

Sie kam mir so nah, dass ihre Brüste gegen meine Rippen drückten. Ich war mittlerweile nicht mehr in der Lage, einen klaren Gedanken zu fassen, so sehr hatte sie mich überrumpelt. Eine Mischung aus Verwirrung und Erregung verursachte mir einen Schwindel.

»Ich werde gehen«, sagte ich. »Ihr seid von Sinnen.«

Amalia stellte sich vor die Tür. In ihrer Hand hielt sie einen Schlüssel, mit dem sie den Ausgang verschloss. Danach ließ sie den Schlüssel in ihren Ausschnitt fallen.

»Ich habe dir nicht erlaubt, dich zu entfernen, du Lakai«, sagte sie herrisch. »Zuerst wirst du mir Rede und Antwort stehen.« Amalia fasste mein Kinn und fixierte mich mit lüsternen Augen. »Sag mir: Wozu möchtest du mich zwingen?«

»Zu nichts.«

Wieder erhielt ich eine klatschende Maulschelle. Im nächsten Moment griff Amalia mir an den Hosenlatz. Einerseits reizte mich ihre Wildheit, aber sie war mir auch nicht geheuer. Mein Gemächt jedoch reagierte unweigerlich auf ihre Berührung und versteifte sich bereits.

»Bitte«, krächzte ich, »nehmt Eure Finger von dort fort.«

»Ich bin die Frau des Königs. Du wirst mir keine Befehle erteilen.«

Ich schob sie von mir. Sie stieß gegen die Fässer, doch nun schien ihre Begierde erst recht entfacht.

»Da zeigt sich deine wahre Natur«, rief sie triumphierend. »Du bist nichts weiter als ein tumber Rüpel, dem es gefällt, mich herumzustoßen.«

Sie sprang auf und machte sich daran, die Bänder an meinem Hosenlatz zu öffnen. Ich gab meinen Protest auf, denn Amalia ließ sich ohnehin nicht von ihrem Vorhaben abbringen, und zudem versetzte mich ihr wildes Gebaren mehr und mehr in Erregung.

Amalia keuchte wollüstig, als sie mein hartes Gemächt endlich hervorgeholt hatte. »Ich werde dir deine Lust nehmen«, raunte sie, »dann bist du keine Gefahr mehr für mich.« Sie spuckte in ihre Hand, richtete sich auf und rieb meine Männlichkeit mit festem Griff. Gleichzeitig küsste sie mich und schob mir ihre Zunge in den Mund.

Nun konnte ich nicht mehr an mich halten, und die Lust machte mich zu dem Rüpel, den Amalia die ganze Zeit herbeigeredet hatte. Ich packte sie an den Schultern, drehte sie herum und zwängte sie in eine gebückte Haltung. Sie hatte erreicht, was sie wollte, und streckte ihr Hinterteil stöhnend zu mir aus.

Ich schob ihre Röcke hoch und presste mein Gemächt gegen ihre Scham. Sie war feucht genug, um mich sofort in sich aufzunehmen. Nach nur wenigen Stößen erbebten ihre Lenden. Rasch presste ich eine Hand auf ihren Mund, damit sie ihre Lust nicht herausschrie und uns damit womöglich verriet. Danach wollte auch ich zu meinem Höhepunkt kommen, doch Amalia stieß mich von sich und ordnete schnaufend ihre Röcke.

»Ich habe recht behalten«, sagte sie. »Du bist ein wildes Tier, und ich befürchte, für deine Unbeherrschtheit wirst du in der Hölle brennen.«

Ich stand wie ein Narr vor ihr. Sie lachte nur und meinte: »Aber bis dahin ist noch etwas Zeit.«

»Amalia ...«, setzte ich an, doch sie war schon an der Tür, holte den Schlüssel hervor und warnte mich: »Ein Wort darüber, was hier geschehen ist, und ich sorge dafür, dass man dir dein Geschlecht mit einem glühenden Eisen ausbrennt, bevor dein Kopf rollt.« Sie öffnete die Tür und verschwand in der Dunkelheit.

Ächzend sackte ich auf eine der Kisten und fragte mich, was hier eigentlich geschehen war.

In meinem ganzen Leben hatte ich mich noch niemals so benutzt gefühlt.

KAPITEL 24

Am Tag darauf hielt König Jan eine Versammlung auf dem Prinzipalmarkt ab und verkündete seinem Volk, dass Gott zu dem Propheten Dusentschur gespro-

251

chen und diesem mitgeteilt habe, dass jeglicher überflüssige Besitz zum Wohle der Gemeinschaft eingezogen werden solle.

Ich kann hier keinen Bericht darüber ablegen, ob die Täufergemeinde auf diese Anordnung mit Wohlgefallen oder deutlichem Murren reagierte, denn Jasmin und ich blieben der Zusammenkunft fern. Die Gelegenheit, uns mit unseren Gefährten in Kribbes Haus zu besprechen, war zu günstig, als dass wir sie ungenutzt lassen durften. Und letztendlich hatten wir ja bereits am Tag zuvor erfahren, welche Nachricht der Allmächtige dem Goldschmied Dusentschur hatte zukommen lassen, auch wenn ich noch immer fest davon überzeugt war, dass nicht Gott, sondern Jan Bockelson dem Hofpropheten seinen Willen einflüsterte.

Nachdem sich am gestrigen Abend bei meiner Begegnung mit Amalia die Ereignisse überschlagen hatten, war ich noch immer verwirrt. Ich wagte es nicht, Jasmin in die Augen zu schauen, da ich befürchtete, dass sie mir das schlechte Gewissen aus dem Gesicht ablesen würde. Natürlich hatte ich über den Vorfall mit Amalia geschwiegen. Wie hätte ich Jasmin auch erklären können, was in diesem Schuppen geschehen war. Sie hätte es mir nicht geglaubt, dass Amalia mir ihren Willen aufgezwungen hatte. Die halbe Nacht hatte ich über das Geschehene gegrübelt und doch keine Erklärung dafür gefunden, wie Amalia mich so hatte überrumpeln können.

Eines stand für mich jedoch fest: Clunsevoets Tochter war nicht das brave, unschuldige Mädchen, das ihr Vater in ihr sah. Amalia war gerissen genug gewesen, den mächtigsten Mann der Stadt für sich zu gewinnen. Womöglich hatte sie auch Jan Bockelson mit diesen frivolen Spielen verführt, und er hatte so sehr Gefallen daran gefunden, dass er sie sogar geheiratet hatte. Mittlerweile schien er sich aber wieder bevorzugt seiner Hauptfrau Divara und vor allem seiner Rolle als König des Neuen Jerusalem zu widmen. Die vernachlässigte Amalia hatte daraufhin ausgerechnet mich als neues Objekt ihrer Begierde ausgewählt. Ob sich dies als Fluch oder als Segen für die Erfüllung unseres Auftrags erweisen würde, musste sich noch herausstellen.

Als wir in Kribbes Haus unseren Gefährten von der bevorstehenden Besitzverteilung berichteten, zeigte sich vor allem Anton Kribbe äußerst erbost über das Vorhaben des Königs.

»Der Wille des Herrn?«, spottete der Alte. »Dieser Theaterkönig weiß, dass er sich auf eine lange Belagerung einstellen muss. Er predigt, dass Gott die Feinde der Täufer vernichten und die Gemeinde aus dieser misslichen Lage befreien wird, aber Bockelson ist wohl der Einzige, der begriffen hat, dass das wahrscheinlich niemals geschehen wird. Und da er nicht hungern will, lässt er seinem Volk nur das Notwendigste zum Leben, während er selbst sich noch lange Zeit den Wanst füllen kann.«

»Das ist wohl wahr«, meinte Cort. »Ich bin am gestrigen Morgen auf die Stadtmauer gestiegen. Von dort konnte ich erkennen, dass der Ausbau des Belagerungswalles zügig voranschreitet. Der Bischof lässt zudem massive Fortifikationen errichten, die Münster endgültig von allen Handelswegen abschneiden. Franz von Waldeck wird gewiss nicht eher weichen, bis die Täufer ihm die Stadt übergeben oder vor Hunger krepieren.«

»Bis dahin werden wir hoffentlich lange fort sein«, warf Reynold ein, blickte von einem zum anderen und suchte nach Bestätigung.

»Vielleicht hat man dir dann aber auch schon den Kopf abgeschlagen«, sagte Jasmin. »Dann brauchst du dir um den Hunger keine Gedanken mehr zu machen.«

Kribbe deutete mit der Hand zur Küche. »Wie dem auch sei – es ist gewiss ratsam, dass Cort und Reynold sich im Keller verstecken, wenn die Täufer hier auftauchen und mein Haus durchsuchen. Drei ledige Männer in einem Haushalt würden nur Argwohn hervorrufen. Und ich habe nicht vor, denen von meinem Keller zu erzählen und ihnen meine

Vorräte zu überlassen. Die Bodentür, die in den Keller führt, ist gut versteckt.«

»Dennoch dürft ihr nicht eure Aufgabe bei den Ochsenhirten vernachlässigen«, sagte ich. »Sobald sich Amalia in unserer Gewalt befindet, müssen wir jederzeit in der Lage sein, im Schutz der Viehherde die Stadt verlassen zu können.«

»Keine Sorge«, meinte Reynold. »Die Wachen am Tor grüßen uns bereits wie alte Freunde. Und wenn wir endlich von hier verschwinden wollen, verabreichen wir den anderen Ochsentreibern so viel Opium, dass es ein Leichtes sein wird, sie zu überwältigen und einzusperren.«

»Ein wenig von dem Rauschmittel werden wir für Amalia zurückbehalten«, sagte ich. »Am nächsten Gerichtstag, wenn der Königshof so gut wie verlassen ist, werde ich dafür sorgen, dass Amalia sich in ihrer Kammer aufhält. Dann flößen wir ihr das Opium ein und verschleppen sie. Bis sie wieder bei Sinnen ist, haben wir das Stadttor bereits passiert.«

»Das hört sich alles so einfach an«, erwiderte Jasmin gereizt, »aber scheitert dein schlauer Plan nicht schon an der Frage, wie du dafür Sorge tragen willst, dass Amalia dem Gerichtstag fernbleibt?«

»Ich werde sie dazu überreden, dass sie eine Ausrede erfindet.«

Jasmin zischte abfällig. »Du bist ein Dummkopf.

Bislang hast du doch noch nicht ein einziges Wort mit diesem Mädchen gewechselt. Amalia kennt dich überhaupt nicht. Es gibt keinen Grund, warum sie dir einen solchen Gefallen tun sollte.«

»Das mag so sein«, sagte ich und räusperte mich mit schlechtem Gewissen, »dennoch bitte ich euch, mir zu vertrauen. Überlasst Amalia mir.« Ich klatschte aufmunternd in die Hände. »Freut euch, dass wir in wenigen Tagen diese Sektierer hinter uns lassen werden. Dann müssen wir nicht länger die gottgefälligen Moralapostel spielen.«

Die anderen teilten meine Euphorie nicht. Sie schauten mich skeptisch an, doch niemand sagte etwas. Die Unterredung war damit beendet, und für Jasmin und mich wurde es Zeit, an den Hof zurückzukehren, bevor unsere Abwesenheit Aufsehen erregen würde.

Eine Sache wollte ich jedoch zuvor noch klären. Darum schickte ich Jasmin bereits voraus und wandte mich an Cort. Wir waren nun allein in der Stube. Trotzdem zog ich ihn in eine Ecke und sagte leise zu ihm: »Ich muss mit dir über Amalia sprechen.«

»Warum?«, fragte er.

Ich leckte mir angespannt über die Lippen, denn mir war klar, wie Cort auf die folgenden Fragen reagieren würde. »Du hast mir gesagt, dass du etwas für Amalia empfindest. Aber wie gut kennst du sie?«

Cort runzelte die Stirn. »Was meinst du?«

Ich zögerte. »Bist du ihr nur heimlich zugetan, oder hast du bei ihr gelegen? Hat sie dich womöglich dazu ermuntert?«

»Warum willst du das wissen?« Cort wirkte verstimmt.

»Es ist wichtig«, beharrte ich. »Wenn ich dafür sorgen soll, dass wir Amalia am Gerichtstag in unsere Gewalt bekommen, muss ich bestimmte Dinge über sie erfahren.« Da Cort stumm blieb, hakte ich nach: »Also, wie gut kennst du sie?«

»Ich befand mich bereits mehrere Wochen in Clunsevoets Diensten, bevor Amalia in das Kloster geschickt wurde«, sagte Cort nun. »Und ich war vom ersten Moment von ihr angetan, auch wenn ich kaum die Gelegenheit hatte, mit ihr zu sprechen oder mich in ihrer Nähe aufzuhalten. An manchen Tagen fiel mir aber auf, dass mir ihre Blicke folgten, und irgendwann, als ich alleine bei den Pferden im Stall saß und ein Messer schärfte, kam sie zu mir und kokettierte herum. Sie meinte, ihr würden meine großen, kräftigen Hände gefallen, wollte wissen, ob ich an Schlachten teilgenommen und ob ich Menschen getötet habe.«

»Hat sie sich dir angeboten? Wollte sie dich verführen?«

Cort setzte zu einer Antwort an, hielt dann aber

inne, überlegte kurz und entgegnete: »Amalia ist jung, und sie steckt voller Begierden, die … nun ja … einen Mann verwirren können.«

Das klang nach der Amalia, die ich kennengelernt hatte. »Wollte sie, dass du sie mit deinen kräftigen Händen ergreifst, so dass sie dir ausgeliefert sein würde?«

Cort gab mir einen leichten Stoß und schaute mich ärgerlich an. »Hör auf damit, Emanuel. Du ziehst sie in den Dreck. Ich sage dir nur eines: Trotz ihrer Fehler liegt mir dieses Mädchen am Herzen. Und nein, ich habe sie niemals angerührt, auch wenn das zur Folge hatte, dass sie mich bald darauf keines Blickes mehr würdigte.« Er hob warnend einen Finger. »Eines gebe ich dir mit auf den Weg: Lass deine Hände von ihr, denn sonst war unsere Begegnung an der Senkgrube in Osnabrück nur ein Spaß gegen das, was dich erwartet.«

»Natürlich«, versicherte ich ihm. »Sie hat von mir nichts zu befürchten.«

»Dann ist es ja gut.« Er nickte und trat davon.

Ich blieb einen Moment lang dort stehen und wog seine Ausführungen ab. Was Cort mir verraten hatte, bestätigte meine Meinung über Amalia. Dieses Mädchen war es gewöhnt, ihren Willen durchzusetzen. Sie wurde von Begierden getrieben, die zu gleichen Teilen nach Dominanz und Unterwürfigkeit verlangten.

Ich war überzeugt davon, dass ich nun wusste, wie ich Amalia beeinflussen konnte, und ich hoffte, dass ich Cort damit nicht allzu sehr in Wut versetzen würde.

Bereits am nächsten Tag machten sich die Diakone mit Karren und Handwagen auf den Weg, um in jedem Haus Gottes Befehl auszuführen und den überflüssigen Besitz an sich zu nehmen. Stunden später sah ich die ersten beladenen Gefährte am Königshof eintreffen. Einige dieser Wagen transportierten Fässer, Kisten und Körbe, die mit Broten, Rauchfleisch, Speckseiten und Gemüse beladen waren. Die meisten jedoch schafften haufenweise Kleidung und Tücher heran. Im Königshof waren zwei Räume freigeräumt worden, um die Kleider, die von hier verwaltet und verteilt werden sollten, zu verstauen. Als ich am Abend einen Blick in diese Kammern erhaschte, türmten sich dort die Hemden, Wämser, Mützen, Schuhe und Laken bis an die Zimmerdecke.

Im Zuge dieser Beschlagnahmungen ereignete sich ein seltsamer Vorfall. Das war nicht verwunderlich, denn im Grunde stieß jede noch so absurde Anweisung in diesem Täuferreich bei einigen Personen auf so verzückte Ohren, dass die daraufhin einen noch weit unsinnigeren Eifer entwickelten.

Bei diesem Vorkommnis handelte es sich um zwei acht- oder neunjährige taubstumme Mädchen. Man erzählte sich, dass die beiden es sich zur Aufgabe gemacht hatten, auf den Straßen jeden Mann und jede Frau, die noch immer dem Gebot der schlichten Kleidung zuwiderhandelten, öffentlich bloßzustellen. Die Mädchen streiften durch die Stadt, und sobald sie einem Mann begegneten, der über seinen Knien Hosenbänder trug, oder einer Frau, die sich mit einem Halstuch oder ähnlichem Zierrat schmückte, sprangen sie um diese Leute herum und stießen seltsame, grunzende Laute aus. Bevor die schmückenden Verzierungen ihnen nicht ausgehändigt wurden, gaben die Mädchen keine Ruhe und verfolgten die Gescholtenen unter dem auffälligen Getöse, das ein ganzes Stadtviertel alarmieren konnte.

An diesem Tag trugen die Mädchen einen ganzen Haufen an Bändern, Tüchern und Gefältel zusammen. Schließlich steckten sie den Zierat in Brand und verfielen vor diesem rein waschenden Feuer in eine regelrechte Ekstase. Sie wälzten sich vor den Flammen auf dem Boden, zerrten an ihren Haaren und stießen erneut so laut die Grunzlaute aus, dass es den Anschein hatte, als wären die beiden dem Wahnsinn verfallen. Letztendlich erregten sie so viel Aufmerksamkeit, dass der König einschreiten musste und die Mädchen zu sich bringen ließ. Mir kam zu Ohren, dass Bockelson sie mit einigen seiner Prädikanten vernommen haben soll. Welche Fragen den Kindern gestellt wurden, ist mir allerdings nicht bekannt. Das Tribunal soll aber zu dem Schluss gekommen sein, dass die Mädchen von einem bösen Geist geplagt wurden. Daraufhin sperrte man sie in ein Steinwerk am Stadtrand.

Abgesehen von diesen Vorgängen nahmen dieser und der darauffolgende Tag ihren gewohnten Verlauf. Ich verrichtete meine Arbeiten in der Küche und auf dem Hofplatz und bekam Amalia nicht zu Gesicht. An diesem Abend wurde jedoch wieder einmal eine gemeinsame Abendmahlzeit ausgerichtet, an der auch Amalia und andere Königsfrauen teilnahmen. Ich ging Amalia zunächst aus dem Weg, wollte ihr aber, bevor sie und die anderen Frauen aufbrachen, die Nachricht zukommen lassen, dass ich am nächsten Tag kurz mit ihr unter vier Augen sprechen musste. Dann, so war der Plan, würde ich Amalia davon überzeugen, unter einem Vorwand dem nächsten Gerichtstag fernzubleiben.

Ich machte mich daran, einen Teller mit Pasteten zu füllen, den ich an die Tafel tragen würde. Mein Plan war es, ihn neben Amalia abzustellen und ihr dabei meine Nachricht ins Ohr zu flüstern. In dem Geschnatter um uns herum würde das gewiss nicht auffallen.

Als ich mit dem Tablett die Küche verlassen wollte, kam mir Bernt von Zwolle aus dem Speisesaal entgegen. Die Aufregung, von der er erfasst war, sah man ihm auf den ersten Blick an. Seine Augen leuchteten glückserfüllt, und ich befürchtete schon, er würde mich umarmen, als er mich an die Schultern fasste und mich so euphorisch schüttelte, dass mehrere Pasteten vom Tellerrand rutschten und zu Boden fielen.

»Der Tag ist nicht mehr fern«, jubilierte er.

Ich schaute ihn nur fragend an.

»Eine neue Offenbarung«, rief von Zwolle auch den anderen Mägden und Küchenhilfen zu. »Gott hat zu dem Propheten Dusentschur gesprochen und ihm mitgeteilt, dass wir alle Münster verlassen und vom Erlöser in das Gelobte Land geführt werden.«

»Wann denn?«, fragte eine Magd.

»Es wird ein Signal geben«, entgegnete von Zwolle. »Womöglich schon morgen. Wir müssen uns bereithalten.«

Es lag mir fern, seine Euphorie zu teilen, und ich sprach sogleich meine größte Sorge aus: »Was ist mit den Bischöflichen? Sollen die Münsteraner sich von deren Kanonen und Arkebusen abschlachten lassen?«

»Der Herr wird uns den Weg ebnen. Er wird die Feinde mit Feuer und Blitz bezwingen und uns die Kraft geben, dass ein jeder von uns es mit zehn oder zwanzig oder hundert der Irrgläubigen aufnehmen kann.« Er warf die Hände in die Höhe. »Hosianna!«

262

»Amen«, erwiderte ich matt und stellte die Pasteten zur Seite, denn die Nachricht an Amalia war nun nicht mehr von Belang.

KAPITEL 25

Die erneute Offenbarung des Propheten Dusentschur veränderte alles. Was scherte mich nun noch Amalia? Unser Leben war in Gefahr. Wenn die Täufer Dusentschurs Vision blind folgten und den Schutz der Stadtmauern aufgaben, um den Bischöflichen vor dem Wall entgegenzutreten, erwartete die Verblendeten nichts Geringeres als ein schreckliches Blutbad.

Nachdem der euphorische Bernt von Zwolle mich an sich gedrückt und dreimal »Hosianna« ausgerufen hatte, stürzte er zu den anderen Bediensteten und überbrachte auch diesen die aufregende Nachricht. Ich fühlte mich einen Augenblick lang wie erstarrt, lief dann aber in den Speisesaal, wo die Tischrunde die unterschiedlichsten Reaktionen auf Dusentschurs Prophezeiung erkennen ließ. Die meisten der Prädikanten befanden sich ähnlich wie der Küchenmeister im Zustand einer regelrechten Ekstase. Einige hatten die Hände zum Himmel erhoben und dankten dem Herrn lauthals dafür, dass er sie aus der Stadt führen und ihre Feinde niederstrecken würde. Der Statthalter Knipperdolling weinte vor Glück. Bernhard

Rothmann presste einen Folianten – ich nahm an, dass es sich um die Heilige Schrift handelte – an den Körper und lächelte selig mit geschlossenen Augen.

Doch nicht jeder hier teilte die Euphorie. Manche grienten gequält, anderen war bei der Vorstellung, die Stadt einfach so aufzugeben, jegliche Farbe aus dem Gesicht gewichen. Ich tauschte einen kurzen Blick mit Amalia. Auch sie wirkte verunsichert und wenig begeistert.

Vor allem überraschte es mich aber, dass Jan Bockelson von dieser unerwarteten Entwicklung nicht viel zu halten schien. Äußerlich gab er sich zurückhaltend, doch ich sah ihm an, dass ihn diese neuerliche Offenbarung seines Hofpropheten völlig überrascht hatte. An meiner Vermutung, dass Bockelson den Propheten Dusentschur manipuliert hatte, um zum König ernannt zu werden und die Handhabe über sämtliche Güter der Bürger zu bekommen, zweifelte ich nach wie vor nicht. Doch nun war er von Dusentschurs Prophezeiung wohl überrumpelt worden. Wahrscheinlich war dem humpelnden Goldschmied die Rolle als Sprachrohr Gottes zu Kopf gestiegen, und er glaubte tatsächlich daran, dass der Herr ihn erwählt hatte, um seinen Willen kundzutun. Und die Vision? Es war möglich, dass Dusentschur sich in seiner religiösen Verzückung eingebildet hatte, die Stimme des Herrn zu vernehmen. Womöglich war ihm der Auszug aus der Stadt aber auch nur im Traum erschienen. Und diese Hirngespinste konnten Tausende in den Tod schicken.

Jan Bockelson erhob sich, hielt feierlich einen goldenen Pokal über seinen Kopf, trank von dem Wein und reichte das Gefäß an seinen Nachbarn Dusentschur weiter. Er lächelte milde, doch ich nahm an, er hätte dem Propheten diesen Pokal liebend gerne auf den Kopf geschlagen. Wie heißt es doch: Einen Ziegenbock fürchtet man von vorne, ein Pferd von hinten und einen Narren von allen Seiten.

Die aufsehenerregende Neuigkeit verbreitete sich rasch in der ganzen Stadt. Bald wurden Ausrufer durch die Straßen geschickt, die den Bürgern verkündeten, dass sie sich zur fünften Stunde des Nachmittags am Berg Zion zu versammeln hätten. Dann würde der Prophet Dusentschur die Offenbarung des Allmächtigen vor der gesamten Gemeinde Christi verkünden.

Auch Jasmin und ich waren dort zugegen und vernahmen die Worte des Propheten, der auf dem Podest zu der Menge sprach. Er kündigte an, dass die Ankunft des Herrn unmittelbar bevorstand und es Gottes Wille war, dass die Täufergemeinde geschlossen und mutig dem Feind entgegentrat. Er fügte noch hinzu, dass die Posaune des Erlösers dreimal erklingen würde, bevor wir die Stadt verließen. Beim ersten Signal sollte sich jeder Mann und jede Frau bereithalten. Wenn der zweite Posaunenstoß erklang, war die Zeit gekommen, dass sich die gesamte Gemeinde am Berg Zion versammelte. Diejenigen aber, die diesem Ruf nicht folgten, sollten wie Gottlose behandelt und hingerichtet werden. Wenn dann zum dritten Mal die Posaune geblasen würde, war es an der Zeit, die Stadt zu verlassen. Niemand sollte einen Blick zurückwerfen, wenn wir die Tore durchschreiten und in das Gelobte Land ziehen würden.

Ähnlich wie die Würdenträger an der königlichen Tafel reagierte auch das versammelte Volk sehr unterschiedlich auf die angeblich göttliche Offenbarung. Einige steigerten sich sogleich in ekstatische Dankesbekundungen, fielen auf die Knie oder wälzten sich auf dem Boden und priesen den Herrn für die Gnade, die er ihnen gewährte. Andere riefen kritische Fragen zu Dusentschur hinauf. Ob man die Stadt denn einfach so den Gottlosen in die Hände fallen lassen wolle und was mit den Alten und Kranken geschehen würde, die man womöglich hier zurücklassen müsse.

Dusentschur schüttelte den Kopf und behauptete, dass niemand zurückgelassen würde. Wenn die Posaune des Herrn zum dritten Mal erklang, würden die Blinden wieder sehen und die Lahmen wieder laufen können. Gottes Licht würde über allen scheinen, die aus der Stadt marschierten.

Münster, so führte er weiter aus, würde sich nach dem Abzug der Täufer in eine Wildnis verwandeln – in einen Wald, der nur noch von Tieren bevölkert sein würde.

Auch wenn ein Teil der Gemeinde Christi wohl skeptisch blieb, rührte sich kein Widerstand mehr, und nach weiteren Lobpreisungen des Herrn und einer Predigt Bernhard Rothmanns wurde die Versammlung aufgelöst. König Jan, der das Geschehen auf seinem samtüberzogenen Thron verfolgt hatte, verzichtete gänzlich darauf, das Wort an sein Volk zu richten. Er wirkte nachdenklich und in sich gekehrt.

Auf unserem Weg zurück zum Hof machten Jasmin und ich kurz Halt in einer leeren Gasse, um uns unter vier Augen zu besprechen.

»Ich werde mit diesen Verrückten auf keinen Fall vor die Tore ziehen«, ereiferte sich Jasmin. »Ein besseres Ziel für die Kanonen der Bischöflichen können wir den Landsknechten nicht bieten.« Sie schnaufte aufgebracht. »Am besten wird es sein, wir suchen uns ein Versteck und bleiben dort, bis die zerfetzten Leichen der Täufer vor den Stadttoren verrotten.«

Ich schüttelte den Kopf. »Dann befände sich auch Amalia in großer Gefahr.«

»Was kümmert die mich noch? Wir sollten an uns selbst denken.«

»Wenn wir jetzt fortlaufen«, sagte ich, »gelten wir als Verräter und können uns nicht mehr auf den Straßen blicken lassen. Unser Auftrag wäre gescheitert.«

»Das ist er doch jetzt schon.«

»Nur wenn die Täufer tatsächlich in ihren eigenen Tod laufen. Aber womöglich besinnen sie sich. Ich kann nicht glauben, dass sie all dies hier für das Gefasel eines Verblendeten aufgeben.«

»Es sind Fanatiker. Die vertrauen auf Gott und treten lächelnd vor die Kanonen«, beharrte Jasmin.

»Sie werden erst gehen, wenn das göttliche Signal zum dritten Mal erklingt. Und wenn die Täufer darauf warten, dass ein Engel aus dem Himmel herabsteigt und die Posaune bläst, werden sie vielleicht noch tausend Jahre und länger hier ausharren müssen.«

Murrend ließ sich Jasmin schließlich von mir überzeugen, an den königlichen Hof zurückzukehren. Der Gedanke an den Engel, der nie erscheinen würde, machte selbst mir Mut, doch diese Hoffnung wurde bereits am nächsten Morgen zerstört, als ein lautes Trompetensignal ertönte, während wir noch in der Küche die Morgensuppe zu uns nahmen. Wie wir alsbald erfuhren, stammte dieses Signal aber nicht aus dem Instrument eines himmlischen Gesandten, sondern von einem recht irdischen Trompetenbläser, der mit dem Propheten Dusentschur durch die Straßen zog und die Gemeinde Christi darauf aufmerksam machte, dass ein jeder sich bereithalten solle.

Die meisten Arbeiten und Pflichten am Königshof wurden von nun an vernachlässigt. Es wurde auch nicht mehr viel geschwatzt. Alle schienen nur noch auf das zweite Signal zu warten. Sogar Bernt von Zwolle hockte sich zu uns und polierte gewissenhaft einen Eisenharnisch, den er bei dem feierlichen Auszug tragen wollte.

Am Abend traf ich erneut mit Jasmin zusammen, die von mir wissen wollte, was ich zu unternehmen gedenke. Ich hatte mich inzwischen dazu entschlossen, bei diesem irrsinnigen Vorhaben noch etwas länger mitzuspielen. Insgeheim hoffte ich, dass sich mir eine Gelegenheit bieten würde, Amalia von den Gefahren fernzuhalten, wenn die Gemeinde Christi tatsächlich die Stadt aufgab. Als ich Jasmin in dieses Vorhaben einweihte, verzog die nur das Gesicht und fluchte leise. Ich fürchtete schon, sie würde davonlaufen, um sich in Kribbes Haus oder sonst wo in der Stadt in ein Versteck zu verkriechen, aber zu meiner Erleichterung legte sie sich wie gewohnt in der Gesindekammer neben mir schlafen.

Etwa zur gleichen Zeit wie am gestrigen Morgen erklang der zweite Trompetenstoß. Dies war das

Signal, dass sich jeder Bürger der Stadt Münster abmarschbereit auf dem Domplatz einfinden sollte.

Wir verließen den Königshof. An der Pforte zur Straße stand eine Gruppe Gardisten bereit, die an die Männer Waffen verteilte. Mir reichte man ein kurzes Schwert sowie einen Helm, der aber für meinen Kopf viel zu groß war und den ich darum einem Kerl von kräftiger Statur überließ, der neben mir auf die Straße trat. Da ich ohnehin nicht vorhatte, gegen die Bischöflichen in die Schlacht zu ziehen, war dieser Verlust zu verschmerzen.

Aus allen Gassen und Straßen strömten die Täufer zum Domplatz. Viele der Männer schmückten sich mit ihren blank geputzten Harnischen. Die Frauen führten ihre Kinder an der Hand und trugen zumeist Körbe auf dem Arm, in denen sie ihre wichtigsten Habseligkeiten verstaut hatten.

Es schlug zur neunten Stunde, als sich die gesamte Gemeinde Christi auf dem Berg Zion versammelt hatte. Die wehrfähigen Männer stellten sich in sieben Reihen auf. Ich überschlug ihre Zahl und schätzte, dass hier an die eintausend Gottesstreiter bereitstanden. Die Zahl der anwesenden Frauen, Alten, Gebrechlichen und Kinder mochte hingegen das Fünf- bis Sechsfache betragen. Das Gottvertrauen der Täufer musste grenzenlos sein, denn selbst wenn man noch jeder Frau eine Waffe in die Hand drücken würde, wäre das bischöfliche Heer dieser improvisierten Armee zahlenmäßig wohl um das Dreifache überlegen. Zudem fanden sich in den Reihen der Belagerer zumeist erfahrene Landsknechte, die keine Skrupel haben würden, die Täufer in einem Blutbad niederzumetzeln.

Dennoch strahlten die Täufer Zuversicht aus. Die verstärkte sich wohl noch, als der Prediger Bernhard Rothmann auf ein Podest stieg, auf dem sich auch schon mehrere Prädikanten versammelt hatten. Rothmann sprach zu der Menge und verkündete noch einmal, dass der dritte Posaunenstoß das Zeichen zum Abmarsch geben würde. Niemand solle sich fürchten, denn jeder Einzelne von ihnen würde mit der Unterstützung Gottes in der Lage sein, hundert der Feinde aus dem Weg zu schlagen. Danach würden die Täufer in die Welt ziehen und den Menschen dieses Wunder verkünden.

In einer Gruppe Frauen erkannte ich Jasmin, die angespannt um sich schaute und wahrscheinlich nach einer Möglichkeit zur Flucht suchte, wenn die Täufer tatsächlich aufbrechen und durch das Tor marschieren sollten. Cort, Reynold und Anton Kribbe bekam ich hingegen nicht zu Gesicht. Ich vermutete, dass sie der Anweisung des Propheten nicht gefolgt waren. Wahrscheinlich hockten sie in Kribbes Kellerloch und warteten ab, bis dieser Spuk vorüber war. Und je länger ich hier mit meinem Schwert in der Hand stand, wünschte ich mir, ich hätte mich ihnen angeschlossen.

Doch die drei waren nicht die Einzigen, die diesem Aufmarsch fernblieben. Auch König Jan, seine Frauen und der Prophet Dusentschur waren noch immer nicht auf dem Domplatz eingetroffen. Welchen Grund mochte es dafür geben? Hatte sich der König entschlossen, diesem Wahnsinn fernzubleiben und sich in seine Gemächer verkrochen, oder war er gar bereits aus der Stadt geflohen und überließ sein Volk dem Schicksal?

So warteten wir also auf das Eintreffen des Königs und auf den dritten Trompetenstoß, nach dessen Erklingen laut Dusentschurs Worten die Blinden ihr Augenlicht zurückerlangen sollten und die Lahmen wieder laufen konnten. Ungefähr dreißig Männer und Frauen, deren Augen von einem grauen Schleier überzogen waren oder die sich auf Krücken stützten, hatten sich bereits in der Mitte des Platzes zusammengefunden, um gemeinsam diese göttliche Gnade zu empfangen.

Das Signal blieb zunächst aus, doch als es zur zehnten Stunde schlug, traf endlich Jan Bockelson ein. Der König hatte sich prächtig herausgeputzt. Er trabte auf seinem Pferd heran, in glänzender Rüstung und mit der goldenen Krone auf seinem Haupt. Neben dem Pferd des Königs humpelte der Prophet Dusentschur. Ihnen folgten einige Reiter in vollem Harnisch und an die fünfzig Gewehrschützen. Schließlich schloss sich noch ein Wagen an, auf dem die Frauen des Königs Platz genommen hatten, darunter auch Amalia.

Jan Bockelson führte sein Pferd an der Reihe der versammelten Männer entlang und betrachtete stolz seine kleine Armee, die ihm willenlos ergeben war. In diesem Moment war er der vollkommene Theaterkönig, der diesen Moment wie keinen anderen zuvor zu genießen schien. Er führte sein Pferd an das Podest, saß ab und bestieg die Bühne. Hier ließ er noch einmal einen zufriedenen Blick über die Gemeinde Christi schweifen, bevor er die Arme ausbreitete und mit fester Stimme verkündete: »Liebe Brüder und Schwestern, Volk von Münster. Hier habt ihr euch versammelt und erwartet den Auszug in das Gelobte Land unter Gottes schützender Hand. In vielen Gesichtern erkenne ich Furcht vor dem, was uns vor den Toren der Stadt erwartet, dennoch hat keiner von euch gezögert, hier zu erscheinen und unserem Herrn die Treue zu beweisen.« Er nickte, legte eine kurze Pause ein und fuhr dann fort: »Hört meine Worte, denn der Allmächtige hat uns erneut seinen Willen kundgetan. Er schickte mir folgende Prophezeiung: Die dritte Posaune wird nicht geblasen.«

Auf dem Platz breitete sich überraschtes Gemurmel aus. Einige der Umstehenden schienen enttäuscht zu sein. Mir jedoch fiel ein Stein vom Herzen.

»Dies alles war eine Probe«, rief Bockelson. »Gott hat unseren Gehorsam in Versuchung geführt. Nun weiß er – und wir alle wissen es –, dass jeder Mann und jede Frau unter uns bereit ist, das Leben zu geben, wenn es von ihm oder ihr verlangt wird.«

Aus der Menge erklang Jubel. Bockelson brachte sein Volk mit einer einzigen Geste zum Schweigen. Neben dem Podest erkannte ich Dusentschur, der ein wenig verdrießlich dreinschaute. Allmählich konnte ich mir einen Reim darauf machen, was in den vergangenen Stunden geschehen war. Bockelson hatte die Kontrolle zurückerlangt, indem er seine eigene Gottesvision über die des Hofpropheten stellte, bevor dieser das dritte Signal geben und die Täufer in den Untergang schicken konnte. Letztendlich inszenierte Bockelson hier eine billige und leicht durchschaubare Schmierenkomödie, doch der Gotteswahn und die Überzeugung, das auserwählte Volk zu sein, machte die Menschen in dieser Stadt blind für die Wahrheit.

»Wir wollen Gott zum Gefallen ein großes Abendmahl abhalten«, sagte Bockelson. »Ein jeder schaffe Tische und Bänke herbei. An diesem besonderen Tag soll niemand Hunger oder Durst leiden.«

Diesem Befehl wurde rasch Folge geleistet. Ohne Zögern lief die Menge auseinander, doch schon bald darauf kehrten die Männer und Frauen mit so vielen Tafeln, Bänken und Stühlen zurück, dass ein jeder auf dem Domhof einen Platz fand, an dem er sich zu dem opulenten Bankett niedersetzen konnte. Zahlreiche Ochsen wurden geschlachtet und auf offenen Feuern gebraten. Die Mundschenke rollten Dutzende Fässer herbei, aus denen großzügig Bier und Wein ausgeschenkt wurde. Niemanden schien es an diesem Tag zu kümmern, dass man sich nach wie vor im Belagerungszustand befand und dass diese Vorräte im Grunde zu kostbar waren, um sie hier zu verschwenden. König Jan hingegen forderte sein Volk auf, zu prassen und zu schlemmen. Er selbst, seine Ehefrauen und viele der Prädikanten gingen durch die Reihen, füllten den Leuten aus großen Kannen die Becher und schwatzten munter.

Ich hatte mich mit Jasmin zusammengefunden, und wir beide hatten uns schon zum zweiten Mal den Teller mit gebratenem Fleisch gefüllt, als ausgerechnet Amalia uns Wein einschenkte.

»Genieße diesen Moment«, sagte sie und lächelte kokett.

Nachdem sie weitergezogen war, legte Jasmin die Stirn in Falten und meinte: »Warum ist die so freundlich zu dir?«

275

»Heute sind alle gutgelaunt«, wich ich ihr aus. »Schau dir nur den König an.«

»Ich habe ein Gespür dafür, wenn jemand besonders nett zu dir ist. Amalia scheint ein Auge auf dich geworfen zu haben.«

»Das glaube ich nicht«, erwiderte ich. »Und wenn schon. Vielleicht gefalle ich ihr einfach. Es gibt gewiss unansehnlichere Männer als mich.«

»Leider«, raunte Jasmin, doch zum Glück wurde dieser schwierige Wortwechsel unterbrochen, als Johann Dusentschur mitten auf dem Domplatz auf einen Stuhl stieg, um Ruhe bat und zu einer Rede ansetzte.

Er blickte mit verkniffenen Lippen über die Menge, und als er sprach, wirkte er angespannt und unsicher. Das bestätigte meine Vermutung, dass Jan Bockelson ihn kräftig zusammengestutzt hatte und ihm von nun an jedes einzelne Wort vorgab.

»Es ist wahr, Gott hatte niemals geplant, die gesamte Gemeinde Christi aus der Stadt zu schicken«, verkündete der Goldschmied. »Aber er offenbarte mir, dass wir siebenundzwanzig Apostel nach Warendorf, Soest, Osnabrück und Coesfeld aussenden sollen, um dort sein unverfälschtes Wort zu predigen und die Menschen davon zu überzeugen, die reine Lehre Christi anzunehmen und die wahre Taufe zu empfangen. Danach sollen sie zurückkehren und unsere neuen Brüder und Schwestern nach Münster führen.«

Er schlug ein Register auf und zählte die Namen von fünf Prädikanten auf, die nach Warendorf geschickt werden sollten. Zudem sprach er die Drohung aus, die Stadt solle in einem Feuer verbrennen, wenn die Bürger den Frieden ablehnten, den die Apostel ihnen überbrachten.

Dusentschur verlas daraufhin die Namen der Apostel, die nach Osnabrück und Coesfeld gesandt wurden. Die Männer, die nach Soest ziehen würden, nannte er zuletzt, und auf dieser Liste tauchte auch sein Name auf. Der Goldschmied erklärte, dass der König den ausdrücklichen Wunsch geäußert hatte, dass sein wichtigster Prophet die Apostel begleite, um keinen Zweifel daran aufkommen zu lassen, wie wichtig ihm ein Erfolg in dieser Angelegenheit war.

Bis die siebenundzwanzig Apostel sich zur Abreise bereitgemacht und sich von ihren insgesamt einhundertvierundzwanzig Ehefrauen verabschiedet hatten, war bereits die Nacht hereingebrochen. Die Apostel wurden im Fackelzug an die Tore im Norden, Süden, Westen und Osten geleitet. Dort liefen sie in das Dunkel, um den Schanzgürtel der Belagerer zu überwinden.

Als auch die letzte Gruppe auf den Weg gebracht worden war, wandte sich König Jan an sein Volk und rief den Männern und Frauen zu: »Sagt mir, seid ihr bereit, die Befehle Gottes auszuführen? Werdet ihr in den Tod gehen, wenn er es von euch verlangt?«

Tausende Kehlen vereinigten sich zu einem einzigen bejahenden Schrei. Auch wenn viele der Täufer inzwischen betrunken waren, warnte mich das Strahlen in ihren Augen, dass diese Menschen ihrem König nach diesem Tag stärker ergeben waren als jemals zuvor. Jegliche Mühsal und Sorgen schienen in diesem Moment vergessen.

KAPITEL 26

Die Auswirkungen des ausschweifenden Abendmahls zeigten sich am nächsten Morgen recht deutlich. Zahlreiche Bier- und Weinfässer sowie Branntweinkrüge waren bis tief in die Nacht geleert worden. Dies hatte zur Folge, dass lange nach dem Hahnenschrei die meisten Münsteraner noch immer ihren Rausch ausschliefen und auch am königlichen Hof nur schleppend die Arbeit aufgenommen wurde. Wenn es für die bischöflichen Belagerer jemals eine Gelegenheit gegeben hatte, die Stadt im Sturmangriff einzunehmen, dann war sie in diesen Stunden an ihnen vorübergezogen.

Ich selbst hatte mich am gestrigen Tag zurückgehalten und den Wein mit Bedacht getrunken. Zwar

war auch ich berauscht in den Schlaf gesunken, aber abgesehen von einem leichten Kopfgrimmen fühlte ich mich frisch. Andere gaben da ein weitaus schlimmeres Bild ab. So hatte sich der Küchenmeister Bernt von Zwolle an diesem Morgen bereits zweimal in einen Eimer übergeben.

Gegen Mittag schickte mich von Zwolle zum Kredenzmeister Gert Ribbenbrock, der aus der Küche einen Topf eingelegte saure Gurken und eine Phiole mit Minzöl für den König angefordert hatte. Ich traf den Kredenzmeister in einem ebenfalls bedauernswerten Zustand an. Es war üblich, dass der Kredenzmeister persönlich in Bockelsons Kammer trat, wenn dem König ein Dienst erwiesen wurde, doch nun kauerte Ribbenbrock mit bleichem Gesicht halb liegend auf einer Bank in seiner Kammer, wo er mir die Anweisung gab, dass ausnahmsweise eine Küchenhilfe – also ich – Bockelson aufsuchen solle. Ribbenbrock teilte mir mit leidender Stimme mit, dass ihm selbst wohl die Knie versagen würden, wenn er sich erhebe, und dass ich keine Scheu haben solle, dem König gegenüberzutreten. Er deutete auf eine Tür am Ende des Ganges und wedelte mit der Hand in die Richtung, was für mich wohl das Zeichen sein sollte, den König nicht länger warten zu lassen.

Bockelsons Kammer wurde von zwei Gardisten bewacht. Ich berichtete den beiden, dass ich vom Küchenmeister geschickt worden war, woraufhin der eine von ihnen nickte und mir die Tür öffnete. Ich zögerte einen Moment lang, denn ich fragte mich, wie ich den König der Täufer überhaupt ansprechen sollte. In dieser Stadt gab es im Grunde keine Obrigkeit. Hier lebten Gleiche unter Gleichen. Konnte ich mich aber auch einem König gegenüber ganz formlos geben? Mir gefiel dieser Gedanke, aber dann sagte ich mir, dass ein solches Verhalten rasch Ärger nach sich ziehen konnte, wenn Bockelson seine Position doch als nicht so völlig gleich ansah. Also war wohl eine respektvolle Anrede angebracht.

Nun betrat ich also die Schlafkammer des Täuferkönigs. In dem Zimmer befanden sich nur ein breites Baldachinbett und eine große Holztruhe. Die drei Fenster waren mit schlichten Tüchern geschmückt. An einem davon hockte der König und betrachtete eine Drossel, die in einem kleinen Käfig umherhüpfte.

Bockelson hatte an diesem Morgen jeglichen Glanz eingebüßt. Er trug nur ein graues Hemd, seine Füße waren nackt, und sein Gesicht wirkte müde und eingefallen. Dies mochte der Zecherei des gestrigen Tages geschuldet sein, vielleicht aber auch dem Umstand, dass er die Rolle des gottgewählten Propheten, die er seinem Volk vorgaukelte, in dieser Kammer abgestreift hatte.

Mit einem Räuspern verbeugte ich mich tief. »Der

Kredenzmeister Ribbenbrock schickt mich, Majestät. Ich bringe Euch Gurken und Minzöl.«

Der König musterte mich kurz, wirkte aber nicht verstimmt, was mich darin bestärkte, dass ich mit der förmlichen Anrede die richtige Wahl getroffen hatte.

»Gut.« Mit einem Stöhnen erhob sich Bockelson, setzte sich auf das Bett und winkte mich heran. »Ich kenne dich nicht. Wie ist dein Name?«

»Emanuel«, antwortete ich und trat näher.

»Emanuel. Wenn ich mich nicht irre, bedeutet das so viel wie *Gott ist mit uns.*« Bockelson griff in den Topf und biss von einer eingelegten Gurke ab. »Welch passenderen Namen könnte jemand in dieser Gemeinde tragen?«

Ich nickte nur. Der König verspeiste eine weitere Gurke und wies mich an, das Minzöl auf seine Schläfen zu tupfen. Er klopfte auf das Bett und bedeutete mir damit, mich neben ihn zu setzen.

»Dieser Kopfschmerz ist eine Höllenqual«, jammerte Bockelson, während ich mit einem Tuch das Öl auftrug.

»Sag mir, Emanuel, hast auch du gestern in den Reihen der Gottesstreiter gestanden? Warst du bereit, unseren Feinden entgegenzutreten?«

»Natürlich, Majestät«, entgegnete ich.

»Das alles hat mich so sehr mit Stolz erfüllt«, sagte Bockelson. »Die Hingabe in jedem Augenpaar, ob

Mann oder Frau. Welche Armee, und würde sie auch hundert Mal mehr Köpfe zählen, hätte in diesem Moment mächtiger sein können? Wir alle sind von der erquickenden Kraft Gottes erfüllt. Diese Gemeinschaft durfte nicht sinnlos geopfert werden. Das wäre niemals der Wille des Herrn gewesen.«

Ich spürte, dass er es ehrlich meinte. Er sprach über eine Welt, die er sich zum größten Teil selbst erschaffen hatte. Wie hätte er es zulassen können, dass ein Mann wie Johann Dusentschur es sich herausnahm, die Täufergemeinde in den Abgrund zu stürzen. Jan Bockelson war ein geschickter Taktiker, kein verblendeter Fanatiker wie Jan Matthys, der in blindem Gottvertrauen in den Tod geritten war. Wahrscheinlich war es immer Bockelsons Verlangen gewesen, wie ein König zu herrschen. Ich fragte mich, ob er in diesem Moment tatsächlich davon überzeugt war, dass Gott seine schützende Hand über Münster hielt, oder ob er schon seit längerem daran zweifelte.

»Es war ein guter Tag, Majestät«, sagte ich. Wie dieser Mann mit dem traurigen Blick dort vor mir hockte, empfand ich fast ein wenig Mitleid mit ihm. Wir beide waren uns im Grunde ähnlich. Wir schlüpften in verschiedene Rollen und gaukelten den Menschen eine Wahrheit vor, nach der sie sich sehnten. Doch dann erinnerte ich mich daran, dass ich hier an der Seite eines Mannes saß, der als Richter ohne jedes Bedauern seine Anhänger aufgrund lächerlicher Vergehen in den Tod schickte. Dieser Gedanke ließ mein Mitgefühl schwinden.

Der König wies mich an, die restlichen Gurken abzustellen und ihn allein zu lassen. Ich folgte diesem Wunsch unverzüglich, und als ich in den Speisesaal zurückkehrte, stellte ich erstaunt fest, dass dort Amalia an der großen Tafel hockte.

»Was macht Ihr hier?«, fragte ich erstaunt. »Ist es Euch erlaubt, Euch ohne besonderen Anlass am Königshof aufzuhalten?«

»Ich bin keine Gefangene«, entgegnete sie. »Wenn man von den Stadtmauern einmal absieht.« Sie erhob sich und kam auf mich zu. Zum Glück waren wir im Moment noch allein in diesem Saal, so dass niemand unser vertrautes Gespräch mithören konnte.

»Ich habe nach dir gesucht«, sagte Amalia. »In der Küche erhielt ich die Auskunft, dass du zum König geschickt wurdest. Warst du in seiner Kammer?« Sie seufzte. »Dann bist du ihm wohl näher gekommen als ich in den vergangenen Wochen.«

»Warum habt Ihr nach mir gesucht?«

Amalia trat rasch näher an mich heran und tastete nach meiner Hand. Ihre Finger waren angenehm warm und weckten in mir die Erinnerung an unsere lustvolle Begegnung, die erst wenige Tage zurücklag.

»Hat es dir gefallen, beim Abendmahl von mir bedient zu werden?«, wollte sie wissen. »Ich musste dabei ständig an unser kleines Geheimnis denken.«

»Nicht hier«, presste ich hervor. »Man darf uns nicht zusammen sehen.« Ich öffnete die Tür zu einer angrenzenden Kammer, vergewisserte mich, dass sich dort niemand aufhielt, und stieß Amalia recht grob hinein. Diese Unhöflichkeit hätte mich in arge Schwierigkeiten bringen können, doch wie ich es vermutet hatte, versetzte mein fehlender Respekt Amalia in lustvolle Erregung. Sie drehte sich zu mir um, lehnte sich mit dem Rücken an die Wand und fixierte mich mit einem erwartungsvollen Blick, während ich die Tür schloss.

»Die Frau, die neben dir beim Abendmahl saß«, sagte sie. »Ist sie dein Eheweib?«

»Das ist sie.« Ich trat näher an Amalia heran, und mir fiel auf, dass ihr Atem schneller ging.

»Ich habe sie in den vergangenen Tagen häufig an unserem Hof zu Gesicht bekommen. Sie ist hübsch. Wie viele Frauen hast du noch geheiratet?«

»Keine. Sie ist die Einzige.«

»So?« Amalia gab sich erstaunt. »Du weißt, dass es als ein Makel angesehen wird, wenn ein Mann nur mit einer Frau die Ehe schließt. Solch ein Verhalten erregt das Missfallen der Prädikanten. Warum also sparst du dich für eine einzige Frau auf? Das ist doch Verschwendung.«

Sie schlang ihre Arme um mich und küsste mich auf den Mund. Ich drängte sie von mir und warnte sie: »Euer Verhalten wird die Prädikanten erst recht in Wut versetzen. Wenn man uns so sähe, würde das unseren Tod bedeuten. Ehebruch ist die schwerste Sünde, die in Münster begangen werden kann.«

»Soll ich mich dafür schämen, dass ich mich anderen Männern hingebe?«, erwiderte Amalia trotzig. »Gott hat niemals zu mir gesprochen, aber er weiß, wie sehr ich vernachlässigt werde. Mein Ehemann kümmert sich weniger um mich als um einen Hund auf der Straße. Die einzige Frau, die er beachtet, ist Divara, die er zu seiner Königin gemacht hat.«

»Dennoch begehen wir eine schwere moralische Verfehlung.«

Amalia verzog das Gesicht. »Wenn ich dich sprechen höre, sehe ich meinen Vater vor mir. Der forderte stets Anstand und Demut von mir. Er selbst wollte mich aber ohne mein Einverständnis mit einem unansehnlichen und linkischen Kaufmann verheiraten, weil der über beträchtlichen Grundbesitz verfügt. Im Gegenzug für die Einwilligung in die Hochzeit hatte der meinem Vater großzügige Weiderechte versprochen. Als ich gegen diese Pläne aufbegehrte, steckte mein Vater mich zur Läuterung in ein Kloster, wo die vertrocknete Äbtissin mich in der Küche, in der Wäscherei und auf den Feldern schuften ließ, bis meine Finger bluteten. *Das* nenne ich eine moralische Verfehlung.«

Je weiter Amalia sich in Rage redete, desto lauter wurde sie. Ich gab ihr mit einem Handzeichen zu verstehen, ihre Stimme zu senken.

»Was ist dann passiert?«, wollte ich wissen.

Amalia antwortete nun in einem gedämpfteren Tonfall. »Als die Täufer in das Kloster kamen und in ihren Predigten die Nonnen aufforderten, diese Zuchthäuser der Jungfernschaft zu verlassen, war ich die Erste, die vortrat und verkündete, dass ich ihnen folgen würde. Der Prädikant Bernhard Rothmann bewunderte meine Entschlossenheit so sehr, dass er mich noch am gleichen Tag die wahre Taufe empfangen ließ. Er war es auch, der mich mit dem Propheten Matthys und mit Jan Bockelson bekannt machte.«

»Und dann hat Bockelson Euch geheiratet.«

»Das dauerte noch einige Wochen. Zunächst nahm Bockelson mich in seinen Haushalt auf, wo ich verschiedene Arbeiten verrichtet habe. Abends ließ er mich an den Versammlungen der Täufer in seiner Wohnstube teilnehmen, wenn er mit seinen Vertrauten das weitere Vorgehen der Gemeinde Christi besprach. Seine Augen waren dann oft auf mich gerichtet. Und als die Prädikanten später beschlossen, dass die Täufer es den Altvätern David, Abraham und Jakob gleichtun und sich mehrere Eheweiber nehmen sollten, wandte Jan Bockelson sich kurz darauf an mich und sagte mir, dass ich ihm in einem Traumbild als eine Braut gegenübergetreten sei. Damit habe ihm der Herr mitgeteilt, dass er mich zur Frau nehmen solle.«

Sie seufzte. »Mir war klar, dass ich ihn mit all seinen anderen Eheweibern teilen musste, aber ich hatte nicht erwartet, dass er nach der Heirat so schnell das Interesse an mir verlieren würde. Nur ein einziges Mal hat er mich beschlafen. Kann es in Gottes Sinne sein, dass ein Weib so sehr von ihrem Ehemann vernachlässigt wird? Der Allmächtige war es doch, der die Begierden in uns erschaffen hat.«

Und diese Begierden würden Amalia wohl über kurz oder lang den Kopf kosten, befürchtete ich. Mir kam jedoch der Gedanke, dass ich mir Amalias Lasterhaftigkeit durchaus zunutze machen konnte. Dies war im Grunde die Gelegenheit, auf die ich gewartet hatte. Nun musste ich die Initiative ergreifen.

Ich packte sie, zog sie heran und presste mich fest gegen sie. Amalia japste überrascht und keuchte. Es war nicht meine übliche Art, Frauen derart rüde zu behandeln. Im Grunde war es mir sogar unangenehm, aber ich ahnte, dass ich nur auf diese Weise mein Ziel erreichen würde.

»Ich kann dir geben, wonach du verlangst«, hauchte ich in ihr Ohr. »Aber nicht hier und nicht heute.«

Sie stöhnte leise. »Wann?«

»Morgen. Und ich will es in deiner Kammer tun – auf deinem Bett.«

»Was?«, fragte sie aufgeregt. »Sag mir, was du dann tun wirst.«

»Ich werde mir das nehmen, was du mir verweigert hast.« Ich ohrfeigte sie. Es war nur ein leichter Klaps, aber er reichte aus, sie in meinem Arm vor Lust erbeben zu lassen.

»Du nimmst es dir wie ein Tier«, stöhnte Amalia. Es klang wie eine Aufforderung.

»Morgen wird der Gerichtstag abgehalten«, sagte ich. »Du wirst dir einen Grund suchen, am Hof zu bleiben. Behaupte, du würdest von Übelkeit geplagt. Dann wartest du in deiner Kammer. Ich werde zur zehnten Stunde zu dir kommen.«

Meine Hand lag nach der Ohrfeige noch immer auf ihrer Wange. Amalia drehte leicht ihren Kopf und leckte über meinen Daumen. »Ich hoffe, du machst da weiter, wo wir hier aufgehört haben«, raunte sie lüstern.

Sie löste sich von mir und trat mit einem erwartungsvollen Lächeln aus der Kammer. Als sie die Tür geschlossen hatte, sackte ich erleichtert auf den Boden. Ich hatte es geschafft. Diese Respektlosigkeit hätte mein Todesurteil bedeuten können, aber nun hatte ich Amalia da, wo ich sie haben wollte.

An diesem Abend konnte ich es kaum abwarten, bis Jasmin vom Hof der Königsfrauen zurückgekehrt war. Nachdem wir unsere Pflichten erledigt hatten, machten wir uns unverzüglich auf den Weg zu Anton Kribbes Haus. Es gab noch einige Details zu klären, bevor wir meinen Plan in Angriff nehmen konnten. Vor allem musste ich den anderen überhaupt mitteilen, dass Amalias Entführung unmittelbar bevorstand.

Auf dem Hofplatz liefen wir Bernt von Zwolle über den Weg, der wissen wollte, warum wir um diese Zeit noch fortgingen. Ich speiste ihn mit einer recht simplen Ausrede ab und behauptete, wir würden uns in eines der Gemeinschaftshäuser begeben, um dort mit Freunden einer Predigt beizuwohnen. Der Küchenmeister legte skeptisch die Stirn in Falten, ließ uns aber ohne weitere Fragen von dannen ziehen.

In der Neubrückenstraße zeigten sich unsere Gefährten dann sehr überrascht, als wir ohne Ankündigung nach Sonnenuntergang in Kribbes Haus auftauchten, doch als ich ihnen den Grund für diese späte Aufwartung verriet, atmeten Cort und Reynold erleichtert auf. Ihnen ging es wie Jasmin und mir. Jeder von uns wollte diese Stadt und die Täufer so schnell wie möglich hinter sich lassen.

Wir setzten uns in der Stube zusammen, und hier erfuhr ich, dass Cort und Reynold sich den ganzen

289

gestrigen Tag über in Kribbes engem Vorratskeller verkrochen hatten. Sie hatten in ihrem Versteck nichts von den Vorfällen in der Stadt mitbekommen, und Reynold war noch immer erbost darüber, dass sie das opulente Festessen und das Besäufnis verpasst hatten, weil wir keine Entwarnung gegeben hatten.

Reynolds Verdruss interessierte mich nicht. Stattdessen fragte ich Cort, ob er und Reynold in der Lage seien, die Ochsenhirten auszuschalten und uns mit dem Vieh aus der Stadt zu führen.

»Wir haben uns heute nicht in den Ställen aufgehalten«, antwortete Cort. »Aber wir sind für den morgigen Tag eingeteilt. Dann werden sich wohl nur zwei oder drei von den anderen Hirten bei den Ochsen aufhalten. Die werden wir ohne große Mühe überwältigen können.«

»Sehr gut«, sagte ich. »Morgen ist unser Tag. Eine bessere Gelegenheit werden wir nicht bekommen, um unseren Auftrag durchzuführen.«

Es wurde Zeit, den Plan zu erläutern. »Morgen früh findet der Gerichtstag statt«, sagte ich. »Der königliche Hof wird mehrere Stunden lang so gut wie verlassen sein. Alle ziehen zum Domplatz. Amalia bleibt jedoch in ihrer Kammer.«

»Woher willst du das wissen?«, unterbrach mich Jasmin.

»Sie wird da sein«, erwiderte ich, ohne eine weitere

Erklärung dazu abzugeben. Jasmin wirkte skeptisch, und tatsächlich war dieser Punkt einer der Stolpersteine in meinem wohldurchdachten Vorhaben. Wenn Amalia sich entschloss – aus welchem Grund auch immer –, während des Gerichtstages nicht auf mich in ihrer Kammer zu warten, fiel unser gesamter Plan ins Wasser.

»Jasmin und ich, wir befinden uns ohnehin am königlichen Hof«, fuhr ich fort. »Reynold wird zu uns stoßen und nach einem Handkarren suchen, während Cort sich zu den Ochsentreibern begibt und zunächst abwartet. In der Zwischenzeit werde ich Amalia dazu bringen, einen mit Opium versetzten Becher Wein zu sich zu nehmen, der sie in den Schlaf fallen lassen wird. Ich besorge einen Leinensack, der groß genug ist, um Amalia vor neugierigen Blicken zu schützen, wenn wir sie auf dem Handkarren in dieses Haus schaffen. Reynold wird sich mit dem übrigen Opium auf den Weg zu Cort machen und ihm die Nachricht überbringen, dass sich Amalia in unserer Gewalt befindet. Erst dann werdet ihr die Ochsentreiber ausschalten. Sei es mit dem Opium oder mit Gewalt. Wir werden bald darauf mit Amalia eintreffen. Zusammen begeben wir uns mit der Ochsenherde zum Stadttor, und da euch die Wachen dort kennen, wird man uns hoffentlich unbehelligt passieren lassen.«

»Und dann?«, wollte Jasmin wissen. »Was geschieht, wenn wir die Stadt verlassen haben und uns auf freiem Feld befinden?«

»Wir suchen Schutz in einem der trockenen Gräben, die die Bischöflichen im Niemandsland ausgehoben haben. Bis die Täufer bemerken, dass Amalia verschwunden ist und dass wir uns von der Ochsenherde entfernt haben, hocken wir schon in unserem Versteck. Ich bezweifle, dass Bockelsons Männer uns dorthin folgen werden. Immerhin halten nicht weit entfernt die Landsknechte des Bischofs ihre Hakenbüchsen und Kanonen im Anschlag. Und wenn die Dunkelheit hereinbricht, suchen wir uns einen Weg, die Schanze unbehelligt zu überqueren.

»Das klingt alles so einfach«, meinte Anton Kribbe.

»Es ist einfach«, sagte ich. »Ich bin davon überzeugt, dass unser Vorhaben gelingen wird.« Ich schmunzelte aufmunternd. »Genießt diese Nacht. Es wird eure letzte in Münster sein. Morgen schon werden wir uns im Lager des Bischofs besaufen.«

KAPITEL 27

Wie an jedem Morgen wurden wir zum Glockenschlag der fünften Stunde geweckt. Doch dieser Tag würde kein Tag wie jeder andere sein. Das war auch Jasmin klar, und als ich mich auf unserem Lager aufsetzte, küsste sie mich auf den Mund. Es war nur eine flüchtige Geste, weder leidenschaftlich noch verlangend, aber für mich kam es einem neuen Anfang gleich.

»Viel Glück«, sagte sie leise.

»Das brauchen wir alle«, erwiderte ich, dann erhoben wir uns, erledigten die Morgenwäsche und begaben uns in die Küche, wo uns eine Suppe gereicht wurde. Eines der Fenster stand offen, und in der morgendlichen Dämmerung vernahm ich das Rauschen und Plätschern von Regen.

Zur neunten Stunde, nachdem die dringendsten Arbeiten erledigt waren, kündigte Bernt von Zwolle an, dass das Gesinde nun geschlossen aufbrechen würde, um dem Gerichtstag auf dem Domplatz beizuwohnen. Nur zwei der Mägde würden zurückbleiben, um die Mittagsspeise vorzubereiten.

In dem Tumult des Aufbruchs stahl ich mich auf den Hinterhof und verbarg mich eine Weile in dem Schuppen, in dem Amalia mich vor einigen Tagen verführt hatte. Ob auch sie wohl in diesem Moment an unseren Beischlaf dachte, während sie in ihrer Kammer begierig darauf wartete, dass ich durch ihre Tür trat und sie mir ausgeliefert sein würde? Nun, ihr Wunsch würde in Erfüllung gehen – nur etwas anders, als Amalia es sich in ihren wollüstigen Phantasien ausmalte.

Ich wartete mehrere Minuten ab, und erst als ich sicher war, keine Stimmen mehr zu hören, verließ ich den Schuppen. Der Regen war stärker geworden, und ein auffrischender Wind peitschte mir die Nässe ins Gesicht, als ich durch die Mauerpforte zum Hof der Königsfrauen lief und dort Reynold begegnete, der aufgebracht über den Regen schimpfte. Ich schickte ihn zu den Werkstätten, wo er die Karre besorgen sollte, und betrat das Hauptgebäude durch den Hintereingang, von dem aus ich rasch in die Küche gelangte. Wie erwartet war auch hier alles verlassen.

»Jasmin«, rief ich. Sofort darauf öffnete sich eine seitliche Holztür, aus der Jasmin in die Küche trat. Wahrscheinlich hatte sie sich dort in der Kammer versteckt, als das Gesinde zum Domplatz gegangen war.

»Was ist mit Reynold?«, fragte sie.

»Heute ist auf ihn Verlass. Er schaut sich nach einer Karre um.« Ich zog aus meiner Gürteltasche die Schachtel mit den Opiumpillen und wies Jasmin an: »Bring mir einen Becher Wein.«

Eilig stieg Jasmin eine Treppe hinab und kehrte bald darauf mit einer Kanne Wein zurück. Sie nahm einen Zinnpokal von einer Anrichte und füllte ihn. Nun zerbröselte ich ein Opiumkügelchen in den Wein, überlegte kurz, streute dann noch ein zweites hinein und verrührte alles miteinander. Die Menge des Rauschmittels würde gewiss ausreichen, um Amalia für mehrere Stunden in einen seligen Schlaf fallen zu lassen.

»Machen wir uns auf den Weg zu Amalias Kammer«, sagte ich. »Sie wird wohl schon ungeduldig warten.« Meine letzten Worte gingen in einem heftigen Donnern unter.

»Worauf wartet sie denn eigentlich?«, wollte Jasmin wissen. »Was hast du ihr versprochen?«

Für einen Moment brachte sie mich in Verlegenheit, und ich suchte nach einer schlüssigen Antwort. »Ein gemeinsames Gebet«, behauptete ich, obwohl mir klar war, wie seltsam das klingen musste.

»Ein Gebet?« Jasmin stutzte.

Ich hatte keine Lust auf weitere Erklärungen, die mich nur in immer neue Schwierigkeiten bringen würden. »Komm endlich«, sagte ich und lief aus der Küche zu der Treppe, von der aus ich auf den Korridor und vor Amalias Kammertür gelangte. Ich verharrte kurz, atmete tief ein und klopfte an das Holz. Ohne eine Antwort abzuwarten, öffnete ich die Tür und trat in das Zimmer. Zu meinem Erschrecken stellte ich fest, dass der Raum verlassen war. Damit hatte ich nicht gerechnet. Wo zum Himmel war Amalia?

Ich drehte mich zu Jasmin um. »Sie ist nicht hier.«

»Scheint so, als wäre das gemeinsame Gebet doch

295

nicht die große Verlockung für sie gewesen«, meinte Jasmin. »Ich nehme an, sie ist den anderen Frauen zum Gerichtstag gefolgt.«

»Verdammt!«, fluchte ich. »Das heißt, wir müssen alles abbrechen und auf eine neue Gelegenheit warten.«

Kaum hatte ich das ausgesprochen, hörte ich jemanden hinter meinem Rücken meinen Namen rufen. Ich wandte mich um und sah Amalia. Sie lief vom anderen Ende des Korridors auf mich zu, fiel mir in die Arme und schnaufte aufgeregt.

»Emanuel, du musst mir helfen«, hauchte sie in mein Ohr. »Ich bin in Gefahr.«

Ich drückte sie ein wenig von mir, und erst jetzt bemerkte Amalia wohl Jasmin und starrte sie verwundert an.

»Was zum Himmel ist denn geschehen?«, fragte ich sie. »Warum habt Ihr nicht auf Eurem Zimmer auf mich gewartet?«

»Ich … ich wollte eine Kanne Wein für uns besorgen«, erklärte Amalia. Sie atmete zweimal tief ein und aus, um sich zu beruhigen. »Als ich auf dem Weg zur Speisekammer im Saal ein offenstehendes Fenster schließen wollte, sah ich einen Mann über den Hof laufen.«

Ich stutzte. Sprach sie von Reynold? Aber warum sollte der sie in eine solche Aufregung versetzen?

»Was ist so schlimm daran, wenn Ihr einen Mann gesehen habt?«, sagte ich. »Wahrscheinlich handelte es sich nur um einen Pferdeknecht, der wie wir dem Gerichtstag ferngeblieben ist.«

Sie schüttelte den Kopf. »Ich kenne den Kerl. Er steht in den Diensten meines Vaters. Dieser Mann ist gewiss kein Anhänger der Täuferlehre. Mein Vater muss ihn nach Münster geschickt haben, um mich in seine Gewalt zu bringen. Und womöglich ist er nicht allein.«

»Ihr könntet Euch getäuscht haben«, entgegnete ich. »Eine Gestalt im Regen …«

»Unsinn!«, rief sie ärgerlich. »Diesen Hünen würde ich in einer Neumondnacht erkennen. Er ist groß wie ein Baum und könnte jeden von uns mit einem einzigen Schlag niederstrecken.«

»Cort«, knurrte ich. Was hatte der hier verloren?

Amalia machte einen Schritt zurück und schaute mich so entgeistert an, als hätte ich mich soeben in einen Ziegenbock verwandelt. »Woher kennst du seinen Namen?«

»Amalia …«, versuchte ich sie zu beschwichtigen, doch sie fiel mir sogleich ins Wort.

»Woher kennst du seinen Namen?«, wiederholte sie gereizt.

Ich erwiderte nichts darauf, reichte Jasmin den Pokal, dann packte ich Amalia, die spitz aufschrie, als ich ihre Arme auf den Rücken zwängte und sie mit einem festen Griff festhielt.

»Lass mich los, du Dummkopf!«, schimpfte Amalia.

»Der Wein!«, rief ich Jasmin hastig zu. »Sie muss den Wein trinken!«

»Nein!«, protestierte Amalia und wand sich verzweifelt. »Dafür lasse ich euch hinrichten.«

Jasmin fasste recht grob in Amalias Haare, zog den Kopf nach hinten und setzte ihr den Pokal an die Lippen.

»Kneif ihr die Nase zu, damit sie schluckt!«, sagte Jasmin. Ich hielt Amalia nun mit einer Hand fest, um mit der anderen ihre Nase zuzudrücken. Sie strampelte wild, aber Jasmin gelang es tatsächlich, ihr mehr als die Hälfte des mit dem Opium versetzten Weines einzuflößen.

Ich schleppte Amalia in ihre Kammer, drückte sie auf das Bett und zog die Lederschnüre hervor, die ich vorsorglich mitgenommen hatte. Während ich Amalia fesselte, bedachte sie Jasmin und mich mit einem Reigen an Beschimpfungen, von denen *Abschaum* und *Straßenköter* noch die harmlosesten Bezeichnungen waren.

Zu guter Letzt stopfte ich ihr ein Tuch in den Mund und stoppte damit ihre Schimpfkanonade. Stöhnend wand Amalia sich nun auf dem Bett hin

298

und her, mit einem finsteren Blick, der Jasmin und mich wohl am liebsten mit Blitzen und Feuerbällen gestraft hätte.

»Warum in drei Teufels Namen hat sie Cort zu Gesicht bekommen?«, keuchte Jasmin.

»Ich habe keine Ahnung.« Mich plagte ein schlechtes Gefühl, was diese Entführung betraf. Wenn sich Cort tatsächlich hier auf dem Hof herumtrieb, konnte das nur bedeuten, dass etwas schiefgelaufen war. Doch nun, wo Amalia ihn erkannt hatte und von uns überwältigt worden war, gab es kein Zurück mehr.

»Sie dürfte sich gleich beruhigen und hoffentlich einschlafen«, sagte ich. »Dann ziehen wir ihr ...« Ich hielt inne, weil mir bewusst wurde, dass ich vergessen hatte, den Leinensack mitzunehmen, den wir Amalia überstreifen wollten, bevor wir sie durch die Stadt karrten.

»Ich habe nicht an den Sack gedacht«, teilte ich Jasmin mit. »Gibt es hier einen, der groß genug ist, um Amalia darin zu verbergen?«

Jasmin schüttelte den Kopf. »Ich glaube nicht.«

»Dann begebe ich mich rasch in die Küche des Königshofes und hole ihn. Vielleicht läuft mir dabei ja auch Cort über den Weg, und ich erfahre endlich, was hier vor sich geht.« Ich deutete auf Amalia, die inzwischen ruhiger geworden war. Das Opium schien bereits seine Wirkung zu zeigen. »Hab ein Auge auf sie. Ich bin gleich zurück.«

Mit schnellen Schritten eilte ich durch den windgepeitschten Regen und hielt Ausschau nach Cort. Ich entdeckte aber nur Reynold, der unter dem Dach der Werkstätten vor dem Gewitter Schutz suchte und neben sich einen Handkarren abgestellt hatte. Seltsam, dass an diesem Tag ausgerechnet auf ihn am meisten Verlass war.

Ich trat auf Reynold zu, berichtete ihm, was geschehen war, und hielt ihn an, die Augen und Ohren offen zu halten. Sogleich lief ich weiter zum Königshof und erreichte völlig durchnässt die Küche. Der Leinensack lag noch da, wo ich ihn zurückgelassen hatte. Das war beruhigend, doch schon im nächsten Moment fuhr mir ein weiterer Schreck durch alle Glieder, denn plötzlich wurde die Tür aufgestoßen, und angeführt von Bernt von Zwolle kehrte das gesamte Gesinde an den Königshof zurück.

»Was machst du schon hier?«, rief mir von Zwolle verwundert zu. »Bist wohl schon vor uns vor dem Regen geflüchtet. Nun ja, bei diesem Gewitter kann man dir keinen Vorwurf machen.«

»Der Gerichtstag …?«, stammelte ich.

»Wurde abgesagt aufgrund der widrigen Verhältnisse.« Von Zwolle wrang sein nasses Barett auf dem Boden aus. »Gott schickte uns Blitz und Donner, um uns mitzuteilen, dass er uns heute nicht auf der Straße haben will.«

Ich schluckte hart. Wenn der Gerichtstag vorzeitig beendet worden war, bedeutete das, dass der König und sein gesamtes Gefolge an den Hof zurückkehrten. Auch die Frauen des Königs würden schon bald ihre Gemächer aufsuchen. Wir mussten Amalia so schnell wie möglich aus dem Gebäude schaffen.

»Du schlachtest eine Gans«, wies mich der Küchenmeister an, doch ich ignorierte ihn und lief aus der Küche. Er rief mir etwas hinterher, doch das war mir egal. Unser Vorhaben stand auf der Kippe, und als hätte sich alles gegen mich verschworen, passierte ich auf meinem Weg nach draußen eine Gruppe nassgeregneter Prädikanten, in der ich Hermann Ollrich erkannte. Mit gesenktem Kopf trat ich rasch an den Männern vorbei und befürchtete schon, dass Ollrich mich bemerken und mich festhalten würde, doch anscheinend hatte er nicht in meine Richtung geschaut.

Zurück am Hof der Frauen begegnete ich einer schnatternden Ansammlung von Weibern, die im Hauptsaal und in der Küche ihre nassen Mäntel ablegten und sich trockene Tücher reichten. Auch die meisten der Königsfrauen hielten sich hier auf, was meine Hoffnung nährte, dass Jasmin und Amalia bislang unentdeckt geblieben waren.

Mit klopfendem Herzen lief ich die Treppe hinauf.

Jasmin wartete auf dem Korridor vor der Tür zu Amalias Kammer.

»Ich habe von unten Stimmen gehört«, sagte sie hastig. »Da zog ich es vor, hier auf dich zu warten, um im schlimmsten Fall die Flucht ergreifen zu können.«

Ich zog den Leinensack hervor. »Wir gehen nicht ohne Amalia.« Jasmin und ich traten in die Kammer, wo Amalia noch auf dem Bett lag und anscheinend in einen unruhigen Halbschlaf gesunken war.

»Hilf mir, ihr den Sack überzustreifen«, wies ich Jasmin an. Wir brachten Amalia in eine sitzende Position. Gerade als ich den Leinensack über ihren Kopf ziehen wollte, zuckte ich zusammen, denn ich bemerkte aus den Augenwinkeln, dass die Tür aufgestoßen wurde. Dort stand nun Hermann Ollrich, und sein stechender Blick huschte von mir zu Jasmin und der gefesselten Amalia.

»Meine Augen haben sich vorhin also nicht getäuscht. Du bist es«, sagte Ollrich. Er schaute zu Jasmin. »Und als ich dich das letzte Mal zu Gesicht bekam, warst du wie ein Mann gekleidet.« Er trat einen Schritt zurück. »Was auch immer ihr hier treibt … ich werde es zu verhindern wissen.«

Ich befürchtete, dass Ollrich im nächsten Moment die Wachen rufen würde und dass es zu spät war, die Flucht zu ergreifen. Der Prädikant lächelte maliziös,

302

doch plötzlich veränderte sich sein Gesichtsausdruck von Triumph zu Erschrecken, denn eine Hand packte ihn am Kragen, und bevor Ollrich auch nur einen Ton herausbringen konnte, traf ihn eine Faust und brach ihm erneut die Nase. Der Prädikant taumelte, und ein zweiter Schlag streckte ihn zu Boden.

»Er hat aus dem ersten Mal nichts gelernt«, sagte Cort, fasste Ollrich an den Beinen und schleifte ihn in die Kammer.

»Cort ... was zum Teufel machst du hier?«, brachte ich hervor, noch immer konsterniert von der unerwarteten Entwicklung des Geschehens.

Cort schloss die Tür. »Wir haben ein Problem.«

»Nur eines?«, meinte Jasmin.

»Du solltest dich um die Ochsenherde kümmern«, herrschte ich Cort an.

»Es gibt keine Ochsenherde mehr«, entgegnete Cort in einem ähnlich verärgerten Ton.

Ich stutzte. »Was soll das heißen?«

»Die Ställe waren leer. Einer der Viehtreiber sagte mir, dass sämtliche Ochsen für das gestrige große Abendmahl geschlachtet worden sind.« Er seufzte. »Die Täufer haben unsere Möglichkeit zur Flucht einfach aufgefressen.«

Nun musste ich mich setzen. »Du lieber Himmel!«, stöhnte ich.

»Wir hätten alles abbrechen müssen. Ich wollte

euch warnen, darum bin ich hierhergekommen. Dann traf ich Reynold, der mir sagte, dass Amalia mich gesehen hatte und dass wir in Schwierigkeiten stecken. Daraufhin bin ich hierher zur Kammer gelaufen und kam wohl gerade noch rechtzeitig.« Er stieß mit der Fußspitze gegen den bewusstlosen Ollrich.

Ich überlegte kurz, dann traf ich eine Entscheidung. »Wir haben Amalia, und wir nehmen sie mit. Wie wir sie dann aus der Stadt herausschaffen, können wir später überlegen. Beeilen wir uns, bevor wir entdeckt werden.«

»Was ist mit dem Prädikanten?«, fragte Jasmin. »Sollen wir den auch mit uns schleppen? Er weiß, dass wir Amalia in unsere Gewalt gebracht haben.«

»Wir lassen ihn hier zurück«, entgegnete ich. »Er wäre uns nur hinderlich, und unsere Tarnung ist nun ohnehin wertlos geworden.«

Ich nahm ein Tuch, stopfte es in Ollrichs Mund und fesselte ihm die Hände. Wahrscheinlich würde es nicht allzu lang dauern, bis man ihn hier fand, aber bis dahin hatten wir gewiss unser Versteck in der Neubrückenstraße erreicht.

Jasmin half mir, Amalia den Sack überzustreifen. Erfreulicherweise reichte der tatsächlich von ihrem Kopf bis zu den Füßen. Cort legte sich Amalia über die Schulter, und obwohl wir am Fuß der Treppe ei-

304

ner Magd und auf dem Hof zwei Pagen begegneten, schöpfte niemand Verdacht.

Reynold erwartete uns an der vereinbarten Stelle. »Ist sie das?«, fragte er und deutete auf den Leinensack.

»Nein, das ist der Erlöser Jesus Christus«, knurrte Cort und legte Amalia auf die Karre. Wir schoben das Gefährt mit vereinten Kräften durch den Regen, der die Straße in einen sumpfigen Morast verwandelt hatte.

Jasmin und ich drückten fest gegen den hinteren Teil des Wagens. Ihre Augen verrieten, dass sie sich große Sorge machte. »Du hast keinen blassen Schimmer, wie wir Münster verlassen sollen«, sagte sie. »Habe ich recht?«

»Ich muss nachdenken«, erwiderte ich nur, während sich der Karren schmatzend durch den Schlamm voranbewegte.

KAPITEL 28

Auch wenn der Regen es uns erschwerte, mit dem Gefährt voranzukommen, hatte die Nässe dennoch etwas Gutes. Bei diesem widrigen Wetter hielt sich kaum eine Menschenseele auf der Straße auf, so dass wir weitgehend unbeobachtet das Haus von Anton Kribbe erreichten. Wir wussten nicht, wie lange es dauern würde, bis jemand den gefesselten Prädikanten Ollrich in Amalias Kammer entdecken würde. Wenn bekannt wurde, dass Amalia von uns verschleppt worden war, würde es von Vorteil sein, wenn niemandem aufgefallen war, dass wir einen mit einem Sack beladenen Wagen in die Neubrückenstraße geschoben hatten.

Ich hämmerte mit der Faust an Kribbes Tür. Der Alte öffnete uns so rasch, als habe er die ganze Zeit bereits ungeduldig am Eingang auf uns gewartet. Während Cort Amalia ins Haus trug, schoben Jasmin, Reynold und ich den Karren die Straße hinab, versteckten ihn in einem verlassenen Schuppen und liefen zu Kribbes Haus zurück.

»Es ist euch tatsächlich gelungen«, begrüßte mich der Alte.

»Nichts ist gelungen«, grantelte ich. Ich ging zu Cort, der Amalia inzwischen von dem Sack befreit und sie auf eine Bank gesetzt hatte. Während er die Fesseln an ihren Füßen löste, entfernte ich den Knebel aus ihrem Mund. Sie hielt die Augen geschlossen und schlief noch immer. Einen Moment lang überlegte ich, ob ich auch die Schnur an ihren Handgelenken lösen sollte. Da ich aber befürchtete, dass Amalia recht ungehalten reagieren würde, wenn sie wieder bei Besinnung war, beließ ich es dabei.

Kribbe wollte wissen, was geschehen sei, und ich

erklärte ihm, dass wir vor einem großen Problem standen, da sich unsere geplante Möglichkeit zur Flucht durch das ausufernde Fressgelage des vorgestrigen Abendmahls in Luft aufgelöst hatte.

»Gütiger Jesus«, krächzte Kribbe. »Warum bringt ihr diese Frau in mein Haus, wenn ihr hier festsitzt? Jan Bockelson wird außer sich sein, wenn er von dieser Tat erfährt. Er wird die Garde und den gesamten Hofstaat ausschicken, um Amalia zu finden. Weiß jemand von eurer Verbindung zu mir?«

»Ich habe niemandem davon erzählt«, sagte ich, und auch die anderen schüttelten die Köpfe.

Reynold fragte: »Wieviel Zeit mag uns nun noch bleiben?«

»Was weiß ich«, sagte Kribbe. »Die Täufer werden jedes Haus durchsuchen und jeden Bürger befragen. Ihr habt womöglich noch einen Tag, vielleicht aber auch nur wenige Stunden.«

»Ich brauche Vorschläge, wie wir so schnell wie möglich die Stadt verlassen können«, sagte ich und blickte in die Runde.

»Wir könnten in der Nacht über die Mauern klettern«, meinte Reynold.

»Unmöglich«, wiegelte Cort ab. »Das ist keine Mauer, sondern eine Festungsanlage mit Schanzen und mehreren breiten Wassergräben, die zudem von Dutzenden Patrouillen überwacht wird.«

307

»Gibt es womöglich Tunnel, die aus der Stadt herausführen?«, fragte ich Kribbe.

»So etwas ist mir nie zu Ohren gekommen«, erwiderte der Alte. »Und die Zeit ist zu knapp, um das in Erfahrung zu bringen.«

»Wir könnten uns den Weg durch eines der Tore freikämpfen«, schlug Jasmin vor, räumte aber sofort ein: »Ich befürchte jedoch, dass abgesehen von Cort keiner von uns allzu viel Geschick mit Waffen besitzt.«

Ich nickte. »Die Wachen würden uns niederringen, bevor wir auch nur das erste Tor der Bastion erreicht hätten.«

»Wie wäre es mit Bestechung?«, sagte Kribbe. »Bei einigen der Torwächter handelt es sich um übergelaufene Landsknechte, denen vor allem ein guter Sold wichtig ist. Zudem gibt es Männer, die meinem Sohn Melchior für eine großzügige Entlohnung Einlass in die Stadtpforte gewährt haben.«

»Und womit sollen wir die ködern?«, warf Reynold ein. »Mit Stockfischen und Trockenfleisch aus deinem Keller?«

Ein dumpfes Stöhnen unterbrach unsere Überlegungen. Ich wandte mich um und sah, dass Amalia aufgewacht war und mit einem trüben Blick in unsere Richtung starrte.

»Sie wird durstig sein«, meinte Cort, goss aus einer

Kanne verdünnten Wein in einen Becher und führte ihn an Amalias Lippen. Zunächst drehte sie ihren Kopf weg, doch dann nahm sie einige Schlucke und schien an Klarheit zu gewinnen. Ihr Blick wirkte nun nicht mehr wie betäubt, sondern eher angewidert und feindselig.

»Trink nur«, sagte Cort und strich ihr über das Haar. »Du hast hier nichts zu befürchten.« Für mich klang es, als spräche er zu einem Kind.

Amalia hielt einen Moment lang still und schien Corts Fürsorge ohne Regung hinzunehmen, dann aber spuckte sie ihm unvermittelt den Wein ins Gesicht und stieß ihn mit ihren gefesselten Händen von sich.

»Wie könnt ihr es wagen, mich gegen meinen Willen zu verschleppen!«, schimpfte sie. »Ich bin eine Ehefrau des Königs. Er wird seine Bluthunde auf euch hetzen und für dieses Verbrechen jedem Einzelnen von euch das Fleisch mit glühenden Zangen vom Körper reißen lassen.«

Cort wollte seine Hand zu ihr ausstrecken, um sie zu beruhigen, hielt dann aber inne, weil er wohl befürchtete, dass sie ihn beißen würde. »Wir bringen dich zu deinem Vater zurück, Amalia«, sagte er stattdessen nur.

»Mein Vater?«, sagte sie. »Also hat er euch hergeschickt.«

»Er ist in Sorge um dich.«

»Um mich? Darüber kann ich nur lachen. Besorgt ist er höchstens darum, dass er mich nicht gewinnbringend verheiraten kann.« Sie lachte bitter. »Eigentlich müsste es ihm gefallen, dass ich die Ehe mit einem König geschlossen habe.« Sie kicherte heiser, zog die Stirn in Falten und fragte: »Was habt ihr jetzt mit mir vor? Wollt ihr mir Gewalt antun? Trage ich deshalb noch diese Fesseln, weil ihr euch zwischen meine Beine zwängen wollt?«

»Grundgütiger«, stöhnte ich. »Ich glaube, das wäre das Letzte, was uns nun in den Sinn kommen würde.«

»Bist du dir dessen so gewiss?«, fragte Amalia und reckte ihr Kinn in Corts Richtung. »Der da ist mir auf dem Gut meines Vaters wie ein geiler Straßenköter hinterhergelaufen. Und er nimmt es mir wohl jetzt noch übel, dass ich es ihm nicht erlaubt habe, mich zu beschlafen.«

»Du verdrehst die Wahrheit«, widersprach Cort. »Ich war von dir angetan, aber nicht ich, sondern du wolltest, dass ich in dein Bett komme. Ich habe deinen Annäherungen stets widerstanden, weil ich dich respektiert habe.«

»Respekt?« Amalia spuckte verächtlich auf den Boden. »Es war die Angst vor meinem Vater. Du bist ein Koloss, aber dennoch ein Schwächling.« Ihr Blick wanderte zu mir. Sie griente und sagte: »Da ist Ema-

310

nuel aus anderem Holz geschnitzt. Der hat nicht lange gezögert.«

Cort spannte sich an. »Was meinst du damit?«

»Willst du es wissen?«, erwiderte Amalia. »Er hat mir die Röcke hochgeschoben und mich wie ein Tier besprungen.«

Sofort traf mich Corts finsterer Blick. »Ist das die Wahrheit?«

Ich räusperte mich verlegen. »Du weißt, dass sie vieles verdreht.«

»Stimmt es, was sie behauptet? Hast du bei ihr gelegen?«

Ich zögerte mit einer Antwort. Würde es Cort womöglich noch wütender machen, wenn er eine Lüge erkannte?

Cort kam auf mich zu und atmete schnaufend ein. Er wirkte bedrohlich.

»Es ging nicht von mir aus«, versuchte ich es ihm zu erklären. »Sie hat alles darangesetzt, mich zu verführen, und das hat mich schwach werden lassen.«

Cort ballte die rechte Hand zur Faust. Ich befürchtete schon, dass er mich schlagen wolle, doch es blieb bei dieser Drohung. Dafür erhob sich nun aber Jasmin und sagte vorwurfsvoll: »Also ist es wahr, dass du es mit ihr getrieben hast.«

Bevor ich etwas darauf erwidern konnte, mischte sich Amalia ein. »Bist du tatsächlich sein Eheweib, oder war auch das nur eine Täuschung? Auf jeden Fall scheint er dir am Herzen zu liegen. Wenn das wahr ist, dann tust du mir leid. Dieser Mann wird dich immer belügen und hintergehen. Ein einziger ermunternder Blick von mir hat genügt, dass sein Schwanz hart wie ein Stein wurde und er über mich herfiel.«

Jasmin verpasste mir eine Ohrfeige. Der Schlag schmerzte, aber er traf mich bei weitem nicht so hart wie ihr vorwurfsvoller Blick. Und das alles war die Schuld von Amalia, der es gefiel, uns zu provozieren und gegeneinander aufzubringen. Ihre Zunge versprühte mehr Gift als ein Fliegenpilz. Es wäre wohl besser gewesen, den Knebel niemals zu entfernen.

Cort strich sich enttäuscht über die Stirn und murmelte: »Ich hätte dich in die faulige Grube stoßen sollen, als ich die Gelegenheit dazu hatte.«

»Wenn du es noch einmal versuchen solltest, helfe ich dir dabei«, sagte Jasmin und ließ in ihrer Stimme Verachtung erkennen.

Ich hob beschwichtigend die Hände. »Beruhigt euch, verdammt! Über mögliche Verfehlungen könnt ihr später richten. Zunächst aber sollten wir eine Lösung dafür finden, wie wir …«

Mein Satz wurde von Anton Kribbe unterbrochen, der die Tür zur Stube aufriss und uns aufgeregt zurief: »Bewaffnete laufen von der Straße her auf das

Haus zu!« Er stürzte zum Eingang. »Ich verriegele die Tür, aber das wird sie nicht lange aufhalten.«

Einen Augenblick lang blieb jeder von uns wie erstarrt. Wie hatten die Täufer uns so rasch aufspüren können? Ich fluchte und drängte die anderen zur Hintertür. »Lauft!«

Reynold und Cort zögerten nicht. Sie rannten in den angrenzenden Raum und von dort aus zum Ausgang, der auf den Hinterhof führte. Ich hoffte nur, dass die Bewaffneten das Haus noch nicht umstellt hatten.

An der Vordertür waren aufgeregte Stimmen zu hören. Mein Blick fiel auf Amalia. Ich zog sie von der Bank auf die Beine und drängte sie zum Hinterausgang. Sie kreischte laut auf und widersetzte sich, indem sie gegen mein Schienbein trat.

Mit einem lauten Krachen wurde die Vordertür aufgestoßen. Polternde Schritte waren aus dem Vorraum zu vernehmen sowie ein Schrei Anton Kribbes, als der wohl zu Boden gestoßen und überwältigt wurde.

Amalia rief um Hilfe und wand sich noch immer. Ich wies Jasmin an, mir zu helfen, Amalia herauszuschaffen, doch sie schüttelte nur den Kopf und trat zur Tür. »Lass sie hier«, sagte sie. »Sie hindert uns nur.«

Es widerstrebte mir, Amalia zurückzulassen, und so schleppte ich sie unter Aufbietung all meiner

Kräfte zur Tür. Jasmin war bereits nach draußen gelaufen, doch dann machte ich auf dem Hinterhof eine Bewegung aus, und im nächsten Moment sah ich, wie Jasmin von zwei Männern gepackt und zu Boden gestoßen wurde.

In diesem Moment gab ich Amalia endlich auf und stürzte zur Tür. Es gelang mir nicht mehr, Jasmin zu Hilfe zu eilen, denn ein weiterer Kerl baute sich vor mir auf, schlug mir den Knauf seines Schwertes vor die Stirn und schickte mich in die Dunkelheit.

KAPITEL 29

Das Erste, was ich spürte, als ich aufwachte, war ein pochender Schmerz in meinem Schädel. Ich wollte ertasten, ob mein Kopf überhaupt noch in einem Stück auf den Schultern saß, doch meine Arme waren so schwer, als hätte man sie mit Ketten behängt.

Ich blinzelte und erkannte, dass genau dies der Fall war. Meine Handgelenke waren mit Eisenschellen aneinandergefesselt worden, und eine schwere kurze Kette führte zu einem in die Wand gemauerten Ring, so dass ich mich kaum bewegen konnte. Es gelang mir nun allerdings doch, die Finger an die Stirn zu führen, und ich ertastete dort, wo mich der Schwertknauf getroffen hatte, eine Beule von der Größe eines

Hühnereis. Die Berührung ließ meinen Kopf vor Schmerzen fast explodieren, und so senkte ich rasch die Hand.

Stöhnend setzte ich mich auf und versuchte mich zu orientieren. Ich befand mich in einem flachen Gewölbe, in dem zwei Fackeln zumindest so viel Licht spendeten, dass ich Jasmin und Anton Kribbe erkennen konnte. Die beiden waren nicht weit von mir ebenfalls in Ketten gelegt worden. Zudem kauerte neben mir noch ein mir fremder Kerl auf einer dünnen Schütte Stroh. Von dem Mann ging ein unangenehmer Geruch aus. Wahrscheinlich hockte er schon länger als wir in diesem Verlies und hatte bereits seine Notdurft auf dem Boden verrichtet.

»Wo … wo hat man uns hingeschafft?«, brachte ich hervor und schaute zu Jasmin, in deren Gesicht ich trotz des trüben Lichts mehrere Schrammen und Abschürfungen erkennen konnte.

»Sie haben uns in einen Kerker im Keller des Rathauses geschafft«, sagte Jasmin. Sofort darauf hustete sie und würgte laut.

»Bist du verletzt?«, wollte ich wissen.

»Nur ein Schlag in den Magen«, erklärte sie, nachdem sie sich gefangen hatte.

»Die waren nicht zimperlich mit uns«, meldete sich Anton Kribbe zu Wort. »Aber das konnten wir auch nicht erwarten.«

»Was ist mit Cort und Reynold?«, fragte ich. »Sind die auch überwältigt worden?«

»Hier sind sie jedenfalls nicht«, meinte Jasmin. »Also befinden sie sich entweder noch auf der Flucht, oder sie sind bereits getötet worden.«

»Die haben euch übel zugesetzt«, mischte sich nun auch der Mann neben mir ein. Seine blassen Wangen wurden von dunklen Bartstoppeln bedeckt. Anscheinend hatte er sich mit einer Ratte angefreundet, die quiekend um ihn herumhuschte und von ihm mit einigen Brotkrumen gefüttert wurde.

»Was habt ihr verbrochen, dass man solche Jagd auf euch gemacht hat?«, fragte er.

Ich zögerte mit einer Antwort. Der Kerl brauchte nicht zu erfahren, dass wir versucht hatten, eine der Königsfrauen zu entführen. Also speiste ich ihn mit einer unvollständigen Erklärung ab: »Wir haben versucht, Münster zu verlassen, und wurden dabei aufgegriffen.«

»Eine Flucht aus dem Neuen Jerusalem?«, krächzte der Kerl. »Wie dumm von euch! Münster ist der einzig sichere Ort auf Erden, wenn Gottes Strafgericht über uns hereinbricht. Nur die wahre Gemeinde Christi bleibt von Zerstörung und Tod verschont. Euer Glaube kann nicht allzu stark sein, wenn ihr dieses Privileg mit Füßen tretet.«

»Und warum wurdest du in dieses Verlies gesperrt,

wenn du doch so treu zu den Grundsätzen der Täufer stehst?«, wandte Anton Kribbe ein.

»Das ist nur die Schuld meiner vier launischen Ehefrauen«, antwortete der Mann. Er schaute uns nicht an, sondern betrachtete die Ratte, der er mit einem Finger zärtlich über das Fell strich. »Die eigensüchtigen Weiber haben behauptet, ich hätte sie vernachlässigt.«

»Hast du sie mit der Frau eines anderen betrogen?«, wollte Kribbe wissen.

»Um Himmels willen!«, empörte sich der Mann. »Ich respektiere das Sakrament der Ehe. Ich sehe nur nicht ein, dass ich meine Frauen ständig beschlafen soll. Wenn man mich deswegen hinrichtet, dann werde ich dem Herrn aufrecht entgegentreten, und ich hoffe, dass er mir nicht den Einlass in das Himmelreich verwehren wird.«

Irgendetwas an diesem Mann und seinen Ausführungen erschien mir seltsam. Diese Annahme bestätigte sich kurz darauf, als der einäugige Scharfrichter Nilan mit einem Eimer und einer Schöpfkelle das Verlies betrat und uns endlich Wasser reichte. Neben jedem von uns tauchte er die Kelle in den Eimer und setzte sie uns an den Mund. Wir tranken gierig, denn da seit unserer Festsetzung gewiss schon ein halber Tag vergangen sein mochte, plagte uns der Durst.

Auch der Mann neben mir schluckte das Wasser

317

wie ein Ertrinkender, aber dennoch beschwerte er sich: »Wann bringst du uns Brot? Wir haben Hunger.«

»Halts Maul, Goswin!«, knurrte Nilan. »Hättest deine Ziege nur melken sollen, anstatt sie zu besteigen, dann bräuchtest du hier nicht zu darben.« Er lachte kehlig und verließ den Kerker.

»Ist das wahr?«, fragte ich diesen Goswin. »Hast du es mit deiner Ziege getrieben, obwohl du mit vier Frauen verheiratet bist?«

Goswin schien meine Frage unangenehm zu sein. Er brummte nur und sagte: »Ich bin kein Sodomit. Das ist alles eine Lüge.«

»Wie kommt es dann, dass man dich in den Kerker gesteckt hat?«

»Weil ich zum Leidtragenden eines Missverständnisses geworden bin«, krächzte er. »Ich ging nur aus einem einzigen Grund in den Stall: Weil ich über dem Dunghaufen mein Wasser abschlagen wollte. Kaum hatte ich meine Hose heruntergelassen, wurde ich von einer meiner Frauen überrascht, die sofort ein großes Gezeter veranstaltete. Dummerweise eilte daraufhin ein Mann aus dem Nebenhaus herbei. Als meine Frau mich vor den Richter brachte, bezeugte dieser Kerl ihre Behauptung, ich hätte es mit der Ziege treiben wollen. Dabei habe ich das Tier nicht einmal berührt.«

318

»Vorhin hast du davon gesprochen, deine Frauen hätten dich angeklagt, weil sie sich vernachlässigt fühlten«, sagte ich. Goswin verzog mürrisch das Gesicht.

»Ich glaube, du bist ein Heuchler vor dem Herrn«, gab ich ihm zu verstehen.

»Und was bist du?«, fauchte mich Jasmin plötzlich an. »Du springst zwischen alle Beine, die vor dir geöffnet werden. Wahrscheinlich könntest du ebenfalls nicht vor einer Ziege haltmachen, wenn dir das Gemächt juckt und sie ihr Hinterteil zu dir ausstreckt.«

»Du tust mir Unrecht«, versuchte ich mich zu verteidigen.

»So? Was sagt denn wohl Amalia dazu?«

»Amalia hat mich verführt. Sie hat es darauf angelegt, von mir beschlafen zu werden. Und sie hat meine Schwäche ausgenutzt.«

»Deine Schwäche?« Jasmin lachte bitter. »Wie meinst du das?«

»Du hast mich abgewiesen. Immer und immer wieder. Irgendwann werden wir Männer anfällig für die Verlockungen der Weiber.«

»Du Hornochse!«, schimpfte Jasmin. »Die Täufer sollten dich entmannen, bevor sie dir das Haupt abschlagen, sonst richtest du mit deiner Männlichkeit sogar noch in der Hölle Schaden an.«

»Jasmin …«, versuchte ich sie zu beschwichtigen, denn sie redete sich regelrecht in Rage.

»Sprich nicht mehr mit mir, du Dreckskerl.« Mit diesen Worten drehte sie sich auf die Seite und wandte mir den Rücken zu. Ich nahm an, dass unser Gespräch damit beendet war.

Die nächsten Stunden warteten wir schweigend ab. Ich wusste nicht, ob es Morgen oder Abend war, und im Grunde war mir das auch egal. Die meiste Zeit versank ich in trübe Gedanken, die sich mit dem Tod beschäftigten und damit, ob ich nach meinem Ableben in eine andere Welt hinübergehen würde und was mich dort erwarten mochte. Ich kam zu dem Schluss, dass es müßig war, sich über Fragen den Kopf zu zerbrechen, die zu keiner Antwort führten. Also würde ich mich überraschen lassen, und wenn ich ins ewige Dunkel eingehen würde, dann sollte das halt so sein. Viel mehr ärgerte es mich, dass Jasmin und ich im Streit von dieser Welt abtraten.

Zeitweilig fiel ich in einen unruhigen Dämmerschlaf, in dem ich von wirren Traumbildern heimgesucht wurde. Dann wurde ich von einem Klappern geweckt, als Nilan mit dem Wassereimer und einem Brot in das Verlies trat und uns notdürftig versorgte.

Kurz darauf erhielten wir weitere Gesellschaft. Ich erkannte zunächst nur den Prädikanten Ollrich, der eine Laterne in der Hand schwenkte, um uns besser erkennen zu können. Hinter ihm hielt sich noch eine zweite Person auf, deren Gesicht von einer breiten Kapuze verdeckt war.

»Ich hätte Euch nicht mit hierhernehmen sollen«, wandte Ollrich sich an seinen Begleiter. »Dem König wird das nicht recht sein.«

Der andere streifte die Kapuze ab, und ich erkannte erstaunt, dass es sich nicht um einen Mann, sondern um Amalia handelte, die uns kühl musterte und mit einer Spur Genugtuung in ihrer Stimme entgegnete: »Es ist wichtig für mich. Diese bösen Kreaturen haben mir Schreckliches angetan. Sie haben mich entführt, bedroht und geschändet. Ich werde nur dann meinen Frieden finden, wenn ich mit eigenen Augen sehe, dass man sie wie Tiere in Ketten gelegt und dem Dreck überlassen hat.«

Sie kam auf mich zu, starrte mich einen Moment lang finster an und trat dann mit dem Fuß das schmutzige Stroh nach mir. »Du bist der ärgste Teufel von euch allen«, schimpfte sie. »Was hat mein Vater dir dafür geboten, dass du mich dieser heiligen Gemeinschaft entreißt? Gold? Frauen? Eine Anstellung als sein Lakai?«

Ich schüttelte den Kopf. »Er hält mein Kind gefangen. Seine Tochter im Austausch gegen meine Tochter. Das war der Handel, den er mir aufgezwungen hat.«

321

»Lügner!«, rief Ollrich. »Man sollte dir die Zunge herausreißen, bevor du auf den Richtplatz geführt wirst.«

»Euer Vater ist in Sorge um Euch«, wandte ich mich wieder an Amalia. »Und diese Sorge ist nicht unbegründet. Ihr befindet Euch in großer Gefahr.« Ich hoffte, dass Amalia verstand, was ich ihr sagen wollte. Vor dem Prädikanten Ollrich konnte ich aber nicht aussprechen, dass Amalias triebhaftes Wesen früher oder später auch sie den Kopf kosten würde.

»Halt den Mund!«, fauchte Amalia. »Das hier waren die letzten Worte, die wir miteinander gewechselt haben. Ich freue mich auf den morgigen Tag, wenn ich mitansehen kann, wie dir der Kopf abgeschlagen wird.« Sie stieß ein bitteres Lachen aus und verließ den Kerker.

Der Prädikant Ollrich hingegen blieb noch zurück. Ich nutzte die Gelegenheit und stellte ihm eine Frage, die mich schon die ganze Zeit über beschäftigt hatte.

»Wie hat man uns so rasch gefunden?«

Er rümpfte die Nase. »Wir haben den Küchenmeister Bernt von Zwolle befragt. Er gab uns den Hinweis, dass du einige Tage zuvor ein Haus in der Neubrückenstraße aufgesucht hast.«

Von Zwolle also. Er musste Jasmin und mir heimlich gefolgt sein. Seine Neugier kostete uns nun das Leben.

»Wann wird über uns das Gericht abgehalten?«, wollte Anton Kribbe wissen.

»Es wird keine Verhandlung geben«, verkündete Ollrich. »Das Urteil über euch ist bereits gefällt worden. Aufgrund der Schwere eurer Verbrechen hat unser König ohne Zögern entschieden, dass ihr morgen früh zur Hinrichtung geführt werdet. Ich für meinen Teil bin der Meinung, dass ein Tod unter dem Schwert zu gnadenvoll für euch ist. Darum werde ich mich dafür einsetzen, dass der Scharfrichter euch vor Vollstreckung des Urteils körperliche Peinigungen zufügt.« Er deutete auf meine Stirn. »Diese hässliche Beule soll nicht die einzige bleiben.«

»Sie ist nicht so hässlich wie Eure geschwollene und verfärbte Nase«, gab ich ihm frech zur Antwort. »Tat es weh, als sie gerichtet wurde?«

»Wir wollen sehen, ob du morgen noch immer zu Scherzen aufgelegt bist, wenn du um Erlösung von den Schmerzen bettelst.« Ollrich lachte leise, drehte sich um und trat nun ebenfalls aus dem Verlies. Ich war froh, ihn los zu sein.

»Das wird morgen kein guter Tag für euch«, raunte Goswin in meine Richtung. »Ich befürchte, du hast dir soeben eine sehr unangenehme Hinrichtung eingehandelt.«

»Kein Wort mehr«, ging Anton Kribbe energisch dazwischen. »Ich will nichts mehr darüber hören.«

323

Fortan schwiegen wir also wieder. Ein jeder versank in seine trüben Gedanken. Die Aussicht auf Tod und Schmerzen weckte in mir das Verlangen, Jasmin nahe zu sein und sie in die Arme schließen zu können, um uns gegenseitig Kraft und Mut zu geben. Doch selbst wenn meine Ketten mich nicht daran gehindert hätten, zu ihr zu kriechen, hätte sie mich wohl mit einem Fußtritt zurückgestoßen und mir damit deutlich gemacht, wie sehr sie mich verachtete.

Und das war es, was ich in unserer Situation am meisten bedauerte.

KAPITEL 30

Gerne wäre ich in den Schlaf gesunken, doch mein Kopfgrimmen ließ mich keine Ruhe finden. Auch meine Knochen schmerzten inzwischen, da ich aufgrund der Ketten nach wie vor nur in einer gebückten Haltung auf dem Boden kauern konnte.

Zudem plagten mich trübe Gedanken und Hoffnungslosigkeit. Darum zog ich es vor, dass endlich etwas geschehen würde. Der Tod erschien mir mittlerweile nicht mehr als die Schrecklichste aller Alternativen.

Als dann jedoch die Tür aufgestoßen wurde und einige Knechte die Ketten lösten, unsere Hände mit Lederschnüren fesselten und uns auf die Beine zogen, sah die ganze Sache schon wieder anders aus. Nun rutschte mir das Herz in die Hose, und in Erwartung meiner bevorstehenden Hinrichtung wurden mir die Knie so weich, dass ich kaum einen Schritt vor den anderen setzen konnte.

Man führte uns nach draußen, und wir traten in das Sonnenlicht, das nach der Zeit in dem dunklen Verlies meine Augen blendete. Flankiert von je vier Bewaffneten auf jeder Seite stolperten Jasmin, Kribbe und ich vom Prinzipalmarkt zum Domplatz.

Es erleichterte mich, dass dieser Weg nur so kurz war. Insgeheim hatte ich befürchtet, man würde uns durch die gesamte Stadt karren und dem Unmut der Gemeinde Christi aussetzen.

Am Berg Zion hatte sich zwar bereits eine dichte Menschenmenge auf dem Platz versammelt, doch man bedachte uns nur mit vereinzelten Schmährufen. Wahrscheinlich war die Bevölkerung Münsters in den vergangenen Wochen Zeuge zu vieler Hinrichtungen geworden, als dass wir nun für sonderlich große Aufregung sorgten.

Auf dem Domplatz hatten die Würdenträger bereits ihre Plätze eingenommen. Rechter Hand unter den Bogengängen verfolgten wie üblich die Frauen des Königs und der Hofstaat das Geschehen. Ich entdeckte Amalia, die uns mit dem gleichen trotzigen Blick Verachtung entgegenbrachte, mit dem sie auch gestern in das Verlies getreten war. Auf der linken Seite befand sich die Hinrichtungsstätte. Vor dem blutbefleckten Holzklotz lehnte sich bereits der einäugige Scharfrichter Nilan auf sein Schwert, was keinen Zweifel daran aufkommen ließ, worauf das Urteil hinauslaufen würde.

Auf der mittleren Plattform saß König Jan auf seinem mit Seide umspannten Thron. Er gab ein Zeichen, und wir wurden vor das Podest gedrängt. In der Menge entstand ein Murren und Tuscheln, aber bislang war wohl noch immer nicht bekannt, für welches Verbrechen wir verurteilt werden sollten.

Dies änderte sich, als sich der Prädikant Ollrich erhob und auf das königliche Podest stieg. Nachdem Jan Bockelson diesen Gerichtstag für eröffnet erklärt hatte, trat Ollrich als Ankläger auf und sprach mit kräftiger Stimme zum versammelten Volk. In einem dramatischen Ton legte er einen Bericht darüber ab, dass sich Jasmin, ich und unsere Spießgesellen unter einem falschen Vorwand Einlass in das belagerte Münster verschafft hatten. Er selbst habe uns rasch entlarvt, jedoch hätten wir ihn durch Anwendung von Gewalt daran gehindert, uns schon zum damaligen Zeitpunkt festzusetzen. Er führte weiter aus, dass wir die Stadt betreten hätten, um eine der Frauen des Königs in unsere Gewalt zu bringen und sie der Gemeinde Christi zu entreißen. Zur Erfüllung dieses

326

niederträchtigen Plans hätten wir zudem nicht davor zurückgeschreckt, den Hof des Königs zu betreten, um dort mittels einer Täuschung eine Anstellung zu erhalten. Daraufhin war es uns unter Anwendung weiterer arglistiger Lügen gelungen, das Vertrauen der Königsfrau Amalia zu erschleichen. Wieder sei er es gewesen, so behauptete Ollrich, der unser schändliches Wirken enttarnt und alles darangesetzt habe, dieses Verbrechen zu vereiteln. Er verschwieg den Anwesenden aber, dass er erneut niedergeschlagen worden war. Wahrscheinlich war es ihm unangenehm, diese Schwäche einzugestehen. So behauptete er nur, dass es ihm zu guter Letzt doch gelungen sei, die Ausführung des blasphemischen Vorhabens zu vereiteln und die Urheber dieses Verrats vor das Gericht zu führen.

Während Ollrich seine giftigen Vorhaltungen vortrug, erfüllte es mich zumindest mit einer gewissen Erleichterung, dass Reynold und Cort unerwähnt blieben. Wären sie auf der Flucht getötet worden, hätte man der Gemeinde gewiss ihre Leichen präsentiert. Da dies nicht der Fall war, ging ich davon aus, dass sich die beiden noch immer auf freiem Fuß befanden und dass es ihnen womöglich sogar gelungen war, die Stadt zu verlassen.

Ollrich hatte seine Anklage inzwischen beendet. Während seines Vortrags erklangen aus der Menge

327

nun doch vereinzelte Rufe der Empörung oder an uns gerichtete Beschimpfungen. Einige Rufer forderten lauthals unseren Tod.

Jan Bockelson erhob sich, trat vor uns auf und ab, schaute uns fest in die Augen und sprach dann zu seinem Volk: »Euch mag die Belagerung durch den Bischof wie eine Bedrohung erscheinen, für mich aber ist sie ein Geschenk Gottes.« Er reckte seine Hände zum Himmel. »Der gütige Herr weiß sehr wohl, dass viele von euch von Angst befallen sind. Es ist die Angst vor der Armee, die vor den Toren dieser Stadt auf uns lauert. Doch ich sage euch, im Grunde beschützt uns dieser Feind. Er bewahrt uns davor, unseren Zweifeln nachzugeben und der Gemeinde Christi den Rücken zu kehren. Denn was erwartet euch da draußen? Was werdet ihr vorfinden? Nichts anderes als die Versuchung durch die Sünde. Und vor allem werdet ihr am Tag des großen Weltgerichts, das schon bald über die Ungläubigen hereinbricht, ungeschützt sein. Der einzige Ort, der Sicherheit verspricht, ist hier, denn Gott blickt mit Wohlgefallen auf uns gute Leute, die die Gesetze der Heiligen Schrift befolgen und die Sünde mit dem Schwert aus unserer Mitte tilgen. Tod und Feuer werden schon bald um uns herum wüten. Wir werden aus dem Feuer die Schreie und das Wehklagen vernehmen, und an diesem Tag sinken wir auf die Knie und danken dem Herrn für die Güte der Vergebung. Doch diese Vergebung wird nur den wahren Israeliten hier im Neuen Jerusalem zuteilwerden.«

Er legte eine Pause ein und ließ seinen Blick über die Menge schweifen, die sich von seinen Worten gefangen nehmen ließ. Mehrere Rufe waren zu hören, die Gott priesen und die Vernichtung aller forderten, die in Sünde lebten und die wahre Lehre Christi ablehnten.

Bockelsons Gesicht nahm nun einen wütenden Ausdruck an. Er richtete eine Hand auf uns und rief in deutlicher Verärgerung aus: »Aber diese Häretiker schlichen sich in unsere Stadt und planten das teuflischste aller Verbrechen. Sie wollten eine reine und unschuldige Seele unserer Gemeinschaft und damit der Obhut des Herrn entreißen, auf dass sie am Tag des Großen Gerichtes im Weltenbrand vernichtet werden würde. Kann es eine größere Niedertracht geben als die, die aus einer solchen Tat spricht?«

»Pfui!«, ereiferte sich eine Frauenstimme. »Unter das Schwert mit ihnen!«

Ich richtete meinen Blick auf die Menge. In einer der vorderen Reihen erkannte ich Bernt von Zwolle, in dessen Gesicht sich Verachtung und Kummer widerspiegelten. Ob er es insgeheim bedauerte, dass er mich an den König und die Prädikanten ausgeliefert hatte? Wahrscheinlich würde er sich das niemals eingestehen, denn er war und blieb ein Heuchler, so wie die meisten Menschen, die sich der Täuferlehre verschrieben hatten.

Ich schaute in die aufgebrachten und empörten Gesichter und konnte nicht anders, als diese Gemeinschaft zu bedauern, die sich in ein untragbares Korsett der Moral schnüren ließ.

Bernt von Zwolle und seine heimliche Begierde nach Männern; Amalia, die ihre fleischliche Lust durch dominante und devote Spiele stimulierte; Goswin, der seine Ehefrauen missachtet und stattdessen womöglich Befriedigung bei seiner Ziege gesucht hatte; und nicht zuletzt der König der Täufer selbst, der den Propheten Dusentschur beeinflusst hatte, um seinen Willen durchzusetzen – sie alle waren wie wohl die meisten der hier Versammelten nur das Spottbild einer perfekten Gesellschaft.

»Hört mein Urteil«, verkündete Jan Bockelson und richtete seinen Blick auf uns drei. »Ich erkläre euch für schuldig der Verstöße gegen die gottgegebenen Gebote und des Verbrechens gegen diese Gemeinschaft. Dafür sollt ihr mit dem Tod durch das Schwert abgestraft werden.«

Auf ein Zeichen von Bockelson hin wurden wir auf das Podest des Scharfrichters geführt. Nilan erwartete uns mit ernster Miene und ließ uns nebeneinander Aufstellung nehmen. Wie es schien, sollte ich der

Erste sein, den man zu dem abgenutzten Holzklotz führen würde, auf dem schon einige Münsteraner vor mir ihren letzten Atemzug getan hatten.

Dass ich zuerst mein Leben verlieren sollte, erschreckte mich nicht. Vielmehr war ich erleichtert, dass keine glühenden Zangen oder andere Folterinstrumente auf das Podest getragen wurden. Wahrscheinlich hatte man es eilig und wollte sich nicht mit langwierigen schmerzhaften Peinigungen aufhalten.

Jasmin und ich standen so dicht nebeneinander, dass sich unsere Schultern berührten. Während Nilan der jubelnden Menge sein Schwert präsentierte, schaute ich Jasmin an. Ihr Gesicht wirkte blass, aber im Grunde trat sie ebenso wie Anton Kribbe und auch ich recht gefasst diesen letzten Gang an.

Nun drehte sie sich zu mir, und unsere Blicke trafen sich. Erkannte ich in ihren Augen die Traurigkeit, die ich in mir spürte? Den Kummer darüber, dass dies die letzten Augenblicke waren, die wir miteinander teilen konnten? Bedauerte auch sie nun, dass wir zu viel Zeit mit sinnlosen Streitereien vergeudet hatten?

»Küss mich«, sagte ich leise zu ihr und bewegte meine Lippen auf ihren Mund zu, woraufhin sie zurückzuckte und den Kopf schüttelte.

Enttäuscht senkte ich den Blick und wurde schon im nächsten Moment von Nilans fleischigen Händen gepackt, zum Holzblock geführt und auf die Knie gedrängt. Er zog mein Hemd bis über die Schultern, damit mein Nacken frei lag und drückte meinen Kopf nach unten, so dass meine rechte Wange auf dem Holz auflag.

Ich schloss die Augen. Die Klinge des Scharfrichters berührte meinen Hals. Nilan nahm Maß. In diesem Moment vernahm ich hinter mir ein Keuchen und Jasmins flehende Stimme.

»Emanuel! Nein!«

Also bedauerte sie doch meinen Tod. Das gab mir ein wenig Befriedigung.

Nilan atmete tief ein und hob das Schwert an. Die Täufergemeinde verharrte in Stille. Ich erwartete den Hieb, der meinem Leben ein Ende setzen würde.

KAPITEL 31

Da ich diesen Bericht keineswegs aus dem Totenreich ablege, ist es wohl keine Überraschung, dass mein Kopf nicht über das Podest gerollt ist und dass ich noch immer unter den Lebenden weile.

Im Grunde hatte ich an meiner Rettung keinen eigenen Anteil. Ich kauerte vor dem Holzklotz mit zusammengekniffenen Augen, und für den Fall, dass ich wider Erwarten nach meinem Ableben doch vor einem göttlichen Strafgericht stehen würde, erflehte ich in Gedanken die Vergebung meiner kleinen und vor allem größeren Sünden.

Ich glaubte bereits, das Zischen des herabfallenden Schwertes zu vernehmen, da erhob sich in der gespannten Stille eine laute Stimme.

»Hört mich an!«, rief jemand. »Volk von Münster, hört meine Worte!«

Ich stutzte, denn ich erkannte, wer dort zu der Menge sprach.

Reynold!

»Das Wunder, auf das wir alle so verzweifelt gewartet haben, ist endlich eingetreten.«

Einige überraschte Ausrufe waren zu vernehmen, und ich sah, dass der Scharfrichter das Schwert wieder auf dem Boden abgestellt hatte. Ich drehte mühsam den Kopf und schaute in die gleiche Richtung wie die Menschen vor dem Podest. An einem der oberen, weit geöffneten Fenster des Rathauses stand eine mit einem grauen Gewand bekleidete Gestalt mit ausgebreiteten Armen. Reynold ahmte die Pose der Propheten nach, die wir in der Stadt so oft zu Gesicht bekommen hatten.

Im Grunde war dies nur eine weitere Darbietung seiner spöttischen Parodie auf die entrückten Verkündigungen des früheren Hofpropheten Dusentschur, die in unserem Kreis stets für Erheiterung gesorgt hatte. Sein plötzliches Auftreten hinterließ jedoch Eindruck bei den versammelten Männern und Frauen. Die träumerische religiöse Hoffnung dieser Menschen trübte gewiss ihr Urteilsvermögen, so dass sie nur allzu leicht von den Versprechungen eines Scharlatans in den Bann gezogen werden konnten. Doch wie lange würde Reynold seine Rolle als Prophet aufrechterhalten können, bevor allen klar wurde, dass seine Worte nichts weiter als heiße Luft waren?

»Unser Erlöser – er ist mir gegenübergetreten«, rief Reynold und reckte die Arme zum Himmel. Er legte eine kurze bedeutungsschwere Pause ein, dann verkündete er: »Der Weltenrichter Jesus Christus ist in unserer Mitte eingetroffen. Frohlocket, denn er wird die Frevler mit den Flammen und dem Schwert strafen. Die wahre Gemeinde Christi aber wird er erretten und aus der Stadt führen.«

Aus der Menge waren vereinzelte *Hosianna*-Rufe zu hören. Die meisten der Umstehenden konnten sich aber wohl noch nicht so recht entscheiden, ob sie diesem so überraschend aufgetauchten unbekannten Propheten Glauben schenken sollten.

Unterhalb des Podestes sah ich den Prädikanten Ollrich hervortreten. Auf seinem Gesicht zeigte sich der Ärger über diese Komödie. »Ein Hochstapler!«, keifte er. »Ergreift diesen Galgenstrick! Ich erkenne ihn. Er war beteiligt an den schändlichen Verbrechen, die wir heute richten.«

Ollrichs Worte gingen im allgemeinen Gemurmel unter, so dass selbst die Leute, die neben ihm standen, seinen Vorwürfen keine Beachtung schenkten. Stattdessen erhob nun wieder Reynold die Stimme und verkündete euphorisch: »Die Zeit des Auszugs ist gekommen. Folgt dem Erlöser, der wie Moses das Meer teilen wird, um uns sicher durch die Reihen der Belagerer zu führen.«

»Das ist uns schon einmal versprochen worden«, rief jemand. »Die gesamte Gemeinde ist hier versammelt. Warum zeigt sich uns der Erlöser nicht?«

»Weil … weil er mich zu seinem Sprachrohr bestimmt hat«, behauptete Reynold. »Und es wird dem Heiland nicht gefallen, wenn seine Entscheidungen in Frage gestellt werden.«

Reynolds Behauptung hatte ein allgemeines Murren zur Folge. »So ein Unsinn«, hörte ich Ollrich schimpfen. »Merkt denn hier keiner, dass dieser Kerl nur ein albernes Schauspiel betreibt?«

»Wir wollen einen Beweis!«, schwang sich eine Stimme auf. »Ein Zeichen des Allmächtigen!«

»Ein Zeichen?« Reynold hob erneut die Hände zum Himmel und rief laut aus: »Ein Zeichen! Oh, Herr, hörst du mich? Gib uns ein Zeichen und zeige auf, dass ich in deinem Namen spreche.«

335

Der Scharfrichter Nilan zog mich hoch, so dass ich auf den Knien hockte und dieses Schauspiel wie alle anderen verfolgen konnte. Die Möglichkeit, dass der Erlöser tatsächlich jeden Moment vom Himmel herabsteigen konnte, schien so etwas wie Barmherzigkeit in dem Einäugigen zu wecken.

Ich schaute zu Reynold, der noch immer mit ausgestreckten Armen auf das Zeichen wartete, und dann zu Jasmin, die ratlos mit den Schultern zuckte. Innerhalb der Menge war ein gespanntes Brodeln auszumachen. Dies war ein entscheidender Moment. Wenn das himmlische Signal ausblieb, würde Reynold seine Zuhörerschaft nicht länger überzeugen können. Dann würde man ihn ebenfalls festnehmen und zusammen mit uns einen Kopf kürzer machen.

»Ein Zeichen!«, rief Reynold abermals aus. Es klang fordernd, fast flehend. »Ich brauche es!«, fügte er ungeduldig an.

Die Täufergemeinde machte ihrer Enttäuschung durch erste Beschimpfungen Luft. Vor dem Podest reckte der Prädikant Ollrich eine Faust in Reynolds Richtung und spuckte auf den Boden. Jan Bockelson hingegen wartete ab, wie die Menge reagierte.

Das Gezeter der Umstehenden wurde lauter. Reynold wirkte inzwischen recht angespannt, doch plötzlich wurde der Prinzipalmarkt von einem ohrenbetäubenden Knall erschüttert. Eine regelrechte

Explosion ließ die überraschte Menge einen Schrei aus tausend Kehlen ausstoßen.

»Da habt ihr euer Zeichen!«, verkündete Reynold mit sichtbarer Erleichterung. »Unser Herr Jesus Christus schickt den Donner, weil er euch aufgrund eures Zögerns zürnt. Aber ich verspreche euch, er wird uns allen vergeben, wenn wir befolgen, was er mir und auch euch aufgetragen hat.«

»Was verlangt der Erlöser von uns?«, rief jemand.

Reynold deutete in die südliche Richtung. »Es ist sein Wille, dass wir alle uns vor dem Ludgeritor versammeln sollen. Dort wird er unter uns treten und uns durch die Pforte in die Freiheit führen. Doch jeder, der zurückbleibt, sei gewarnt, denn er wird in den Flammen vergehen. Noch vor Sonnenuntergang wird das Weltgericht auch über diese Stadt hereinbrechen.«

In den Gesichtern der Umstehenden war Furcht, aber auch Hoffnung zu erkennen. Mehrere Männer und Frauen warfen sich mit ekstatisch zuckenden Gliedern zu Boden. Einige machten sich bereits auf den Weg zum Ludgeritor, andere wiederum riefen Reynold weitere Fragen zu.

»Wird der Erlöser dort auf uns warten?«

»Führt uns der Messias ins Paradies?«

»Wird er die Bischöflichen zerschmettern?«

Reynold hob beschwichtigend die Hände. »Alle

eure Fragen werden eine Antwort finden. Aber nun lauft!«

»Führe uns!«, erklang eine Forderung. Mehrere Männer eilten in das Rathaus und tauchten kurz darauf am Fenster hinter Reynold auf. Sie zogen ihn mit sich, und als Reynold von seinen Gefolgsleuten aus dem Rathaus begleitet wurde, wirkte er nicht gerade erfreut darüber, dass er in der allgemeinen Euphorie von der Menge gedrängt wurde, zum Ludgeritor voranzuschreiten. Ich vermutete, dass er geplant hatte, die Täufer fortzuschicken und sich selbst heimlich in Sicherheit zu bringen. Nun wurde er inmitten der Männer und Frauen die Straße hinabgeschoben und würde gewiss in Schwierigkeiten geraten, wenn die Menge begriff, dass sich der so sehnlich erwartete Heiland auch an diesem Tag nicht zeigen würde.

Auch Nilan und die Männer, die uns zum Richtplatz geführt hatten, ließen sich von Reynolds Charade täuschen und folgten den anderen zum Ludgeritor. Der Prädikant Ollrich versuchte zwar, den Scharfrichter aufzuhalten, doch der Zyklop schüttelte den schmächtigen Mann ohne Mühe von sich ab und ging davon.

Unter den Arkaden des gegenüberliegenden Gebäudes hatten sich die Königsfrauen von ihren Kissen erhoben. Einige verfolgten mit bangen Blicken die Euphorie der Gemeinde. Mehrere von ihnen schlossen sich der Menge an und reihten sich zwischen den Leuten ein, die singend und betend zum Stadttor strömten. Ich sah, dass Amalia weiterhin verharrte und unschlüssig das Treiben verfolgte.

Jan Bockelson war an den Rand seines Podestes getreten und breitete die Arme aus. Das überraschende Auftauchen dieses neuen Propheten schien ihn verwirrt zu haben. Der König richtete einige Worte an die dahinströmende Masse, die in dem allgemeinen Geschnatter aber nur die vorderen Reihen erreichten, wo sie nichts ausrichteten. Dann stieg der König von seinem Podest und trat zu seinen Prädikanten – wohl um sich mit ihnen zu beraten. Jasmin, Kribbe und mich beachtete in diesem Tumult offenbar niemand mehr.

Einer aber hatte uns nicht vergessen. Hermann Ollrich starrte wutentbrannt auf unser Podest, hob Nilans Schwert auf, das dieser achtlos hatte fallen lassen, und kam damit auf mich zu.

»Ich lasse mich nicht von euch blenden«, krächzte der Prädikant. »Das Urteil über dich ist gesprochen worden, und ich bin bereit, es zu vollstrecken.« Er zwang mich mit einem Fußtritt zu Boden. Mit Mühe hob er das Breitschwert an. Wahrscheinlich fehlte ihm die Kraft, mir mit dieser Waffe den Kopf von den Schultern zu schlagen, aber er schien wild entschlossen.

Ich versuchte ihm auszuweichen, doch Ollrich stand bereits breitbeinig über mir und zielte mit der Schwertspitze auf meinen Oberkörper. Plötzlich tauchte eine Gestalt hinter ihm auf, packte seine Hände und entwand ihm die Waffe. Ich blinzelte und erkannte Cort, der Ollrich nun zu sich herumdrehte und ihm wieder einmal einen kräftigen Faustschlag auf die ohnehin malträtierte Nase verpasste. Der Prädikant jaulte auf, taumelte zurück und fiel mit einem Schrei vom Rand des Podestes.

Rasch eilte Cort zu mir, durchtrennte mit einem Messer die Lederschnüre und befreite auch Jasmin und Kribbe von ihren Fesseln.

»Ein falscher Prophet und eine Rettung im letzten Augenblick«, keuchte ich. »Solch eine Unternehmung hätte auch aus meiner Feder stammen können.«

»Unsere Komödie zeigt mehr Erfolg, als ich es erwartet hatte«, erwiderte Cort. »Ich hoffe nur, dass es Reynold gelingt, seinen Bewunderern zu entkommen und an den vereinbarten Treffpunkt zu gelangen. Helfen kann ich ihm nicht dabei.«

»Und wir?«, wollte Jasmin wissen. »Wie sieht dein weiterer Plan aus?«

Cort wies auf die Menge um uns herum. »Die Täufer ziehen zum südlichen Stadttor. Ihr lauft in die entgegengesetzte Richtung, bis ihr das Jüdefeldertor erreicht. Wartet dort auf mich.«

»Was hast du vor?«

»Ich werde euch folgen. Aber zuvor muss ich hier noch eine Gelegenheit nutzen.« Mit diesen Worten sprang Cort vom Podest und tauchte in der Masse unter.

»Verschwinden wir von hier!«, sagte Jasmin. Ich schaute Cort nach, verlor ihn aber aus den Augen, als ihn die dichtgedrängten Leiber verschluckten.

Wir stiegen vom Podest und liefen in die Richtung, in die Cort uns geschickt hatte. Als wir den Domplatz hinter uns gelassen hatten, bat Anton Kribbe uns allerdings, einen Moment lang stehen zu bleiben. Der alte Mann keuchte heftig. Die Stunden im Kerker, die Todesangst und die Aufregung hatten stark an seinen Kräften gezehrt.

Kribbe deutete auf eine Häuserreihe. »Diese Straße führt euch zum Jüdefeldertor. Wenn ihr die Möglichkeit habt, diesen verfluchten Ort zu verlassen, dann nutzt sie. Ich aber werde in Münster bleiben.«

»Das wäre dein Tod«, erwiderte ich. »Jeder hier kennt nun dein Gesicht und weiß, dass du hingerichtet werden solltest. Du kannst dich nicht mehr in deinem Haus einschließen und darauf hoffen, dass man dich gewähren lässt.«

»Das ist mir bewusst.« Kribbe lächelte matt. »Und ich muss sagen, ich habe es genossen, den Sektierern endlich öffentlich die Stirn bieten zu können. Aber ich bin ein Sturkopf. Ich bleibe weiterhin der letzte Katholik in Münster, und ich freue mich darauf, zum Märtyrer zu werden. Mein Leben neigt sich ohnehin dem Ende zu. Sollen sie sich halt an mir versündigen.«

Ich bedauerte seine Entscheidung, reichte ihm aber die Hand zum Abschied.

»Grüßt meinen Sohn von mir«, sagte Kribbe.

Ich erwiderte nur ein Nicken und brachte es immer noch nicht übers Herz, Kribbe zu gestehen, dass sein Sohn schon vor Wochen gestorben war. Jasmin schloss den Alten kurz in die Arme und schniefte. Dann hob Kribbe die gichtige Hand zu einem letzten Gruß und ging davon.

»Wir sollten keine Zeit mehr verlieren«, sagte ich und lief mit Jasmin die Straße hinab. Am Tor angekommen suchten wir Deckung hinter einer Häuserecke, denn vor dem Torhaus hielten nach wie vor sechs Mann Wache, die mit Schwertern und Spießen bewaffnet waren. Sie alle wirkten unruhig, da aus der Ferne das Kreischen und Rufen der ekstatischen Menge an ihr Ohr drang.

»Und was nun?«, fragte Jasmin. »Reynold ist fort, Cort hatte etwas zu erledigen, und Anton Kribbe hat sich entschlossen, uns im Stich zu lassen und sich den Täufern auszuliefern. Was sollen wir machen?«

Mein Blick war noch immer auf das Tor gerichtet,

342

und ich war genauso ratlos wie Jasmin. Dann aber hörten wir hinter uns Schritte. Ich wandte mich um und stellte erleichtert fest, dass Cort zu uns zurückkehrte. Über seine Schulter hatte er eine Person gelegt, die heftig strampelte, von ihm aber in einem festen Griff gehalten wurde. Als er uns erreicht hatte und sie absetzte, erkannte ich, dass es sich um Amalia handelte. Cort hatte sie geknebelt, so dass sie nur ein wütendes Schnaufen hervorbrachte.

»In dem ganzen Getümmel fiel es nicht auf, dass ich sie an mich gezogen habe. Die anderen Frauen des Königs waren nur noch begierig darauf, zu ihrem Erlöser zu gelangen.« Er lachte leise.

»Und wieder versetzt du mich in Erstaunen«, sagte ich.

Amalia versuchte nach mir zu treten. Als ich ihr auswich, stampfte sie stattdessen Cort auf den Fuß, der einen gepressten Fluch ausstieß, Amalia aber weiter in seinem Griff behielt. »Bindet ihr die Hände und die Füße«, wies er Jasmin und mich an. »Sonst entkommt uns dieser Wildfang noch.« Cort reichte uns einige Schnüre. Während Jasmin Amalias Beine zusammendrückte, band ich ihr die Schnur um die Fußgelenke. Danach fesselte ich auch ihre Hände.

»Jetzt müssen wir nur noch durch dieses Tor gelangen«, raunte Cort mit skeptischem Blick auf die Wachleute.

343

»Und Reynold?«, warf Jasmin ein. »Was ist mit ihm?«

»Ich hatte gehofft, dass er den Täufern entkommt und mit uns hier eintrifft«, entgegnete Cort verdrießlich. »Aber ich befürchte, dass die Täufer ihn auf ihren Schultern zum Ludgeritor tragen und dort feststellen werden, dass ihr Erlöser noch sehr lange auf sich warten lässt.«

»Dann werden sie Reynold der Lüge bezichtigen, und ihre Euphorie wird in Wut umschlagen«, sagte Jasmin.

»Das könnte ihm bevorstehen.«

Wir beschlossen, kurz abzuwarten, ob Reynold noch hier eintraf, doch nachdem wir mehrere Minuten still an der Hausecke ausgeharrt hatten, wurde uns klar, dass wir nun endlich zur Tat schreiten mussten.

Einen Plan zur Überwindung der Wachen hatte Cort nicht parat. So war es also an mir, diese Flucht zu einem Ende zu führen. Ich trat forsch auf die Männer zu und rief aufgeregt: »Was macht ihr noch hier?«

Alle sahen mich fragend an.

»Hört ihr es nicht?« Ich deutete die Straße hinab. »Die gesamte Gemeinde ist auf dem Weg zum Ludgeritor. Der Erlöser ist vor dem Dom aus dem Himmel zu uns herabgestiegen. Er führt uns aus der Stadt, bevor das Weltgericht hereinbricht.«

Keiner von ihnen rührte sich, doch ich merkte es

einigen an, dass es in ihnen arbeitete und dass sie unruhig wurden.

»Wer will den Heiland denn gesehen haben?«, fragte einer der Kerle, ein knorriger Bursche, der sich wohl nicht so leicht ins Bockshorn jagen ließ.

»Alle«, rief ich aus und lachte dabei so entrückt, wie es mir möglich war. »Alle, die wir uns am Berg Zion versammelt hatten. Gottes Sohn ist inmitten eines gleißenden Lichtes vom Himmel herabgestiegen und hat unseren König Jan Bockelson in die Arme geschlossen. Sein Erscheinen wurde von einem krachenden Donnerschlag angekündigt. Das könnt ihr nicht überhört haben. Unser Herr wies das Volk an, sich vor dem Ludgeritor zu versammeln. Und er schickte einige Brüder und Schwestern – darunter auch mich – aus, auch die herbeizurufen, die nicht Zeuge seiner Rückkehr geworden sind.«

»Der Erlöser hat sich gezeigt«, japste einer der Männer, der meinem Schauspiel auf den Leim gegangen war. Er tauschte einen Blick mit seinem Nebenmann. »Wir haben uns doch gefragt, was das Getöse wohl zu bedeuten habe. Nun wissen wir es.«

Der andere nickte, und ohne weiteres Zögern liefen drei der Wachen davon, ganz so, wie ich es mir erhofft hatte. Nach einem Moment schloss sich ihnen ein Vierter an. Nur mehr zwei der Wachleute versperrten nun noch den Eingang zum Torhaus.

»Mich überzeugst du nicht«, knurrte der knorrige Kerl und legte die Hand an seinen Schwertknauf. »Meine Aufgabe ist es, dieses Tor zu bewachen, und nur der Heiland selbst wird mich von hier fortführen.«

»Niemand zwingt dich.« Ich wartete nur einen kurzen Moment, dann machte ich einen entschlossenen Schritt auf den Mann zu und verpasste ihm einen Faustschlag. Die Wache duckte sich, so dass ich nur seine Schläfe streifte. Er taumelte leicht. Ich rammte ihm mein Knie in den Unterleib, worauf er jaulend zu Boden sackte. Inzwischen war auch Cort an meine Seite geeilt und streckte den anderen Kerl nieder. Daraufhin trat er an meinen Kontrahenten heran, der versuchte, wieder auf die Beine zu kommen. Er legte ihm den Arm um den Hals und drückte so lange zu, bis der die Besinnung verlor. An dem Gürtel der Wache befand sich ein Ring mit mehreren Schlüsseln, den ich rasch an mich nahm.

»Verschwinden wir endlich von hier«, rief ich Jasmin zu. Cort eilte auf sie zu und legte sich Amalia erneut über die Schulter, dann liefen wir durch das Torhaus. An einer Seitentür probierte ich mehrere der Schlüssel aus, bis es endlich im Schloss klackte und wir die Tür öffnen konnten. Wir überquerten eine Brücke und landeten im Niemandsland. Hier erwartete uns ein weiteres Problem. Die Landsknechte hinter der Schanze würden ohne Warnung das Feuer auf uns eröffnen. Wenn wir in die Reichweite ihrer Musketen gelangten, war unser Leben keinen Pfifferling mehr wert.

In einer Entfernung von etwa hundert Schritten machte ich einen der Gräben aus, mit denen die Belagerer einst versucht hatten, den Fluss trockenzulegen, der die äußeren Wallanlagen umschloss. Wir rannten darauf zu und sprangen hinein. Der Graben war so tief, dass man unsere Köpfe nicht mehr sehen konnte, wenn wir in die Hocke gingen. Weder die Bischöflichen noch die Täufer würden hier auf uns aufmerksam werden.

»Und was nun?«, wollte Cort wissen.

»Wir warten ab«, entgegnete ich. »Wenn die Nacht hereingebrochen ist, klettern wir in der Dunkelheit über den Wall.«

Alle nickten, nur Amalia protestierte dumpf hinter ihrem Knebel.

KAPITEL 32

Die erste Stunde befürchtete ich, dass jeden Augenblick eine Schar Bewaffneter aus dem Stadttor auf uns zustürmen würde, um uns mit ihren Spießen und Hellebarden aus unserem Versteck zu treiben. Meine andere Sorge war es, dass die Bischöflichen uns beobachtet hatten und nun ihre Kanonen auf den Graben ausrichten würden, um uns mit einem Geschosshagel zur Stadt zurückzutreiben.

Doch auf beiden Seiten blieb es ruhig, und ich fasste neuen Mut. Wir würden hier den Rest des Tages und auch die halbe Nacht verbringen, denn kurz vor dem Morgengrauen würden die meisten Wachen auf dem Belagerungswall wohl müde werden oder schon in den Schlaf gesunken sein. Zu diesem Zeitpunkt bestand die geringste Gefahr, von den Landsknechten entdeckt zu werden, wenn wir über die Schanze kletterten und zurück ins Lager liefen.

Doch bis dahin mussten wir hier noch einige Stunden ausharren. Allzu bequem war es in dem schmalen Graben nicht. Die Regenfälle der vergangenen Tage hatten einen feuchten Untergrund hinterlassen, und in diesem Matsch kroch uns die Kälte schon bald die Beine hinauf. Cort hatte glücklicherweise daran gedacht, sich einen Lederschlauch mit Wasser umzuhängen, so dass wir unseren Durst stillen konnten. Als wir Amalias Knebel lockerten, damit auch sie von dem Wasser trinken konnte, schrie sie um Hilfe, woraufhin wir das Stofftuch sofort zurück in ihren Mund stopften und den Rest des Wassers für die Nacht aufbewahrten. Amalias Protest erschöpfte sich alsbald in einem wütenden Schnaufen.

Ich hockte mich neben Cort, weil ich endlich erfahren wollte, was überhaupt geschehen war, seit die Täufer Jasmin und mich in Anton Kribbes Haus überwältigt hatten.

»Wir sind gerannt wie die Hasen, bis uns die Luft ausging«, berichtete Cort. »Dann haben wir uns über Stunden in einem Bretterverschlag versteckt und sind bei jedem Geräusch zusammengezuckt. Ich hatte gehofft, ihr wäret ebenfalls entkommen. Hätte ich gewusst, dass sie Jasmin und dich gefangen gesetzt hatten …«

»… wäre es zu spät gewesen, um uns zu Hilfe zu eilen«, befreite ich ihn von etwaigen Vorwürfen. »Bockelsons Leute waren in der Überzahl, und ich habe dummerweise versucht, Amalia mit uns zu schleppen.«

»Trotzdem habe ich mich schlecht gefühlt, als wir am nächsten Tag unser Versteck verließen. In der Stadt wurde darüber gesprochen, dass drei Verräter, die eine der Frauen des Königs entführt hatten, nun im Kerker auf ihre Hinrichtung warteten. Ich überlegte, ob es möglich wäre, während des Gerichtstages so große Verwirrung zu stiften, dass ich in der Lage sein würde, euch aus eurer misslichen Situation zu befreien. Schließlich kam mir in den Sinn, wie überzeugend Reynold es verstanden hatte, den Propheten Dusentschur darzustellen, auch wenn er ihn nur hatte

349

verspotten wollen. Ich machte also den Vorschlag, dass Reynold während der Urteilsverkündung als falscher Prophet die Aufmerksamkeit der Menge auf sich ziehen sollte, indem er lauthals die Ankunft des Erlösers Jesus Christus verkündete.«

»Und Reynold hat ohne weiteres in dein gefährliches Vorhaben eingewilligt?«, fragte ich.

»Zunächst ist ihm wohl das Herz in die Hose gerutscht, und er hat sich geweigert. Ich habe mit Engelszungen auf ihn eingeredet und ihm versichert, dass es kein Problem sein würde, sich unbemerkt davonzustehlen, wenn die Menge sich in Bewegung setzen und zum südlichen Stadttor strömen würde.«

»Davon hat er sich überzeugen lassen?«

»Nicht so ganz«, sagte Cort. »Letztendlich hat er aber zugestimmt. Ich glaube, er fühlt sich dir und Jasmin stärker verbunden, als es für euch den Anschein hat. Er konnte wohl den Gedanken nicht ertragen, dass ihr unter dem Schwert endet und er ohne euch zurückbleibt. Letztendlich hat ihn dieser Mut aber wohl selbst das Leben gekostet.«

Cort hatte recht. Ich hätte Reynold diesen Mut nicht zugetraut, obwohl wir seit mehr als zehn Jahren zusammen auf der Straße reisten. Und wenn ich ehrlich war, vermisste ich ihn schon jetzt – trotz all seiner Fehler.

»Das Zeichen Gottes«, sagte ich. »Wie hat Reynold den Donner herbeigeführt?«

»Das war sehr überzeugend, nicht wahr?«, meinte Cort mit erkennbarem Stolz. »Es war zu erwarten, dass die Täufer einen solchen Beweis von Reynold verlangen würden. Ich erinnerte mich daran, dass Anton Kribbe an unserem ersten Abend in seinem Haus davon gesprochen hatte, dass er in seinem Kellerversteck ein kleines Fass mit Schwarzpulver aufbewahrt. Aus diesem Grund kehrten Reynold und ich in die Neubrückenstraße zurück und stellten fest, dass die Täufer unserem alten Quartier kein Interesse mehr schenkten. Also brachen wir in der Nacht in das Haus ein, fraßen uns im Keller durch Kribbes Vorräte und entwendeten das Schwarzpulver. Reynold gelangte zudem noch an das Gewand, das er für sein Schauspiel verwenden konnte.«

»Ein guter Plan«, sagte ich und klopfte Cort anerkennend auf die Schulter.

»Ich selbst habe bis zuletzt gezweifelt, ob uns dieser gewagte Streich gelingt«, meinte Cort. »Und leider ist es für Reynold schlecht ausgegangen.«

»Wir wissen nicht, was mit ihm geschehen ist. Womöglich hat er sich auf dem Weg zum Tor in irgendeinem Versteck verkrochen.«

Cort schüttelte den Kopf. »Er wird keine Gelegenheit dazu gehabt haben. Die Augen aller Menschen waren nur auf ihn gerichtet. Ich frage mich, was die mit ihm gemacht haben, nachdem sie feststellten, dass er sie belogen hat.«

»Quäl dich nicht damit, mein Freund.« Meine Augen wanderten zu Amalia, und mir kam in den Sinn, dass Cort unmittelbar vor der überstürzten Flucht aus Kribbes Haus sehr wütend auf mich gewesen war.

»Ich darf dich doch weiterhin Freund nennen?«, fragte ich vorsichtig.

Cort rümpfte die Nase. »Du kannst mir glauben, ich war kurz davor, dir den Hals umzudrehen, aber in den vergangenen Tagen habe ich nachgedacht, und ich habe begriffen, dass meine Gefühle für Amalia mehr als töricht waren. Sie wird niemals zu mir aufschauen, und eine Schlange wie sie ist es auch nicht wert, dass ich mich für sie aufopfere. Ab dem Moment, in dem wir sie ihrem Vater übergeben, wird sie für mich gestorben sein.«

»Ich beglückwünsche dich zu dieser Einsicht.«

Cort deutete auf Jasmin und flüsterte mir zu: »Ich glaube, sie leidet durch deinen Fehltritt mit Amalia viel mehr als ich. Du solltest mit ihr sprechen und das ins Reine bringen. Hier hast du ausreichend Zeit dazu.«

»Wahrscheinlich wird sie mir nicht zuhören wollen.«

Mit einem leichten Stoß forderte Cort mich auf,

mich endlich neben sie zu setzen. »Das wirst du gleich herausfinden.«

Ich nickte, nahm all meinen Mut zusammen und kroch an Amalia vorbei auf Jasmin zu. Seit wir in diesen Graben gesprungen waren, hatte sie sehr nachdenklich gewirkt und kaum ein Wort gesprochen. Ich hockte mich neben sie, räusperte mich und sagte: »Jasmin, ich sollte …«

Sie ließ mich nicht ausreden, sondern fiel in meine Arme und presste ihren Mund auf meine Lippen. Es war sehr lange Zeit vergangen, seit sie mich zum letzten Mal so verlangend geküsst hatte. Ihr stürmischer Drang ließ mich nach hinten kippen, so dass ich gegen Amalia stieß, die unter ihrem Knebel wütend protestierte.

Ich erwiderte Jasmins unerwartete Zuwendung und genoss die Nähe, die ich seit so langer Zeit vermisst hatte. Als Jasmin sich von mir löste, schaute ich sie verwundert an.

»Ich bin mir über etwas klar geworden«, sagte sie. »Als der Scharfrichter sein Schwert angehoben hat, um dich zu enthaupten, hat es mir schier das Herz zerrissen. In den vergangenen Wochen haben wir beide unter unserem Streit gelitten. Ich will nicht länger wie eine Fremde neben dir leben. Wir gehören zusammen. Und wenn du dich bemühst, dich nicht mehr zwischen die Beine von Weibern wie der da zu

353

drängen«, sie reckte ihr Kinn in Amalias Richtung, »dann bin ich dazu bereit, mich noch einmal auf dich einzulassen.«

»Jasmin ...«, sagte ich, doch sie unterbrach mich erneut, indem sie einen Finger auf meinen Mund legte.

»Das ist kein Freibrief für dich«, sagte sie ernst. »Solltest du mir noch einmal Kummer bereiten, ziehe ich meiner eigenen Wege und verlasse dich für immer. Du wirst mich niemals wiedersehen. Aber bevor ich gehe, trete ich dir noch so fest in den Arsch, dass du nach jemandem suchen musst, der dir den Stiefel wieder rauszieht.«

»Dazu wird es nicht kommen«, versicherte ich ihr in aufrichtiger Überzeugung.

Sie küsste mich erneut und lächelte. »Bring uns erst von hier fort. Vorher sollten wir noch keine Pläne schmieden.«

Die Nacht brach herein, und wir warteten in der Dunkelheit zunächst weiter ab. Jasmin schlief bald darauf ein, und auch ich wurde nun von der Müdigkeit übermannt. Irgendwann weckte mich Cort und meinte, dass es an der Zeit wäre, die Schanze zu überwinden.

Ich spähte in die Richtung, in der ich bereits im Tageslicht eine passende Stelle ausgemacht hatte, an der der Wall nur aus einer mannshohen Erhebung bestand. Hier würde es möglich sein, in das Lager einzudringen.

Langsam krochen wir aus dem Graben und bewegten uns geduckt auf die Schanze zu. Cort hatte Amalia wieder über seine Schulter gelegt, und zu meiner Erleichterung hatte sie es aufgegeben, unter ihrem Knebel aufzubegehren. Anscheinend hatte sie eingesehen, dass es inzwischen sinnlos geworden war, sich gegen unsere Flucht zur Wehr zu setzen.

Nach wenigen Schritten erreichten wir den Erdwall. Nun folgte der gefährlichste Teil unserer Flucht. Ich ließ mich von Cort auf die Schanze hieven und schaute mich um. Nicht weit von uns entfernt entdeckte ich das schwache Glühen einer Kohlenpfanne und die Umrisse mehrerer Männer. Glücklicherweise vernahm ich auch ein kräftiges Schnarchen aus dieser Richtung.

Ich raunte den anderen zu, sich ruhig zu verhalten, und zog Jasmin zu mir hoch. Danach hoben wir gemeinsam die gefesselte Amalia zu uns hinauf. Nachdem wir auch Cort auf den Erdwall gezogen hatten, ließen wir uns auf der anderen Seite vorsichtig hinab und schlichen uns fort. Die Landsknechte schnarchten ungestört weiter.

In sicherer Entfernung hielten wir an, hockten uns auf den Boden und verschnauften. Ich fühlte mich erleichtert und hätte jedem Einzelnen von uns um den Hals fallen können – selbst Amalia. Es war uns tatsächlich gelungen, mit heiler Haut das Lager der Bischöflichen zu erreichen.

Im ersten Morgenlicht traten wir durch die Reihen der Zelte und Hütten, deren Zahl deutlich geringer geworden war, seit wir das Lager verlassen hatten. Ich nahm an, dass sich viele Landsknechte und der Tross in die Befestigungswerke zurückgezogen hatten, die inzwischen an allen Handelswegen errichtet worden waren.

Ich rief mir den Weg zu unserem früheren Quartier in Erinnerung. Als wir dort ankamen, sah ich, dass das Zeltdach entwendet worden war, was ich aber auch nicht anders erwartet hatte. Stattdessen lag dort ein Haufen alter Leinendecken auf dem Boden. Ich vermutete, dass einige Landsknechte diesen Platz als Schlafstätte genutzt hatten. Da das Quartier aber verlassen war, hockten wir uns auf die festgestampfte Erde und ruhten uns aus. Cort entfernte den Knebel aus Amalias Mund. Sie verhielt sich ruhig und verlangte, sie auch von den Fesseln zu befreien. Da wir ihr misstrauten, lockerte Cort nur die Schnur an ihren Füßen, beließ es aber dabei, dass ihre Hände nach wie vor fest verschnürt blieben.

Jasmin hockte sich neben mich und schmiegte den Kopf an meine Schulter. Ich streichelte ihre Haare

356

und genoss diese Harmonie. Sie schloss die Augen und seufzte leise. Dann bemerkte ich eine Träne, die ihre Wange hinabglitt.

»Warum weinst du?«, fragte ich. »Uns ist das Unmögliche gelungen. Wir sind in die Stadt der Täufer eingedrungen, haben Amalia in unsere Gewalt gebracht und sind dem Tod entronnen.«

»Es hätte vollkommen sein können«, meinte sie und schluchzte leise. »Aber mir geht Reynold nicht aus dem Kopf. Er ist dort noch immer gefangen. Was werden diese Fanatiker ihm angetan haben? Womöglich haben sie ihn zu Tode geprügelt, oder sie fügen ihm die schlimmsten Qualen zu.«

»Das werden wir wohl niemals erfahren«, erwiderte ich und bemerkte in diesem Moment unter den Decken vor mir eine Bewegung.

»Ich habe mich oft über ihn geärgert«, sprach Jasmin weiter. »Aber solch ein Schicksal hat Reynold nicht verdient. Im Grunde war er ein Mensch mit einem guten Herzen.«

Da Jasmin ihre Augen noch immer geschlossen hatte, bemerkte sie nicht, dass unter den Decken vor uns eine Hand hervorkam und den Stoff zur Seite schob. Ich jedoch hielt meinen Blick gebannt auf diese Stelle, und mir stockte der Atem, als sich dort plötzlich eine Gestalt aufrichtete und ich Reynold erkannte, der herzhaft gähnte und sich streckte.

»Ja, so sollten wir Reynold in Erinnerung behalten«, sagte Jasmin, »als einen besonderen Menschen, der nur unser Bestes im Sinn hatte.«

Reynold nahm diese Worte auf, runzelte die Stirn und lauschte.

»Und ich bereue es, dass ich ihn häufig so grob behandelt habe …«

»Dem Himmel sei Dank, sie ist zur Einsicht gekommen«, unterbrach Reynold sie.

Jasmin entfuhr ein spitzer Ton. Sie schnellte hoch und sah, dass Reynold vor uns hockte.

»Was zur Hölle?«, keuchte sie. »Was machst du hier?«

»Ich habe hier geschlafen«, sagte Reynold. »Und nun sprich weiter. Ich will mehr davon hören, was für ein bewundernswerter Kerl ich bin.«

»Den Teufel werde ich tun«, fauchte Jasmin. »Du verstehst es immer wieder, jemanden in Angst und Schrecken zu versetzen, du Nichtsnutz!«

»Nichtsnutz? Das klang gerade aber noch ganz anders.«

Cort klopfte Reynold auf die Schulter. »Mach dir nichts daraus, mein Freund. Das ist wohl ihre Art, dir zu zeigen, dass sie dich vermisst hat.« Er lachte. »Schön, dass du wieder bei uns bist.«

»Wie ist dir das gelungen?«, wollte ich wissen. »Wie konntest du aus Münster entkommen?«

»Immerhin war ich für die Täufer der Prophet, dessen Worte einem Gesetz gleichkamen«, sagte Reynold. »Das habe ich mir zunutze gemacht. Nachdem ich die Meute zum Stadttor geführt hatte, behauptete ich, der Erlöser habe mir aufgetragen, mich zunächst allein mit ihm vor dem Tor zu treffen, um den Auszug aus der Stadt vorzubereiten. Man hat mir also eine Seitentür geöffnet, und als ich das Torhaus passiert hatte, nahm ich die Beine in die Hand und versteckte mich zwischen dem Wall und der Schanze in einem Erdloch. Die Täufer haben da natürlich begriffen, dass ich es nicht ehrlich mit ihnen meinte. Sie schickten einige Männer aus, um mich zurückzuholen. Glücklicherweise waren die Bischöflichen hinter der Schanze auf den Tumult aufmerksam geworden und trieben die Täufer mit Schüssen aus ihren Hakenbüchsen zurück. Ich musste mir von den Wällen aus noch einige unflätige Beschimpfungen anhören, aber das kümmerte mich nicht mehr. Bei Einbruch der Nacht bin ich über die Schanze geklettert. Im Lager habe ich diese Decken gestohlen und kehrte hierher zurück, weil ich annahm, dass ihr ebenfalls in unser altes Quartier kommen würdet, wenn es euch gelänge, mit heiler Haut die Stadt zu verlassen. Ich bin dann bald darauf eingeschlafen, und nun seid ihr da, dem Himmel sei es gedankt.« Er deutete auf Amalia. »Und wie ich sehe, haben wir erreicht, was wir wollten.«

»Nicht zuletzt durch deinen mutigen Einsatz«, lobte Cort ihn erneut.

»Und die Kraft der Amulette.« Reynold öffnete sein Wams und zeigte rund ein Dutzend Ringe und Knochen, das er an Schnüren um den Hals trug. »Die haben mich unverwundbar gemacht.« Er griente. »Und solltet ihr irgendwann zu Geld kommen, verkaufe ich euch gerne das eine oder andere davon zu einem angemessenen Preis.«

»Zunächst interessiert mich nur ein einziges Geschäft«, sagte ich. »Kehren wir nach Osnabrück zurück und schließen den Handel mit Everhard Clunsevoet ab. Ich möchte keinen Tag länger von Mieke getrennt sein.«

KAPITEL 33

Ich schickte Cort und Reynold zu den Stallungen, um die Pferde auszulösen, die wir dort nach unserer ersten Ankunft im Lager untergebracht hatten. Jasmin wies ich an, auf Amalia achtzugeben. Ich hingegen lief durch das Lager, kaufte von unseren letzten Münzen Proviant und begab mich noch einmal an den Schanzwall, von wo aus ich einen Blick auf die noch immer unbezwungenen Mauern Münsters werfen konnte.

Ich fühlte in mir einen gewissen Stolz darüber, dass

wir diese im Grunde unerfüllbare Aufgabe erfolgreich hinter uns gebracht hatten. Vom Tag unserer Abreise aus Osnabrück an war ich stets von Zweifeln geplagt worden. Nach diesen Wochen unter den Täufern, in denen an jedem Tag unser Leben in Gefahr gewesen war, genoss ich die wiedergewonnene Freiheit und Unbeschwertheit.

Noch heute würden wir die belagerte Stadt hinter uns lassen. Ich fragte mich, was in den nächsten Wochen mit Münster geschehen mochte. Die Vorräte der Täufer würden ohne Zweifel noch vor Einbruch des Winters zur Neige gehen. Würde Jan Bockelson sein hungerndes und geschwächtes Volk langsam zu Grunde gehen lassen, oder führte er es womöglich in eine verzweifelte letzte Schlacht vor die Tore der Stadt?

Ich musste an die Begegnung mit dem Täuferkönig in dessen Schlafkammer denken, als mir klargeworden war, dass es einige Ähnlichkeiten zwischen uns gab. Bockelson war wie ich in eine Rolle geschlüpft, doch ich nahm an, dass er für das Drama, das er heraufbeschworen hatte, keinen Beifall ernten würde, wenn die Vorstellung beendet war.

In der Nähe wurde eine Kanone abgefeuert, die mich aus meinen wehmütigen Gedanken riss. Ich trat davon und begab mich in das Lager, wo ich einen Schlauch Bier sowie getrocknetes Fleisch und einen Laib Brot erwarb.

Als ich zu unserem Quartier zurückkehrte, waren Cort und Reynold bereits mit den Pferden eingetroffen. Keinen von uns hielt es länger hier, und so saßen wir auf und machten uns auf den Weg. Cort befreite Amalia von ihren Handfesseln und wies sie an, sich vor ihm in den Sattel zu setzen, wo er sie jederzeit im Griff behalten konnte. Clunsevoets Tochter war der Widerwillen deutlich anzumerken, doch sie verzichtete weiterhin darauf, sich zur Wehr zu setzen.

Wir kamen zügig voran, dennoch mussten wir am Abend eine Rast einlegen, und hier zeigte es sich, dass Amalias Fügsamkeit nur ein Trugschluss gewesen war. Kaum hatten wir abgesessen, um in einem Waldstück die Pferde anzubinden und Holz für ein Feuer zu sammeln, nutzte Amalia diesen unachtsamen Moment und schwang sich auf eines der Pferde. Wahrscheinlich wäre sie auf und davon gewesen, wenn Cort nicht rasch aufgesprungen wäre und Amalias Beine zu fassen bekommen hätte. Er zog sie vom Pferd, und sie fiel unsanft auf die harte Erde. Cort fesselte daraufhin erneut ihre Hände und wurde von Amalia dafür mit wüsten Beschimpfungen abgestraft.

Wir stärkten uns am Feuer und schliefen abwechselnd wenige Stunden. Noch vor dem Morgengrauen brachen wir auf und erreichten vor der Mittagszeit die Tore Osnabrücks.

Wie friedlich mir diese Stadt nach den aufregenden Tagen in Münster erschien, wo ein unbedachtes Schimpfen bereits das Todesurteil bedeuten konnte. Wir trabten zu dem Haus, in dem Clunsevoet seine Männer zurückgelassen hatte, und trafen dort auf zwei Burschen. Einer von ihnen machte sich umgehend mit der Nachricht an den Gutsherrn auf den Weg, dass sich Amalia in Osnabrück aufhielt. Clunsevoet, so teilte er mir mit, bevor er aufbrach, halte sich nur eine Tagesreise von Osnabrück entfernt auf und würde wohl schon morgen hier eintreffen.

Amalia brachten wir in dem Raum unter, in dem der Gutsherr damals mich und meine Gefährten eingesperrt hatte. Cort blieb zunächst bei ihr, um ihr ins Gewissen zu reden, bevor ihr Vater eintraf.

Um mir die Zeit zu vertreiben, streifte ich durch das Haus und stieß in einem Stallgebäude auf unseren Wagen, den wir hier vor knapp einem Monat zurückgelassen hatten. Ich stieg auf das Gefährt und entdeckte die Truhe mit meinen Reliquien. Als ich den Deckel öffnete, stellte ich fest, dass sich noch alles an seinem Platz befand. Wären diese Dinge gestohlen worden, hätte mich das allerdings nicht allzu sehr erschüttert, denn letztendlich handelte es sich nur um wertlosen Tand, den ich mir in kürzester Zeit in einem Haufen Unrat zusammensuchen konnte.

Hier auf dem Wagen überkam mich ein Gefühl der Wehmut, und ich konnte es kaum mehr erwarten, meine Tochter endlich wieder in die Arme zu schließen.

Ich schlenderte über den Hof und blieb neben der Senkgrube stehen, in der ich fast ertränkt worden wäre. Passenderweise trat nun auch noch Cort aus dem Haus heraus, sah mich dort an der Grube stehen und sagte: »Schwelgst du in den Erinnerungen an unsere erste Begegnung?«

»Wie könnte ich diesen Tag vergessen«, erwiderte ich. »Ich spüre noch immer deine Pranken an meinem Kragen, als mein Kopf über den Fäkalien hing.« Ich schaute ihn abschätzend an. »Hättest du es getan? Hättest du mich dort tatsächlich ertränkt, wenn Clunsevoet es von dir verlangt hätte?«

Cort zuckte die Schultern. »Ein Söldner erledigt für Geld jede schmutzige Aufgabe. Das solltest du wissen.«

Ich versuchte abzuschätzen, ob Cort mich verhöhnte oder ob er tatsächlich zu dieser Tat in der Lage gewesen wäre. Damals hätte ich nicht daran gezweifelt, doch in den vergangenen Wochen hatte ich Cort so gut kennengelernt, dass ich eine hohe Meinung von ihm gewonnen hatte.

»Was ist mit Amalia?«, wollte ich wissen. »Du warst lange bei ihr.«

Cort machte einen betrübten Eindruck. »Ich wollte ihr gut zureden, aber sie beschimpfte mich ohne Unterlass und drohte mir, sie wolle ihrem Vater gegenüber behaupten, ich hätte ihr Gewalt angetan und sie geschändet.«

»Das kommt mir bekannt vor.«

Cort nickte. »Sie wollte auch dich belasten, aber ich wusste ihre Lügen zu verhindern. Sie wird uns keinen Ärger bereiten.«

»Warum? Hast du sie übers Knie gelegt?«

»Das würde sie wohl kaum zur Vernunft bringen. Darum habe ich ihr einen Handel vorgeschlagen und ihr versprochen, kein Wort über ihre Ehe mit dem Täuferkönig zu verlieren. Um diesen Gefallen bitte ich auch dich und deine Begleiter. Wir werden dieses Geheimnis bewahren, denn solch eine Offenbarung würde Clunsevoets Ärger heraufbeschwören und Amalia in Ungnade fallenlassen. Als Gegenleistung für unser Schweigen wird sie uns nicht in Verruf bringen.«

»Hört sich gut an.« Tröstend legte ich Cort eine Hand auf die Schulter. »Gräme dich nicht wegen dieses Mädchens. Es gibt andere Frauen. Kein Mann wird Amalia lange an seiner Seite halten können.«

»Da hast du wohl recht.«

Mir kam ein Gedanke, der seit unserer Flucht aus Münster in meinem Kopf herumgeschwirrt war. Nun erschien mir der Moment günstig, ihn auszusprechen.

»Sag, Cort, könntest du dir vorstellen, aus Clunsevoets Diensten zu treten und auch Amalia hinter dir zu lassen? Beide sind es nicht wert, dass man ihnen allzu viel Aufmerksamkeit schenkt.«

»Es sei denn, man plant – wie du –, Clunsevoet zu berauben.«

»Es ist mein Ernst«, sagte ich. »Du bist mir und den anderen ein guter Freund geworden. Ich vertraue dir. Warum schließt du dich uns nicht an?«

»Soll ich Reliquien verkaufen oder Heiltränke panschen?«

»Wer mit uns über das Land zieht, der braucht kein Talent. Er muss nur bereit sein, das Unmögliche zu versuchen, und ich habe gesehen, dass du das Zeug dazu hast. Du würdest zu uns passen. Davon bin ich überzeugt.«

Cort schaute zu Boden und überlegte. Meine Idee war mir nicht allzu abwegig erschienen, und ich hoffte, dass er zustimmen würde, doch nach einer Weile sagte er nur: »Lass mich darüber nachdenken.« Er nickte mir zu, dann trat er zurück ins Haus.

Wie erwartet traf Everhard Clunsevoet, begleitet von einem halben Dutzend Reiter, in den Morgenstunden des nächsten Tages in Osnabrück ein. Zu meiner großen Erleichterung befand sich auch Mieke bei der Gruppe. Einer der Kerle presste sie vor sich im

Sattel an sich. Als Mieke mich sah, befreite sie sich aus dieser Umklammerung, sprang vom Pferd und kam auf mich zugeeilt.

»Da bist du ja endlich«, rief sie. »Ich hatte schon Angst, die würden mich doch verkaufen.«

»Ich habe dir versprochen, dass ich dich nicht im Stich lasse, mein Mädchen«, sagte ich und drückte sie an mich. Inzwischen waren auch Jasmin und Reynold aus dem Haus getreten.

»Du siehst, wir sind alle wohlbehalten zurückgekehrt«, sagte ich und schickte Mieke mit einem Klaps zu Jasmin, die bereits die Arme ausbreitete.

Auch Everhard Clunsevoet stieg von seinem Pferd. Er kam auf mich zu und musterte mich mit gewohnt strengem Blick. »Welch glückliche Fügung, dass ich mich in Fürstenau aufhielt, wo ich zehn Rinder verkauft habe. Als mich deine Nachricht erreichte, machte ich mich sofort auf den Weg. Ich bringe dir dein Kind, weil der Bote mir mitteilte, dass es dir gelungen ist, Amalia nach Osnabrück zu schaffen. Wo also ist meine Tochter?«

»Folgt mir«, sagte ich und winkte ihn ins Haus. Wir traten in die Diele, wo Cort und Amalia schon auf uns warteten. Ich hatte Cort geraten, Amalia vor Clunsevoets Ankunft aus dem verschlossenen Raum zu befreien, denn trotz allem, was geschehen war, würde der Gutsherr es vielleicht nicht gerne sehen,

367

wenn wir ihm seine Tochter wie eine Gefangene präsentierten.

»Vater!«, rief Amalia und stürmte auf Clunsevoet zu. Verglichen mit meinem Wiedersehen mit Mieke schloss er sie nicht ganz so euphorisch in die Arme, doch man merkte ihm an, dass es ihn rührte, wie reumütig Amalia zu ihm zurückkehrte. Mich überraschte Amalias Auftreten, denn ich hatte eine weit zurückhaltendere Begrüßung erwartet. Es war wieder einmal erstaunlich, wie rasch sich Amalia an eine veränderte Situation anpassen konnte.

»Geht es dir gut, mein Kind?«, wollte Clunsevoet wissen.

Amalia gelang es, eine Träne hervorzudrücken. »Es war ein Fehler, in Münster zu bleiben, als die blasphemischen Teufel die Macht an sich rissen. Die Täufer haben mich daran gehindert, die Stadt zu verlassen. Jeden Tag fürchtete ich um mein Leben.«

Clunsevoet strich ihr über das Haar. »Zum Glück ist es Cort und den anderen Galgenstricken gelungen, dich von dort fortzuschaffen.« Er wandte sich zu mir um. »Und ich brenne darauf, dass du mir berichtest, wie euch das gelungen ist.«

Ich hob ablehnend die Hände. »Dafür wird Euch Cort zur Verfügung stehen. Wir beide haben das, was wir wollten. Unsere Abmachung ist somit beendet.

Solltet Ihr allerdings in Erwägung ziehen, uns dafür zu entlohnen, dass wir unser Leben für Eure Tochter aufs Spiel gesetzt haben, würde ich diese noble Geste nicht ablehnen.«

Clunsevoet grunzte, holte einen kleinen Lederbeutel hervor, in dem Münzen klimperten, und überlegte kurz. Dann allerdings steckte er ihn wieder in sein Wams zurück und erklärte: »Wir sind uns nichts mehr schuldig. Dein Versuch, mich zu berauben, und das Feuer, das du gelegt hast, sollen dir verziehen sein. Nimm deine Stute und den Wagen und zieh mit deinen Leuten, wohin du willst.«

Ich hob enttäuscht die Schultern und ging. Mit meinen Gefährten packte ich die restlichen Sachen auf den Wagen, dann besorgten wir uns aus der Küche Proviant und machten uns zum Aufbruch bereit. Clunsevoet und Amalia hatten sich inzwischen ins Haus zurückgezogen, und ich verspürte nicht den Drang, mich von ihnen zu verabschieden. Es betrübte mich nur, dass auch Cort nicht mehr aufzufinden war. Ich hatte nicht unbedingt damit gerechnet, dass er sich uns tatsächlich anschließen würde, doch nach all dem, was wir in den vergangenen Wochen gemeinsam durchgestanden hatten, hätte ich erwartet, dass wir uns zum Abschied zumindest die Hand reichen würden.

Stattdessen trat einer von Clunsevoets Männern an

unseren Wagen, deutete auf Mieke und sagte: »Ich bin erleichtert, dass ich dieses Balg nicht mehr sehen muss. Deine Tochter ist ein Teufel.«

Mieke zeigte ihm die Zunge, und der Kerl drohte ihr mit der Faust, dann ging er zurück ins Haus.

»Was hast du diesem armen Tropf angetan?«, fragte ich sie.

»Ich habe ihn nur ab und an gekniffen«, erwiderte sie mit Unschuldsmiene. »Wenn er mit mir geschimpft hat. Er hat mich die *achte Plage* genannt.«

Ich schaute mich noch einmal um, ob Cort sich nicht vielleicht doch in der Nähe aufhielt, aber er war nicht zu sehen. Mit einem Schulterzucken stieg ich auf den Bock des Wagens und schnalzte mit der Zunge. Die Stute Brunhilde setzte sich gewohnt träge in Bewegung. Wir verließen Osnabrück durch das nördliche Tor und bewegten uns auf der Straße, die uns in das Oldenburgische führen sollte.

»Nun schau sich einer das an«, raunte Jasmin, als wir eine knappe Meile zurückgelegt hatten. Sie saß neben mir auf dem Bock und deutete auf einen Wanderer am Wegesrand. Als der sich umwandte, schaute ich in ein vertrautes Gesicht.

»Gott zum Gruße«, rief Cort. »Hat euer Wagen noch Platz für einen weiteren Mann?«

»Warum sollten wir einen wie dich mit uns nehmen?«, rief ich ihm zu.

Lächelnd zog Cort ein Säckchen hervor. Ich erkannte, dass es sich um Clunsevoets Börse handelte.

»Weil ich vielleicht doch einen passablen Dieb abgeben würde«, meinte Cort und warf Reynold den Lederbeutel zu, der ihn rasch aufschnürte und eine Handvoll Münzen hervorholte.

Ich winkte Cort zu uns heran. »So jemanden wie dich können wir gebrauchen. Spring auf!«

EPILOG

In den folgenden Monaten zogen wir wieder von Ort zu Ort. Vom Oldenburgischen reisten wir in die Niederlande, von dort nach Friesland und nach Bremen, wo wir in der Dachkammer eines Brauhauses ein fast zweimonatiges Winterquartier bezogen.

Dank der Münzen, die Cort Everhard Clunsevoet gestohlen hatte, konnten wir es uns leisten, so lange auf der faulen Haut zu liegen und die Tage bitterer Kälte untätig an einem Herdfeuer zu verbringen. Wäre Clunsevoet ein angenehmerer Mensch gewesen, hätte er mir fast ein wenig leid getan, denn er hatte nicht nur die Einnahmen seines Viehverkaufs verloren. Als wir uns in Friesland aufhielten, traf Cort in einer Taverne auf einen ehemaligen Bediensteten des Gutsherrn, der ihm berichtete, dass Amalia ihrem Vater schon wieder davongelaufen sei, was Clunsevoet viel Gram bereitet hatte. Es hieß, Amalia habe eine leidenschaftliche Affäre mit einem der Vorarbeiter begonnen. Bald darauf hatte sie mit diesem Kerl das Weite gesucht, und niemand wusste, wo Amalia sich aufhielt. War sie womöglich zu den Täufern nach

Münster zurückgekehrt? Ich glaubte nicht daran. Meiner Einschätzung nach hatten die Lehren der Täufer keine allzu große Bedeutung für Amalia. Für sie war die Zeit in der Gemeinde Christi wohl nur ein Abenteuer gewesen, und wahrscheinlich hatte sie schon vor unserem Eintreffen in Münster geahnt, dass das Königreich des Jan Bockelson dem Untergang geweiht war.

Cort kümmerte Amalias neuerliche Eskapade glücklicherweise kaum. Er war zudem abgelenkt durch eine andere Frau – eine zierliche Person mit Namen Greet, der er begegnet war, als wir uns einige Tage in Den Haag aufgehalten hatten. Greet hatte das Talent, die Menschen auf vielfältigste Weise unterhalten zu können. Sie war eine hervorragende Artistin, spielte vortrefflich auf der Flöte wie auch auf der Mandoline und verstand es, den Menschen die Zukunft aus der Hand zu lesen. Bereits nach wenigen Tagen stand für diese temperamentvolle Frau fest, dass sie Cort nicht einfach des Weges ziehen lassen wollte, und so begleitete sie uns fortan.

Cort hatte also sein Glück gefunden. Jasmin und ich hingegen gerieten weiterhin ab und an in Streit, aber genauso schnell wie dieser Hader aufkam, verflog er zumeist auch wieder. Die Tage in Münster hatten uns bewusst gemacht, das Leben und vor allem die Zeit, die wir miteinander verbrachten, stärker zu schätzen, und so fühlten wir uns enger aneinander gebunden als je zuvor.

Ende Februar begaben wir uns wieder auf die Wanderschaft. Unsere Geldmittel waren aufgebraucht. Also gingen wir unserer alten Beschäftigung nach und bereisten die Jahrmärkte. Jasmin und ich priesen die wundersame Kraft unserer falschen Reliquien an, Reynold verkaufte seinen wirkungslosen Theriak, Greet führte Kunststücke auf, Mieke fischte die eine oder andere Münze aus den Taschen der Wohlhabenden, und Cort erwies sich als durchaus geschickt, wenn wir hin und wieder einen Diebeszug unternahmen.

Im Frühsommer kehrten wir in die Münsterschen Lande zurück. Acht Monate waren seit unserer Flucht aus dem Neuen Jerusalem vergangen, und noch immer wurde Münster von den Truppen des Bischofs belagert. Wir erfuhren, dass in all der Zeit kein einziger Sturmangriff mehr unternommen worden war. Der Bischof vertraute auf die Tatsache, dass Münster seit über einem Jahr von jeglicher Warenzufuhr abgeschnitten war und dass die Menschen in der Stadt seit Monaten entsetzlichen Hunger litten. Doch letztendlich lief auch dem Bischof die Zeit davon, denn es hieß, es gelinge Franz von Waldeck kaum noch, den Sold für seine Soldaten aufzubringen. Wenn Münster nicht bald fallen würde und die Landsknechte ihren versprochenen Beutezug erhielten, würden die Söldner dem Bischof nicht mehr lange zu Diensten stehen.

Aus welchem Grund waren wir überhaupt nach Münster zurückgekehrt? Wahrscheinlich war es ganz einfach die Neugierde. In gewisser Weise bewunderte ich die starrsinnigen Täufer, die dort hinter den starken Mauern seit über einem Jahr auf die Erlösung durch den Heiland, Jesus Christus, warteten und anscheinend gewillt waren, den Hungertod zu sterben, bevor sie die Stadt freiwillig in die Hände des Bischofs gaben.

Als ich an die Schanze trat, war ich beeindruckt davon, welches Bollwerk hier in den vergangenen Monaten entstanden war. Die einst leicht zu überwindenden Hügel zwischen den Blockhäusern waren zu einer massiv befestigten Grenze ausgebaut worden. Ich passierte mannshohe Palisaden, stieg auf eine Erhebung und konnte von hier in das Niemandsland schauen. Hinter der Schanze war als zusätzliche Hürde ein Wassergraben angelegt worden.

Vor den Stadtwällen bot sich mir ein schrecklicher Anblick. Dutzende, ja Hunderte, abgemagerte Menschen stolperten oder krochen im Niemandsland herum. Es handelte sich um alte und verkrüppelte Leute und zudem viele Frauen und Kinder. Die in Lumpen gekleideten Kinder boten den erschütterndsten Anblick. Einige waren zu schwach, um sich auf den Beinen zu halten, und ihre Bäuche waren vom Hunger geschwollen. Mehrere dieser Leute rupften Grasreste aus dem Boden und stopften sie sich in den Mund. In der Nähe wankte eine dürre Frau zu einem der Blockhäuser, streckte die Arme aus und flehte die Landsknechte an, ihre Abfälle hinunterzuwerfen.

König Jan Bockelson hatte sich also von jedem unnötigen Ballast getrennt. Wahrscheinlich hatte der Täuferkönig entschieden, nur die wehrfähigen Männer und Frauen in der Stadt zu belassen. Die Schwachen hingegen wurden vor die Tore geschickt und ihrem Schicksal überlassen. Nun krochen diese bemitleidenswerten Gestalten wie Gespenster über die Erde, denn die Tore Münsters blieben ihnen verschlossen, und auch die Bischöflichen gewährten ihnen nicht die Gnade, das Niemandsland zu verlassen.

Wir blieben mehrere Tage im Lager und bereiteten uns schon auf den Aufbruch vor, als in der Nacht zu Johanni die Stadt der Täufer überraschend von den Bischöflichen überrannt wurde. Wie ich später erfuhr, war Wochen zuvor ein Schreiner namens Gresbeck aus Münster geflohen und hatte einem Hauptmann der Bischöflichen das Angebot unterbreitet, ihm jede Einzelheit über die Verteidigungswerke Münsters zu verraten. An einem aus Erde gefertigten

Modell der Stadt wurde so eine Strategie entworfen, und in der Johannisnacht, in der ein widriger Gewittersturm losbrach, gelang es einem Dutzend Männern den Wassergraben zu überwinden und die Wachen am Kreuztor auszuschalten. Mit Gresbecks Hilfe fiel es den Soldaten nicht schwer, die Torwächter zu täuschen und zu überrumpeln. Diesen ersten Männern waren an die fünfhundert Landsknechte gefolgt, die in erbitterte Kämpfe mit den Täufern verwickelt wurden. Einigen dieser Söldner gelang es, sich bis zum Jüdefeldertor durchzuschlagen und die Pforte zu öffnen. Nun stürmten mehrere tausend Landsknechte in die Stadt, und über die Täufer brach ein blutiges Strafgericht herein.

Als wir erfuhren, dass Münster gefallen war, warteten wir zunächst ab. Reynold juckte es in den Fingern, sich den Plünderern anzuschließen, doch ich hielt ihn zurück. Die Landsknechte hatten so lange auf diesen Moment gewartet, dass sie wie im Rausch durch die Straßen Münsters streiften. Wie schnell konnte es da geschehen, dass jemand von uns in den Verdacht geriet, den Täufern anzugehören, und in blinder Wut von dem Schwert eines Landsknechtes niedergestreckt werden würde.

Das Gemetzel und die Plünderungen dauerten zwei Tage an. Erst dann betraten wir die Stadt. Es war ein seltsames Gefühl, so unbehelligt durch das Tor zu spazieren. Zu lange war dieser Wall für uns ein unüberwindliches Hindernis gewesen.

In der Stadt hatte der aufgestaute Zorn der Landsknechte den erwartet blutigen Tribut gefordert. In vielen Straßen waren Leichenhaufen aufgeschichtet worden. Auf ihrer Suche nach Wertgegenständen hatten die Plünderer sämtliches Mobiliar aus den Häusern herausgerissen und es auf die Straße geworfen. Kinder liefen weinend und schreiend herum, und an manchen Orten wurden kleine Gruppen der überlebenden Täufer gefangen gehalten.

Unweit des Domplatzes entdeckten wir am Ufer der Aa die Leiche des Scharfrichters Nilan. Ich erinnerte mich an den Moment, als dieser Mann das Schwert über meinen Kopf erhoben hatte, und in gewisser Weise glaubte ich mich nun von den Alpträumen befreit, die mich noch immer in manchen Nächten heimgesucht hatten.

Kurz darauf machte ich unter den Toten auch den Prädikanten Ollrich aus. Seine Nase war während des Kampfes unversehrt geblieben. Doch stattdessen hatte man ihm den Bauch aufgeschlitzt, und sein Gedärm hatte sich über die schmutzige Straße ergossen.

Wir begaben uns zum Haus von Anton Kribbe mit der vagen Hoffnung, den alten Mann dort womöglich noch lebend anzutreffen. Doch das Haus war verlassen und die gesamte Einrichtung zerschlagen. Ob das während der Plünderungen geschehen war oder bereits zuvor, erfuhren wir nicht. Auch von Kribbe fand sich, trotz einer angestrengten Suche, keine Spur mehr.

Später erfuhr ich davon, dass König Jan Bockelson sich während des Gemetzels in einem Haus am Aegidiitor versteckt gehalten hatte. Er hatte wohl bis zuletzt gehofft, in den Wirren der Kriegshandlungen entkommen zu können, doch dann wurde er von einem Kind verraten und von den Landsknechten festgenommen.

Man verhörte und folterte Bockelson über Wochen und Monate. Sein gesamtes Leben musste er vor der Inquisition ausbreiten, und gegen klingende Münze ließ man ihn in seinem Gefängnis von der Öffentlichkeit begaffen. Der Bischof wollte mit diesem Geld wohl einen Teil der während der Belagerung entstandenen Kosten ausgleichen.

Die Hinrichtung Jan Bockelsons erfolgte am 22. Januar 1536 vor dem Rathaus in Münster. Es wurde berichtet, dass der ehemalige Täuferkönig eine Stunde lang die Marter ertragen musste. Der Scharfrichter riss ihm mit einer glühenden Zange Fleischstücke vom Körper, bevor er Bockelson erlöste und ihm den Kopf abschlug.

Wir hielten uns zur damaligen Zeit in Warendorf

auf, kaum eine Tagesreise von Münster entfernt. Trotz der Nähe verzichtete ich darauf, diesem Spektakel beizuwohnen. Seit meiner eigenen Begegnung mit dem Scharfrichter hatte ich das Interesse an Hinrichtungen verloren.

Zusammen mit Bockelson starben an diesem Tag auch der Statthalter Bernhard Knipperdolling und Bernd Krechting, der Bruder des ehemaligen Kanzlers Heinrich Krechting. Ein christliches Begräbnis wurde ihnen verwehrt. Die Leichen der Täuferführer wurden stattdessen in eisernen Käfigen an den Turm der Lambertikirche gehängt, wo jedermann mitansehen konnte, wie sie langsam verrotteten.

Mit dem Tod des Täuferkönigs Jan Bockelson beende ich meine Erzählung. Mancher mag sich fragen, ob sich alles so zugetragen hat, wie ich es hier berichtet habe. Das Geschehene liegt viele Jahre zurück, und inzwischen bin ich ein alter Mann. In meiner Erinnerung sehe ich diese Zeit jedoch vor mir, als wäre alles erst vor wenigen Tagen geschehen. Wer da behauptet, ich hätte das eine oder andere dazuerfunden oder so manches Detail farbig ausgeschmückt, dem gebe ich mein Wort darauf, dass ich mit meiner Erzählung in keiner Weise übertrieben habe. Cort hat mir gegenüber einst behauptet, das Wort eines Gauklers und Diebes besäße den gleichen Wert wie ein Hundefurz.

Ob er damit recht hatte? Das mag jeder für sich selbst beurteilen.

Nun werde ich mich schlafen legen. Denn schon morgen ziehen wir in die nächste Stadt. Sesshaft bin ich mein ganzes langes Leben nicht geworden.

Aus welchem Grund auch

HISTORISCHE ANMERKUNG

In der ersten Hälfte des 16. Jahrhunderts breitete sich die Reformation innerhalb weniger Jahre in weiten Teilen Europas aus. Die Erfindung der Druckerpresse machte es möglich, dass die Schriften Martin Luthers in kurzer Zeit millionenfach veröffentlicht wurden. Viele Menschen, die an den Dogmen der katholischen Kirche zweifelten, begrüßten die Ideen des Reformators, der mit vielen althergebrachten kirchlichen Traditionen brach und das Neue Testament ins Deutsche übersetzte, damit auch die einfachen Bürger die Worte der Bibel lesen und verstehen konnten.

Bald jedoch spaltete sich die Reformbewegung in mehrere protestantische Fraktionen auf. Bei einer dieser Gruppen handelte es sich um das Täufertum, das zwar auf den Lehren Luthers basierte, aber weitaus radikalere Ziele verfolgte. Die Täufer akzeptierten als ihre Gesetze nur die Worte der Heiligen Schrift und lehnten die Sakramente der alten Kirche ab, ausgenommen die Taufe, die sie aber nur erwachsenen Menschen zubilligten, die in voller Überzeugung ihr

Bekenntnis zum Glauben ablegen sollten. Da die Kindstaufe als ungültig erklärt wurde, gingen sie dazu über, die erwachsenen Anhänger der Bewegung erneut zu taufen. Dies brachte den Täufern unter ihren Gegnern die abwertende Bezeichnung *Wiedertäufer* ein.

Eine größere Täufergemeinde entstand in Zürich. Hier wurde auch die erste Erwachsenentaufe vollzogen. Bald darauf ging der Rat der Stadt mit Waffengewalt gegen die Täufer vor. Es gelang ihm jedoch nicht, die Gemeinde vollständig zu zerschlagen, und in den kommenden Jahren fand die Bewegung viele neue Anhänger. 1528 erklärte ein kaiserliches Mandat die Täufer für vogelfrei. Jedem war es nun erlaubt, die Abweichler gefangen zu setzen, sie zu foltern und zu töten. Dieses Edikt kostete mehrere tausend Täufer das Leben. Die blutigen Verfolgungen schürten unter den Täufern die immer radikalere Ablehnung aller gesetzlichen und kirchlichen Obrigkeiten. Von nun an sah sich die Bewegung im Recht, sich gegen ihre Feinde auch mit Gewalt zur Wehr zu setzen.

In den dreißiger Jahren des 16. Jahrhunderts hielt die Reformation zunehmend im Westfälischen Einzug. In Münster bestand der Rat der Stadt nach der Wahl im Frühjahr 1533 bereits zur Hälfte aus Lutheranern. Viele dieser Ratsherren sympathisierten mit den Leh-

ren der Täufer. Vor allem der wohlhabende Tuch-
händler Bernhard Knipperdolling erwies sich als
Wortführer radikaler Ideen. Unterstützt wurde er von
den Predigten des Kaplans Bernhard Rothmann, der
ebenfalls dem Täufertum nahestand und große Teile
der Stadtbevölkerung mit wortgewaltigen Reden für
sich einnahm.

Nach der Ratswahl des darauffolgenden Jahres er-
rangen die Täufer die Macht in der Stadt. Knipperdolling wurde zum Bürgermeister ernannt. Die Span-
nungen in Münster verschärften sich. Katholiken
und Lutheraner verbündeten sich gegen die Täufer
und griffen zu den Waffen. Eine gewaltsame Auseinandersetzung konnte im letzten Moment durch eine
Einigung verhindert werden, die den Täufern die
volle Glaubensfreiheit zusicherte. Da ein solcher
Kompromiss im Gegensatz zum kaiserlichen Mandat
stand, beschloss der Münsteraner Bischof Franz von
Waldeck, die Aufrührer zu vertreiben, und versammelte ein Heer, das er vor die Tore der Stadt führte.

Aus dem gesamten Reich strömten mittlerweile
Anhänger der Täuferlehre nach Münster. Auch der
niederländische Prophet Jan Matthys traf hier ein
und trieb die gewaltsame Übernahme der kompletten
Stadt voran. Bald darauf wurden die Kirchen der
Stadt von den Täufern verwüstet und die Symbole des
alten Glaubens zerstört. Im Februar des Jahres 1534

wurde jeder Altgläubige, der sich weigerte, die Erwachsenentaufe zu empfangen, dazu gezwungen, die Stadt zu verlassen. Viele Männer kehrten Münster den Rücken, die meisten von ihnen ließen jedoch ihre Frauen zurück, damit diese weiterhin das Eigentum an ihren Häusern beanspruchen konnten. So erklärt sich auch, warum nach den Vertreibungen die Zahl der Frauen die der Männer in der Stadt um ein Vielfaches überstieg.

Und während Bischof Franz von Waldeck seine Landsknechte und Kanonen vor Münster in Stellung brachte, kündigten Fanatiker wie Jan Matthys oder Jan Bockelson aus Leyden in ihren Offenbarungen das göttliche Strafgericht an, das schon bald über die Welt hereinbrechen würde. Sie bezeichneten Münster als das Neue Jerusalem und versprachen ihren Gefolgsleuten, dass nur dieser gesegnete Ort Schutz vor den Flammen des Jüngsten Gerichts bieten würde.

Dies nun ist die Situation, die die Helden dieses Romans vorfinden, nachdem es ihnen gelungen ist, in Münster einzudringen. Über das, was in Münster nach der Vertreibung der Katholiken und Lutheraner vor sich ging, gibt es viele Spekulationen. Die wichtigste Quelle ist wahrscheinlich die Schilderung des Schreiners Heinrich Gresbeck, der am 24. Mai 1535 aus Münster geflohen war und einen ausführlichen

Bericht über die Vorfälle im Königreich der Täufer verfasst hat.

Ein weiterer Chronist der münsterschen Wiedertäufergeschichte ist Hermann von Kerssenbrock, der im Knabenalter die Vorgänge in der Stadt bis zu seiner Ausweisung im Februar 1534 miterlebte. In späteren Jahren wertete er zahlreiche schriftliche Quellen und Augenzeugenberichte über die Täuferherrschaft in Münster aus und verfasste in lateinischer Sprache eine ausführliche Abhandlung der damaligen Geschehnisse.

Es bleibt die Frage, ob diese Berichte ein realistisches Bild der Vorgänge wiedergeben. Gresbeck war zum Zeitpunkt seiner Aussagen ein Gefangener des Bischofs, und Kerssenbrock brachte als überzeugter Katholik den Täufern eine tiefe Abneigung entgegen.

In meinem Roman habe ich mich weitgehend an den überlieferten Ereignissen orientiert, aber natürlich auch meine eigene Phantasie miteingebracht. Man darf annehmen, dass Vorkommnisse wie der misslungene Sturmangriff der Belagerer, Jan Bockelsons Königskrönung, die Einführung der Vielehe sowie der nach Johann Dusentschurs fataler Prophezeiung vom König im letzten Moment abgewendete Auszug aus Münster wohl auf Tatsachen beruhen. Neben den wichtigen Täuferpersönlichkeiten besitzen auch einige andere Personen dieses Buches einen historischen Hintergrund. In der Ämteraufstellung der königlichen Hofordnung findet man die Namen der Küchenmeister Bernt von Zwolle und Peter Symesen sowie den des Kredenzmeisters Gert Ribbenbrock. Auch der Scharfrichter Nilan wird in den historischen Aufzeichnungen erwähnt. Figuren wie Emanuel Malitz und seine Gefährten, der Prädikant Hermann Ollrich, Anton und Melchior Kribbe sowie Everhard und Amalia Clunsevoet sind hingegen meiner Phantasie entsprungen.

Die Geschichte der Täufer begann nicht in Münster, und sie endete dort auch keineswegs. Kirchengemeinschaften und Freikirchen wie die Mennoniten, Hutterer oder Amish haben ihre Wurzeln in der reformatorischen Täuferbewegung und leben auch heute noch nach diesen Grundsätzen.

NACHWORT

Wie ich es schon in der historischen Anmerkung erwähnt habe, finden sich nur wenige zeitgenössische Augenzeugenberichte über die Täuferherrschaft in Münster. Für den geschichtlichen Hintergrund dieses Romans waren mir folgende Bücher eine große Hilfe, deren Autoren diese Quellen ausgewertet haben: Die Wiedertäufer von Münster von Klemens Löffler, Der König der letzten Tage von Pierre Barret und Jean-Noël Gurgand sowie Das Drama der Wiedertäufer von Helmut Lahrkamp.

Eine wichtige Hilfe zur Orientierung in der Stadt Münster des Jahres 1534 war mir das Buch Münster im Modell, herausgegeben vom Verein Münster-Museum e. V.

Nicht unerwähnt bleiben soll auch Peter Hofmann, ein Mittelalterschauspieler aus Oberaudorf, der mir freundlicherweise die Erlaubnis gab, die phantasievolle Beschreibung der gefälschten Reliquien aus seinem Brevier des wortgewaltigen Wunderpredigers Barba Nora zu verwenden.

Anne Diekhoff, Susanne Fetter, Pascal Rupp und Jessica Krienke waren die ersten Leser dieses Romans. Ihre Anmerkungen, Ratschläge und Korrekturen haben diesem Buch einen wertvollen Feinschliff verpasst. Mein Dank geht zudem an Dr. Uwe Heldt von der Agentur Mohrbooks und Reinhard Rohn vom Aufbau Verlag.

Weitere Informationen über meine Bücher erhalten Sie auf der Internetseite www.michael-wilcke.de. Aktuelle Neuigkeiten, Termine und besondere Aktionen sind auf meiner Facebookseite Michael Wilcke – Historische Romane zu finden.

Leseprobe aus

MICHAEL WILCKE

Die Falken Gottes

Historischer Roman
317 Seiten
ISBN 978-3-7466-2321-4

Kapitel 1

Eiligen Schrittes kämpfte sich Anneke durch das sperrige Unterholz des Waldes, bis sie den Bachlauf erreichte, in dem die Sonnenstrahlen, die sich durch die Baumkronen zwängten, im dahinströmenden Wasser funkelten. In der Nähe hörte sie eine Amsel singen. Ein sanfter Windhauch streichelte an diesem Spätsommertag über ihr Gesicht. Anneke schaute sich um und befand, daß dies ein guter Ort war, um die freie Zeit zu nutzen, die ihr der Schankwirt Seybert Monsbach gewährt hatte.

Sie setzte sich an den Bach, streifte ihre Holzpantinen ab und tauchte die schmutzigen Füße in das kühle Wasser. Aus ihrer Schurztasche zog sie ein Büchlein mit abgegriffenem Ledereinband hervor. Es war das Gebetbuch ihrer Dienstherrin. Anneke bereitete es Unbehagen, sich vorzustellen, welche Strafe sie erwarten würde, wenn Lucia Monsbach erfahren sollte, daß ihre Magd das Buch aus der Eichentruhe in ihrer Schlafkammer entwendet hatte. Auch wenn die Seiten des Gebetbuches bereits vergilbt und zum Teil eingerissen waren und der speckige Ledereinband an mehreren Stellen so dünn schimmerte, daß man die dahinterliegende Pappe erkennen konnte, wachte die Monsbach-Wirtin über dieses Buch – das einzige, das sich im ganzen Haus befand – so gewissenhaft, als hinge ihr Seelenheil von den bedruckten Seiten ab.

Stockhiebe, Ohrfeigen oder eine ohrenbetäubende Strafpredigt, deren Tonlage in etwa dem Bellen eines Hundes entsprach – Anneke vermied es, sich weitere Konsequenzen für ihr Vergehen auszumalen. All diese Strafen hatte sie schon für weit geringere Nachlässigkeiten über sich ergehen lassen müssen, und sie war nicht die einzige, die auf diese Weise unter den Launen der Monsbacherin litt. Sogar der Schankwirt Seybert bekam beizeiten den Jähzorn seines Eheweibes zu spüren. Es hieß, die Frau sei dem Manne untertan, weil Gott sie aus der Rippe Adams geschaffen habe. Nun, Anneke nahm an, daß dies für Lucia Monsbach nicht zutraf. Wenn Anneke die Monsbach-Wirtin und ihren Ehemann zusammen sah, kam ihr keine Rippe in den Sinn, sondern der Fuß, mit dem ihre Dienstherrin Seybert häufig in den Hintern trat.

Seybert war im Grunde ein gutmütiger Mensch. Er wirkte ein wenig grobschlächtig, und sein Gesichtsausdruck erinnerte Anneke an einen Ochsen. Sie war vor nunmehr fast zwei Jahren als Magd in die Dienste der Monsbachs getreten, und schon vom ersten Tag an war ihr nicht verborgen geblieben, wie oft er sie verstohlen anstarrte, wenn sein Weib sich nicht in der Nähe aufhielt. Dann und wann passierte es auch, daß er Anneke so nah kam, daß sie wie zufällig von seinem Oberarm oder seinem Knie gestreift wurde. Es hatte daher nicht lange gedauert, bis Anneke begriffen hatte, daß Seybert ihr so manchen Vorteil verschaffen würde, wenn sie nur ein wenig nett zu ihm war.

Obwohl Anneke die Nähe des rotwangigen und froschäugigen Schankwirtes anwiderte, spielte sie hin und wieder mit seiner allzu offensichtlichen Begierde. Sie zwinkerte ihm kokett zu oder lächelte scheu, was ihn schließlich ermunterte, sie stärker zu bedrängen.

Anneke hatte Seybert niemals zwischen ihren Beinen liegen lassen. Mit ihren siebzehn Jahren legte sie keinen Wert darauf, ihre Jungfräulichkeit an diesen plumpen Mann zu verlieren. Sie gestattete ihm auch nicht, sie zu küssen, selbst wenn er oftmals wie ein Kind darum bettelte. Doch sie trotzte ihm Gefälligkeiten ab, indem sie es zuließ, daß er sie berühren und an ihrer Haut riechen durfte.

Zumeist bestanden diese Aufmerksamkeiten darin, daß Seybert ihr aus der Stadt Honiggebäck oder kandierte Früchte mitbrachte. Er hatte seine knauserige Frau sogar davon überzeugt, Anneke für den Kirchgang am Sonntag neu einzukleiden, damit sie an diesen Tagen das abgewetzte Wollhemd ablegen konnte, das sie für gewöhnlich ständig trug und dem schon seit Monaten allzu deutlich der muffige Geruch ihres Schweißes und der Stallarbeit anhing.

Selten kam es vor, daß Seybert es ihr erlaubte, ihre Arbeit für eine gewisse Zeit ruhen zu lassen. Natürlich war dies nur möglich, wenn Lucia die Schenke für mehrere Stunden verließ – so wie auch heute, als die Wirtin in der Früh aufgebrochen war, um ihre erkrankte Schwester im nahen Ort Hagen aufzusuchen.

Anneke küßte den Ledereinband des Buches und bat Gott um Vergebung für die Sünde, die sie begangen hatte, damit sie sich mit diesem Buch in den Wald zurückziehen konnte. Sie hoffte, der Allmächtige würde Verständnis dafür aufbringen, daß sie sich heute morgen auf Seyberts Schoß gesetzt und seine Berührungen ertragen hatte. Seyberts Hände hatten grob ihre Brüste gedrückt, waren auf ihrem Hemd bis zur Hüfte gewandert und hatten sich über ihren Schenkeln in den Stoff der Schürze gekrallt. Als sie seine feuchte Zunge an ihrem Hals gespürt hatte und sein Atem in ein heftiges Schnaufen übergegangen war, hatte sie ihn schnell von sich gedrängt und ihre Belohnung eingefordert. Seyberts Erregung ängstigte sie. Das meiste, was sie über die körperliche Vereinigung wußte, hatte sie auf den Wiesen beobachtet, wenn die Feldhasen sich besprangen und in einem schnellen Stakkato für ihre Nachkommenschaft sorgten. Zwar bezweifelte Anneke, daß der behäbige Seybert jemals so flink wie ein Hase gewesen war, doch sie mußte auch an die Worte ihrer Mutter denken, die

395

einmal zu ihr gesagt hatte, daß Männer sich in Tiere ver-
wandelten, wenn sie von der Lust besessen waren.

Anneke schlug das Buch auf und fuhr mit einem Finger
die Buchstabenreihen entlang. Mit lauter Stimme las sie den
Text eines Psalms: »Ich ... ha... be mir vor... ge... nom...
men: Ich w... will mich hü... ten, daß ich n... nicht sün...
di... ge mit mei... ner Zun... ge; ich will mei... nem Mund
ei... nen Za... Zaum an... le... gen, solan... ge ich den
Gott... lo... sen vor mir se... hen muß.«

Es ärgerte Anneke, daß sie die Buchstaben nur stockend
zu Worten zusammenfügen konnte, und sie haderte einmal
mehr mit dem bitteren Schicksal, das ihr früh den Vater genommen und ihr Leben in diese freudlose Richtung gelenkt
hatte.

Anneke war davon überzeugt, daß sie ohne ihren Vater
niemals den unablässigen Eifer entwickelt hätte, Lesen und
Schreiben zu erlernen. Er hatte in Paderborn das Drucker-
handwerk erlernt und war von den Wirren des Krieges nach
Osnabrück verschlagen worden, wo er bald darauf geheiratet und als Geselle in die Dienste des einzigen in der Stadt
ansässigen Buchdruckers Martin Mann getreten war.

Sie hatte sich oft in der Druckerei aufgehalten; sei es, weil
ihre Mutter sie mit einem Auftrag zum Vater ausgeschickt
hatte oder – was weitaus häufiger vorgekommen war – weil
sie sich ganz einfach aus dem Haus davongestohlen hatte.
Ihr Vater hatte sie dann zumeist nicht fortgeschickt, sondern sie auf eine Bank gesetzt und ihr erklärt, wie man eine
Druckerpresse einrichtete und mit den lederüberzogenen
Ballen die Farbe gleichmäßig auf die aus Bleilettern zusam-
mengestellte Druckform auftrug. Wenn er anschließend die
Abzüge auf die korrekte Ausrichtung der Absätze und
Zeilen kontrolliert hatte und darauf, ob einzelne Lettern
verdreht oder beschädigt waren, hatte er Anneke mit den
Buchstaben des Alphabets vertraut gemacht. Wenn es ihr

gelungen war, aus ihnen Wörter zu bilden, hatte er ihr hin und wieder auch eines der kleinen, vierkantigen Bleistäbchen geschenkt, an deren Kopfende sich eine winzige Drucktype befand. Anneke bewahrte diese Bleilettern in einem Holzkästchen auf und holte sie auch heute noch oft hervor, um die spiegelverkehrten Buchstaben zu betrachten.

Damals hatte ihr Vater oft davon gesprochen, daß er eine eigene Druckerei gründen wolle. Wenn nicht in Osnabrück, wo die Arbeit kaum für zwei Meister ausreichen würde, dann in einer anderen Stadt, in der noch kein Drucker ansässig war.

Vielleicht hätte auch sie dort das Handwerk ihres Vaters erlernen können. Anneke war sein einziges Kind, und auch wenn ihre Mutter sich oft über die Flausen beklagte, die ihrer Tochter in den Kopf stiegen, hatte der Vater Anneke niemals das Gefühl gegeben, daß sie für ihn weniger wert war als ein Sohn.

»Du bist mir so gut wie ein Junge«, hatte er einmal zu ihr gesagt, was Anneke sehr stolz gemacht hatte. Doch alle Träume und Hoffnungen lösten sich schon bald darauf in Luft auf.

Anneke war noch keine acht Jahre alt, als ihr Vater starb. Er trat auf einen rostigen Nagel, der sich in seinen Fuß bohrte. Die Wunde entzündete sich und vergiftete sein Blut. Ein Bader entschloß sich, den faulenden Fuß zu amputieren, doch die Entzündung hatte sich schon in seinem Bein ausgebreitet. Ein zweiter zu Rat gezogener Medicus wickelte die Eingeweide eines Wolfes um den Stumpf, um das Gift aus dem Körper zu ziehen, doch auch diese Behandlung konnte Annekes Vater nicht das Leben retten. Er starb im Herbst des Jahres 1637, und auch heute noch, zehn Jahre später, grübelte Anneke oft darüber nach, wie ihr Leben verlaufen wäre, wenn ihr Vater den Fuß nur eine Elle weiter zur Seite gesetzt und den Nagel verfehlt hätte.

Nach Ablauf der Trauerzeit hatte Annekes Mutter einen Knecht aus der Ortschaft Gellenbeck geheiratet, und sie waren aus Osnabrück fortgezogen. Zwar wurde es Anneke erlaubt, an einem Nachmittag in der Woche die Dorfschule zu besuchen, doch sie lernte dort zu ihrem Verdruß kaum etwas hinzu.

»Gott liebt die Fleißigen unter den Menschen«, hatte ihr Lehrer, der magere, hohlwangige Pfarrer Scheffler, stets behauptet. Wenn das wirklich stimmte, mußte der Allmächtige Scheffler gewiß sehr gram sein, denn zumeist hatte der Unterricht darin bestanden, daß der Pfarrer seinen Schülern einige einfache Aufgaben zugeteilt und daraufhin die Augen zu einem Schläfchen geschlossen hatte. Obwohl es Anneke selbst im Vergleich mit den älteren Kindern keine große Mühe bereitete, mit Buchstaben, Wörtern und auch Zahlen umzugehen, erhielt sie nur selten ein Lob von ihrem Lehrer. Sie bemerkte, daß es Scheffler weitaus leichter fiel, die Leistung der Knaben hervorzuheben, während ihm ein ermunterndes Wort zu einem der Mädchen so schwer über die Lippen kam, als würde er gezwungen, der Heiligen Mutter Kirche abzuschwören. Wahrscheinlich befand er es schlicht als Zeitverschwendung, diese Mädchen und jungen Frauen zu unterrichten, deren Wert doch vor allem darin bestand, dem Mann zu dienen, den Haushalt zu versorgen und Kinder zu gebären.

Wie es schien, glaubte Annekes Mutter dafür Sorge tragen zu müssen, daß ihre Tochter nicht von diesem vorherbestimmten Weg abwich. Kurz nach ihrem fünfzehnten Geburtstag wurde Anneke von ihr nach Lengerich geschickt, einem kleinen Ort zwischen Münster und Osnabrück, um dort in der Monsbach-Schenke als Magd zu arbeiten. Nun gab es keine Möglichkeit mehr, die Schule zu besuchen. Da für gewöhnlich ihr gesamter Tagesablauf nur mehr aus Arbeit bestand, bedurfte es Seyberts Wohlwollen und der passenden Gelegenheit, um sich für kurze Zeit mit einem Buch zu beschäftigen und den Erinnerungen an eine bessere Zeit nachzuhängen. Vielleicht war sie auch nur deshalb so versessen darauf, das Lesen und Schreiben zu beherrschen, weil sie nach dem Tod ihres Vaters zu oft gesagt bekommen hatte, daß es für ein Mädchen wie sie nur eine Zeitverschwendung sei, die Nase in Bücher zu stecken. Daher war genau das für Anneke eine Herausforderung. Auch wenn diese Fertigkeiten für ihre Arbeiten in der Küche und im Stall völlig unnötig waren, gab es ihr ein gutes Gefühl, wenn sie die gedruckten Wörter las oder sich mit dem Kohlestift, den sie in ihrer Kammer unter einem Dielenbrett versteckte, darin übte, Buchstaben auf Steine oder Bretter zu schreiben.

Anneke las den Psalm noch einmal über und erfaßte erst jetzt den Sinn der Wörter.

»Ich will meinem Mund einen Zaum anlegen«, wiederholte sie eine Passage und schmunzelte. Auch ihr fiel es schwer, ihre spitze Zunge zu zügeln. Lene, die Tochter der Monsbachs, hatte Anneke oft gewarnt, daß sie durch ihr loses Mundwerk eines Tages in arge Schwierigkeiten geraten würde.